ALFRED DELVAU

LE GRAND

ET LE

PETIT TROTTOIR

PARIS

A. FAURE, LIBRAIRE-ÉDITEUR

164, RUE DE RIVOLI, 164

—

1866

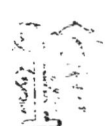

LE GRAND

ET LE

PETIT TROTTOIR

OUVRAGES DU MÊME AUTEUR

Les Mémoires d'une honnête fille. 1 vol. in-18, avec frontispice de G. Staal. Achille Faure, éditeur. (*Troisième édition.*)

Les Dessous de Paris. 1 vol. in-18, avec frontispice de Léopold Flameng. P. Malassis, éditeur. (*Épuisé.*)

Dictionnaire de la langue verte. 1 fort vol. in-18, de plus de 400 pages sur 2 colonnes. E. Dentu, éditeur. (*Deuxième édition, revue, non corrigée, et considérablement augmentée.*)

Histoire anecdotique des Cafés et des Cabarets de Paris. 1 vol. in-18, avec eaux-fortes de Gustave Courbet, Félicien Rops et Léopold Flameng. E. Dentu, éditeur.

Lettres de Junius, coups de plume sincères. 1 vol. in-18. E. Dentu, éditeur.

Les Amours buissonnières. 1 vol. in-18. E. Dentu, éditeur.

Françoise. 1 vol. in-32, avec frontispice d'Émile Thérond. Achille Faure, éditeur.

Les Cythères parisiennes. 1 vol. in-18, avec eaux-fortes de Félicien Rops et d'Émile Thérond. E. Dentu, éditeur. (*Épuisé.*)

Le Fumier d'Ennius. 1 vol. in-18, avec eau forte de Léopold Flameng. Achille Faure, éditeur.

Gérard de Nerval. 1 vol. in-32, avec frontispice de G. Staal. Bachelin-Deflorenne, éditeur.

Histoire anecdotique des Barrières de Paris. 1 vol. in-18 avec eaux-fortes d'Émile Thérond. E. Dentu, éditeur.

Les Heures parisiennes. 1 vol. in-18, avec eaux-fortes d'Émile Benassit. Librairie Centrale.

Henry Mürger et la Bohème. 1 vol. in-32, avec eau-forte de G. Staal. Bachelin-Deflorenne, éditeur.

PARIS. — IMP. POUPART-DAVYL ET COMP., RUE DU BAC, 30

ALFRED DELVAU

LITTÉRATEUR FRANÇAIS

Né à Paris en 1825 — Mort le 3 Mai 1867

A. DELVAU

LE GRAND ET LE PETIT TROTTOIR

LA COLOMBE
DE
LOGE VÉNUS
A PIED ET A CHEVAL

ALFRED DELVAU

LE GRAND

ET LE

PETIT TROTTOIR

PARIS

A. FAURE, LIBRAIRE-ÉDITEUR

164, RUE DE RIVOLI, 164

1866

A JULES NORIAC

*Mauvais ou bon, intéressant ou ennuyeux,
profond ou creux, moral ou léger, tel qu'il est
enfin, ce livre,*

Je te le dédie,

*A toi, le meilleur de mes amis & le plus bien-
veillant de mes confrères.*

Alfred Delvau.

Paris, 28 Décembre 1865.

LE GRAND

ET

LE PETIT TROTTOIR

CHAPITRE PREMIER

CE QUI SE PASSAIT, VERS L'AN 1861, AU NUMÉRO 85
DE LA RUE DE DOUAI A PARIS

Il n'eſt personne qui n'ait remarqué, au milieu de la rue de Douai, un peu au-dessus de
l'endroit où elle eſt coupée par la rue Fontaine,
entre une boutique d'horloger & un magasin
de meubles, une maison de bourgeoise apparence, en pierres de taille des pieds à la tête,
dont les sculptures ont l'air d'attendre le ciseau
des sculpteurs, quoique son propriétaire les

considère comme suffisamment, achevées telles qu'elles sont.

C'eſt la maison qui porte le numéro 85. Les flâneurs la connaissent bien, d'abord à cause de cette singularité, ensuite à cause des nombreux équipages — les uns armoriés, les autres au chiffre de la Compagnie Impériale — qui ſtationnaient toujours devant elle il y a quelques années. Ceux d'entre ces flâneurs que cela intéressait peu ou prou, s'arrêtaient volontiers pour voir descendre de belles dames de tous les mondes parisiens — mais spécialement du monde interlope — qui s'engageaient en souriant sous la voûte d'entrée avec une légèreté de déesses en rupture d'Olympe ; &, quand ils avaient eu la patience d'attendre, quelquefois longtemps, ils pouvaient alors conſtater, sur le visage de ces belles visiteuses, lorsqu'elles remontaient en voiture, un nuage de rêverie, & souvent de mélancolie, bien fait pour étonner.

Pourquoi cette mélancolie après ce sourire, ce nuage après ce rayon de soleil ? Et d'où sortaient-elles donc ainsi ?

Au dire des Anciens, l'Antre de Trophonius produisait cet effet singulier sur ceux qui s'y aventuraient, qu'une fois qu'ils en étaient sortis ils ne savaient plus rire, — & les belles visiteuses sortaient du salon myſtérieux d'Antonelli, le devin le plus couru de Paris, la ville la plus superstitieuse parce que la plus sceptique.

Ce Trophonius moderne habitait au premier étage du numéro 85 de la rue de Douai un appartement de maître, dont chaque pièce était meublée avec ce faux luxe, plus brillant que solide, plus voyant que confortable, qui caractérise si bien notre époque sans caractère. Sur les étagères du salon d'attente, beaucoup de superfluités sans valeur intrinsèque ni artistique, des babioles, des *bibelots* enfin. Accrochés aux murs, des tableaux, du moins des copies de tableaux anciens & modernes, la plupart fort médiocres, parmi lesquelles deux ou trois originaux, un Diaz, un Voillemot &, je crois, un Chaplin, — trois peintres qui font *joli*. Mais à quoi bon un luxe plus sérieux & des toiles plus authentiques ? Outre que les femmes ne sont pas précisément de bons juges en cette délicate matière, celles cui venaient là étaient trop préoccupées de ce qu'elles allaient entendre & voir, pour accorder la plus petite parcelle d'attention à toutes ces choses & encore moins pour songer à les critiquer. Quand on est sur des charbons ardents, on ne s'occupe que des charbons & du feu, sans souci du palais ou de la chaumière où l'on se trouve. Les clientes d'Antonelli brûlaient toutes du désir d'être introduites auprès de lui, ce qui ne leur arrivait qu'à tour de rôle, & sans que celle qui avait enfin vu & entendu montrât aux autres sa rougeur ou sa pâleur, car on ne repassait jamais par la même porte : une matrone vénérable, rigide & enfumée comme un Holbein, guidait les visiteuses & les reconduisait, en s'inclinant gravement, sans parler, avec des attitudes de ſtatue.

Le salon myſtérieux où l'on était admis un par un, l'antre de Trophonius, ne ressemblait pas au salon d'attente. Le luxe en était proscrit, comme trop profane sans doute. Les murs, tendus de velours noir parsemé de chauve-souris d'argent, étaient nus, à l'exception de deux ou trois endroits où étaient cloués une tête de mort d'un ivoire jauni, une orfraie, un hibou & quelques autres oiseaux consacrés par les cabaliſtes. Aux fenêtres, d'épais rideaux de soie violette interceptaient la lumière du dehors, qui cependant parvenait à filtrer par filets irisés & à se jouer sur la table de chêne, placée au milieu du salon, où l'on voyait à côté de l'inévitable sablier, symbole du Temps qui fuit, une écritoire en forme de sphinx, une plume en forme de squelette, & l'inévitable baguette divinatoire en ébène. On s'asseyait dans l'un des deux fauteuils en velours violet placés l'un en face de l'autre, entre la fenêtre & la table, & on attendait, le cœur battant, l'esprit harcelé de mille pensées diverses. Antonelli ne tardait pas à paraître. Il relevait une portière au fond du salon & s'avançait lentement, cherchant à pénétrer d'avance le *sujet* sur l'imagination duquel il allait opérer ; puis il s'asseyait dans le fauteuil laissé libre, mais de façon à être dans l'ombre, tandis que le peu de lumière que tamisaient les rideaux de soie éclairait le visage qu'il était appelé à déchiffrer.

L'héritier de Moreau & de mademoiselle Lenormand, de Fiasson & de Marie Ambruget — les quatre noms les plus fameux de l'histoire de la cartomancie depuis Louis XIV — était un homme d'un âge fort incertain, un jeune homme ou un centenaire, Joseph Balsamo lui-même peut-être. Centenaire, il l'était par sa barbe blanche & par ses cheveux blancs. Jeune homme, il l'était par l'éclat extraordinaire & le charme étrange de ses yeux noirs, qui troublaient les femmes assez hardies pour en affronter le regard d'acier ; il l'était aussi par la fraîcheur de ses lèvres, brûlées pourtant du charbon d'Isaïe, et derrière lesquelles trente-deux dents intactes, d'une blancheur éblouissante ; il l'était enfin par le timbre métallique de sa voix, qui n'avait rien du trémolo que l'âge apporte avec soi. Malgré son nom italien, Antonelli parlait le français sans aucun accent & avec la plus grande pureté, — ce qui est

rare, même & surtout chez les Parisiens. Cela
ne l'empêchait pas, bien entendu, de parler les
autres langues de l'Europe dans la même per-
fection, — ce qui était du refte à peu près inutile, ses vifiteuses appartenant presque toutes
à la société parisienne.

D'où venait-il ? Quoiqu'on ait la prétention
de tout savoir à Paris, on l'ignorait. On disait bien, mais vaguement, ses commencements
pénibles & populaires ; on prétendait, mais
tout bas, qu'avant de prédire l'avenir & de
deviner le passé dans un appartement de si
mille francs, il avait *exercé* sur la place publique & dans certains bals de barrière, &
qu'avant d'avoir pour clientes des femmes du
monde il avait eu pour habituées des grisettes
& des bonnes d'enfants. Mais rien de tout cela
n'était prouvé, &, cela l'eût-il été que cela n'eût
absolument rien prouvé. Ce qu'il y avait de
certain, c'eft que, depuis trois ou quatre ans,
Antonelli habitait le même appartement dans la
même maison de la rue de Douai, & que, depuis ce temps, attirées vers lui par le susurre-
ment myftérieux de sa réputation, grandes &
petites dames venaient régulièrement le consulter sur leurs affaires de cœur, — un grimoire
où elles ne se reconnaissaient pas elles-mêmes
& que cependant il débrouillait, lui, aussi facilement qu'un chantre le latin de son antiphonaire.

Les hommes n'étaient pas exclus du salon de consultation du sorcier de la rue de Douai ; mais on en rencontrait rarement, — du moins aux heures de réception officielle. Ils eussent rougi d'imiter la faiblesse d'esprit de leurs femmes ou de leurs maîtresses, — du moins de laisser voir cette faiblesse, indigne d'eux en effet : ceux qui venaient, tourmentés comme de simples mortelles de la curiosité d'apprendre ce qui doit être caché, choisissaient une heure où ils étaient assurés de n'être point aperçus &, par conséquent, de n'être point raillés.

Il ne faut pas croire qu'Antonelli eût quelque répugnance à les recevoir, à cause de leur perspicacité, préjugée à tort plus grande que celle de l'autre sexe. Non ! il les recevait avec la même froideur, avec le même sourire intérieur, avec le même mépris de leur puérilité, certain d'avance de l'effet de ses pronoftications & de ses révélations à double tranchant comme celles des sibylles ; &, s'il exigeait d'eux un prix supérieur à la somme ordinaire, ce n'était pas pour les éloigner, mais seulement parce qu'ils lui prenaient un temps supplémentaire, ordinairement consacré à ses plaisirs ou à son repos, — car, pour être sorcier, on n'en eft pas moins homme. Antonelli était l'un & l'autre : il le montra une après-midi du mois de mai de cette année 1861 par laquelle s'ouvre cette histoire que je vais raconter sans rien inventer, & dont beaucoup de personnages se reconnaîtront, les morts exceptés.

Ce jour-là, une foule parfumée, soyeuse, élégante, avait assiégé l'antre de Trophonius, qui avait entendu bien des confessions sortir, non de la bouche des jolies pécheresses, mais des lèvres mêmes de leur confesseur. Quand il leur avait demandé quelle couleur, quelle fleur elles préféraient, quelle bête elles abhorraient, & quel jour, quel mois elles étaient nées, il leur disait, presque sans se tromper, ce qui leur était arrivé depuis leur naissance, en ayant soin d'ajouter ce qui leur arriverait jusqu'à leur mort.

Ces vaticinations avaient fatigué le vaticinateur. Cependant, le salon d'attente était encore rempli de monde : Antonelli continuait vaillamment son rôle, quoiqu'à la fatigue se mêlât un peu d'ennui.

Il venait de congédier une petite grisette — la dernière grisette peut-être ! — à laquelle il avait appris moins de choses que, dans son empressement à savoir, elle ne lui en avait révélées elle-même ; en rentrant dans son cabinet, il tressaillit des pieds à la tête & du cœur au cerveau, comme s'il eût été mis subitement en communication avec une batterie électrique.

Assise dans le fauteuil que venait de quitter la grisette, une femme d'un trentaine d'années,

très-belle & très-élégamment vêtue, attendait
son retour, les yeux fixés sur la portière par
laquelle elle devinait qu'il devait entrer. S'il y
eût eu une glace à sa portée, il s'y fût regardé
avec soin pour s'assurer qu'il était bien à l'abri
de toute inquisition indiscrète & que, grâce à
ses cheveux blancs & à sa robe de magicien,
en velours noir parsemé de chauve-souris d'or,
il paraissait bien le vieillard qu'il voulait paraître. Cependant, quoique un inftant troublé par
la présence inattendue de cette femme, il s'a-
vança vers elle, s'inclina devant elle, s'assit
en face d'elle, sans rien laisser voir de son
trouble.

L'inconnue, en effet, avait une de ces beautés
troublantes, vertigineuses, comme on n'en rencontre pas beaucoup, — fort heureusement.
Blonde avec des yeux noirs, — des yeux de
gazelle & des cheveux de jaunesse, — elle
avait, fondus dans un ensemble plein de séduction, tous les traits de ce double caractère, tous
les éléments de cette originalité : les grâces pu-
diques de la jeune fille ignorante mêlées aux
hardiesses voluptueuses de la femme, — la
splendeur marmoréenne d'une ftatue avec le
ragoût d'une physionomie de lorette, — la
tête d'une impératrice romaine avec l'expression
d'une drôlesse parisienne, — une médaille antique, à fleur de coin, trouvée dans la Bièvre :

Livie mâtinée de Manon Lescaut ! L'*O filii* pascal croisé de l'aphrodisiaque *Il bacio !*

On ne pouvait refter indifférent & froid en face d'elle ; car, si elle inspirait le respect par son air de fierté royale, elle inspirait aussi le désir par les séductions irréfiftibles qui se dégageaient d'elle comme autant d'étincelles aiguës. On était tenté de s'agenouiller devant elle pour lui baiser les pieds — ou les mains, — pour l'adorer — ou seulement l'aimer.

Ce contrafte singulier, irritant pour l'imagination & dangereux pour le cœur, on le retrouvait jusque dans son coftume, — un autre visage où se trahissaient des préoccupations bien diverses. Elle avait une robe de grenadine noire, à plis moelleux, étouffés, discrets, transparente comme le barége, & qui, quoique très-montante, n'en permettait pas moins aux regards des hommes de deviner les perfections qu'elle faisait semblant de cacher. Ce n'était qu'un voile jeté sur ses épaules, d'un dessin exquis, & sur sa poitrine, d'un galbe irréprochable, adroitement accusé par une de ces ceintures de Suissesse qui ressemblent à un corset & que les femmes commençaient alors à porter. Un crêpe de Chine flottait négligemment sur son bufte de marbre & la drapait plus qu'il ne la couvrait. Ses cheveux blonds, emprisonnés dans une résille de filigranes de pourpre &

d'or, étaient surmontés d'un élégant tudor de
velours noir autour duquel s'enroulait une
plume de paon & que complétait une courte
voilette de chantilly, appelée *muselière*.

Aux mains, très-fines, très-ariſtocratiques,
des gants de chevreau violets. Aux pieds, dignes
des mains, des bottines de Ferry, en chevreau
aussi comme les gants, & à talons hauts &
mignons comme ceux des mules d'autrefois.
Toilette de femme diſtinguée & de fille entrete-
nue, — où la femme diſtinguée, pourtant, do-
minait comme dans le visage. En outre, éma-
nant d'elle, & lui faisant une sorte d'atmosphère enivrante, des parfums délicats, doux, &
chauds pour ainsi dire.

C'était en entrant dans cette dangereuse &
charmante atmosphère qu'Antonelli s'était senti
tressaillir des pieds à la tête, & qu'il avait
éprouvé une émotion indéfinissable, moitié
douloureuse & moitié agréable, assez étrange
en tous cas pour un homme de son âge & de
sa profession.

L'inconnue était émue, elle aussi; mais,
comme lui, elle dissimulait son émotion, qui
avait une cause différente, sous un air de dé-
dain que l'on sentait un peu forcé.

Antonelli s'assit donc en face d'elle &, d'une
voix lente & grave à laquelle un reſte de trouble donnait une presque sénilité, il lui fit les

mêmes queſtions banales qu'il adressait à toutes ses visiteuses.

— Madame, lui demanda-t-il, ayez l'obligeance de me dire quelle couleur vous préférez ?

— La couleur rouge, répondit-elle d'un ton bref.

— Quelle fleur ?

— Ces queſtions sont-elles donc nécessaires ? demanda l'inconnue avec impatience.

— Indispensables, madame.

— Eh bien ! je... je n'aime pas beaucoup les fleurs... Leur odeur m'eſt insupportable...

— Mais, dit lentement Antonelli en examinant avec attention le visage de son interlocutrice, pour s'assurer de l'effet qu'allait y produire sa queſtion ; mais il y a des fleurs qui ne sentent rien... la pervenche, par exemple ?

L'inconnue se redressa, livide.

— Monsieur !... s'écria-t-elle d'une voix étranglée.

Puis, souriant aussitôt & se rasseyant :

— Folle que je suis ! murmura-t-elle. Comment ce vieillard saurait-il ?... Le hasard seul a amené sur ses lèvres cette observation qui m'a bouleversée comme une parole de juge d'inſtruction... Monsieur, ajouta-t-elle du même ton bref qu'au début, je n'aime pas les fleurs, pas plus les... pervenches... que les autres...

Il y eut un moment de silence pendant lequel

Antonelli & l'inconnue se regardèrent, — une rencontre de deux éclairs.

— C'eft bien elle ! murmura-t-il.

— Ah ! ce vieillard ! ce vieillard !... murmura-t-elle.

Le sorcier fut de nouveau troublé, mais sans plus laisser voir son trouble que la première fois. Tout un monde de pensées s'agitait confusément en lui, un chaos de souvenirs dans lequel il lui était impossible de mettre un peu d'ordre.

— J'attends, monsieur ! reprit l'inconnue avec impertinence.

Antonelli reprit son aplomb sous ce coup de fouet.

— Voulez-vous que j'interroge les cartes ou votre main, madame ? lui demanda-t-il gravement, froidement, comme si rien ne s'était passé en lui ni en elle.

— Les cartes sont bonnes pour les filles ! répondit l'inconnue avec un mépris qui trahissait la grande dame. Voici ma main, ajouta-t-elle en se dégantant nonchalamment, comme une femme qui sait d'avance l'effet qu'elle va produire sur un homme à qui, pour cette occasion, elle veut bien supposer du goût.

Cette main, qu'elle tendait à Antonelli & qu'il prit en frémissant dans la sienne, était un pur chef-d'œuvre humain, une merveille de blancheur, de délicatesse & d'élégance, — une main de reine ou de courtisane, faite pour être adorée & obéie, un sceptre !

— C'eſt elle ! c'eſt bien elle ! murmura Antonelli en réprimant avec énergie les tressaillements que lui causait l'inconnue.

— Eh bien, monsieur ? demanda-t-elle avec un sourire où il y avait le contentement d'être admirée & le regret de ne l'être en ce moment que par un vieillard.

— Eh bien, madame, répondit celui-ci en s'inclinant avec une grâce qui n'était pas dans ses habitudes & qui sentait l'homme jeune, je suis ébloui ! Votre main ressemble si peu à toutes celles que l'on m'apporte ici chaque jour, que, pour parler d'elle, je n'ose me servir de la langue ordinaire & que tout naturellement il me vient aux lèvres des vers qui lui vont comme un gant... des vers de Théophile Gautier, que vous devez connaître, comme le modèle connaît son peintre...

> Sous le baiser neigeux saisie
> Comme un lys par l'aube argenté,
> Comme une blanche poésie
> Resplendit ici sa beauté.
>
> Dans l'éclat de sa pâleur mate
> Elle étale sur le velours
> Son élégance délicate
> Et ses doigts fins aux anneaux lourds.

En sa cambrure florentine,
Avec un bel air de fierté,
Qui fait, en ligne serpentine,
Onduler son pouce écarté,

Elle a dû, nerveuse & mignonne,
Souvent s'appuyer sur le col
Et sur la croupe de lionne
De sa chimère prise au vol.

Impériales fantaisies,
Amour des somptuosités;
Voluptueuses frénésies,
Rêves d'impossibilités;

Romans extravagants, poëmes
De haschich & de vin du Rhin,
Courses folles dans les Bohêmes
Sur le dos des coursiers sans frein,

Je vois tout cela dans les lignes
De cette paume, livre blanc
Où Vénus a tracé des signes
Que l'amour ne lit qu'en tremblant...

— Monsieur, dit l'inconnue avec un sourire railleur, si vous vous compromettez avec les pauvres folles qui viennent ici, ce n'est pas du moins par la précision & la clarté de vos oracles!... Je n'avais pas besoin de me déranger pour entendre débiter des banalités poétiques que le premier venu m'eût déclamées dans mon salon ou dans mon boudoir... Vanter une main de femme, en vers empruntés à un autre, c'est donc là tout ce que vous savez réellement faire

& dire, monsieur? J'en suis humiliée pour vous & pour moi, qui ai partagé si niaisement la crédulité d'enfant des femmes qui encombrent votre antichambre...

— Les vers vous déplaisent comme insuffisants, madame? répliqua Antonelli, en ripostant par un sourire aussi railleur dont la pointe de raillerie était un peu émoussée par la politesse. Les vers vous déplaisent : peut-être la prose aura-t-elle l'heur de vous plaire... Je vais parler en simple prose comme un simple mortel... interrogé par une déesse...

— Encore!

— Pardon, madame, pardon! Mais je vous prie de vous attacher plus au sens de mes paroles qu'à leur forme que je vais accuser pour me faire mieux comprendre, puisque vous feignez d'ignorer que la foudre s'enveloppe toujours de nuages.

— A la bonne heure! voilà qui est parler comme il faut, monsieur. J'ai vu les nuages, j'attends l'éclair!...

— Vous l'aurez, madame, dit froidement Antonelli en se penchant sur la main dégantée que venait de lui tendre de nouveau l'inconnue & en en étudiant avec soin les linéaments les plus imperceptibles. Madame, ajouta-t-il aussitôt, brusquement, comme un homme que l'on contraint à dire ce qu'il voudrait céler ; madame, vous vi-

vrez peu & vous avez mal vécu, une vie violente amène une mort violente, ainsi me l'indiquent les lignes de votre main, celle-ci d'abord,
qui commence entre le pouce & l'index & finit
au poignet, & qui dans sa route se croise avec
la ligne dite du triangle, puis cette autre ligne,
celle de la fortune & du bonheur, qui se croise
avec la ligne de vie. Ces entrecroisements sont
autant de révélations & d'inductions auxquelles
il est impossible de se méprendre, pour peu
qu'on sache lire dans une main humaine, & mes
ennemis eux-mêmes avouent que je suis passé
maître en cet art, qui compte tant d'illustra-
tions, depuis Patrice Tricasse jusqu'à mademoiselle Lenormand... Je ne précise peut-être
pas assez?... Je vais être plus clair, alors... Madame, vous avez été passionnément aimée de
beaucoup d'hommes & vous n'en avez aimé aucun... Vous avez été mère comme vous avez
été épouse : mauvaise mère, épouse coupable...
Où est votre mari? vous l'ignorez. Où est votre
enfant? vous ne voulez plus le savoir...

— Monsieur! s'écria l'inconnue avec une
sourde rage, en pâlissant affreusement.

Puis, se reprenant tout à coup :

— Vous n'êtes pas un sorcier vulgaire, monsieur, puisque vous osez être impertinent avec
les femmes qui vous paient pour que vous soyez
galant envers elles! dit-elle en se levant & en

jetant sur la table, d'un geſte méprisant, un billet de banque de cent francs.

Antonelli sentit l'injure, &, pour la repousser, il repoussa l'argent dont elle était accompagnée.

— Madame, répondit-il froidement en se levant aussi, le prix de mes consultations eſt de dix francs les jours ordinaires, & vingt francs les vendredis. Il vous revient sur ce billet quatre-vingts francs que je vais vous faire remettre...

— Je n'attends jamais ma monnaie ! dit fièrement l'inconnue en se dirigeant vers la porte de sortie & en disparaissant avant qu'Antonelli eût eu le temps, la pensée même, de s'opposer à son départ.

— Ah ! sirène ! je te retrouverai ! s'écria-t-il.

CHAPITRE II

OU, SANS LE SECOURS D'AUCUNE MÉDÉE, LE VIEIL ÉSON
DEVIENT LE JEUNE ÉSON

Antonelli passa dans la pièce attenant à celle
par laquelle venait de sortir l'inconnue, d'un
pas dont la rapidité contraftait singulièrement
avec sa sénilité apparente, & quiconque l'eût
vu en ce moment eût hésité à reconnaître le ma-
jeftueux & sévère oracle dont la parole était
d'or. C'eût été bien pis si on l'eût aperçu jetant
çà & là, dans ce cabinet de toilette improvisé,
sa robe de velours conftellée de chauve-souris,
sa barbe blanche & ses cheveux blancs, & apparaissant dans le coftume d'un simple mortel
d'une trentaine d'années...

Le magicien s'était touché de sa baguette.

— Mère Ursule, dit-il d'une voix fiévreuse à
la vieille dame peinte par Holbein, qui venait

d'entrer derrière lui, congédiez tout le monde !
Je ne reçois plus aujourd'hui... Je suis exténué,
sur les dents... je n'en puis plus !... Toutes ces
folles, avec leurs aventures qui se ressemblent
comme autant de gouttes d'encre, m'obsèdent
l'esprit autant qu'elles m'agacent les oreilles...
J'en ai des nausées !... Congédiez-les ! Chassez-
les, si vous voulez... mon trépied est renversé...
je vais prendre l'air...

— Vous attendrai-je pour dîner, Georges ?
demanda la vieille dame sans paraître autrement
émue de l'agitation du faux Antonelli.

— Ne m'attendez pas, la mère, répondit-il en
jetant un dernier coup d'œil sur son costume
actuel pour s'assurer qu'il n'y restait rien du
costume précédent & qu'il était aussi méconnaissable en jeune homme qu'il avait l'habitude
de l'être en vieillard.

Quand cette assurance lui eût été donnée par
lui-même, il sortit avec empressement de chez
lui par l'escalier de service, afin de n'être rencontré par personne. Une fois dans la rue, il
traversa rapidement la chaussée & alla se poster
dans l'ombre de la maison d'en face.

Devant le numéro 85 il n'y avait plus qu'une
voiture découverte — une voiture de louage —
qui attendait. Le faux Antonelli attendit comme
elle. Bientôt une dame parut, une petite dame
— de louage aussi — qui avait encore sur le vi-

sage des traces de la contrariété qu'elle avait
éprouvée à se voir congédiée, en bonne & nombreuse compagnie il eſt vrai, par le vieil Holbein.

— Elle eſt partie ! murmura Georges avec
dépit. Où la retrouver maintenant ? Car elle ne
reviendra pas, je le devine... J'ai été trop loin,
tout en ayant l'air de ne pas trop m'avancer...
Ces quelques vers valaient beaucoup de prose...
Une révélation précise n'en eût pas dit autant
que ces vagues allusions... Elle a trop peur de
trahir son secret pour revenir jamais chez moi...
Il ne faut pas être bien sorcier pour deviner
cela ! ajouta-t-il en riant d'un rire amer, résultat du retour qu'il venait de faire en lui-même
sur sa position présente, comparée à celle d'autrefois.

En disant cela, il sortit de sa cachette improvisée & marcha à l'aventure devant lui, en songeant à l'étrange rencontre qu'il avait faite un
quart d'heure auparavant, à cet ironique jeu du
hasard qui le remettait à l'improviſte, sans que
ni son esprit ni son cœur fussent préparés à ce
choc, en face d'une femme qu'il devait croire
morte & qu'il avait fait tous ses efforts pour
oublier — sans y réussir complétement.

— Elle ici ! Elle ! Impéria ! murmurait-il en
marchant à grands pas sur le trottoir de la rue
Fontaine, sans se préoccuper des passants qu'il

heurtait parfois du coude & qui s'en scandali-
saient avec quelque raison.

Il arriva ainsi à la barrière Blanche, & se
promena pendant quelque temps sur les boulevards extérieurs.

L'air était tiède, le ciel bleu : les promeneurs
de Montmartre descendaient vers la ville, & les
Parisiens flâneurs montaient vers Montmartre.

Comme Georges approchait de la barrière
Pigalle, il vit venir à lui un homme qui faisait
de grands geftes d'étonnement dont il était certainement la cause, car il n'y avait personne à
sa droite ni à sa gauche.

— Georges! cher vieux Georges! murmura
cet homme en se précipitant dans ses bras &
d'une voix noyée par l'attendrissement le plus
sincère.

— Cœurderoy! Jean! c'eft toi? toi! répondit
Georges, attendri aussi, surtout en conftatant,
d'un rapide regard, les ravages apportés par les
années ou par les chagrins sur le visage & dans
toute la personne de son ami, en apparence
plus vieux que lui, quoique du même âge.

— Oui, cher Georges, c'eft moi, c'eft bien
moi! Un peu changé, hein? Oh! ne me dis pas
non!... j'en sais plus long que toi là-dessus...
Je n'ai plus beaucoup de cheveux, & le peu qui
m'en refte grisonne... Mon front, autrefois si
net, eft traversé par de mauvaises rides... C'eft

la vie, une mégère! qui m'a griffé... Mes joues,
qui promettaient un Falftaff, sont aussi caves
que celles de Géricault..: C'eft encore la vie,
une brutale, qui m'a donné ce renfoncement...
Ne t'en afflige pas, cher ami, puisque je ne
m'en afflige pas moi-même... J'ai une face de
pauvre homme, mais je me porte comme un
charme... en dedans. Et gai, donc! gai à rendre des points à un membre du *Caveau!...*

En ce moment, une petite fille de huit à dix
ans, aux yeux d'un bleu de myosotis, aux cheveux d'un blond de soie, aux joues un peu pâ-
lottes, que Georges n'avait pas aperçue jusque-
là, cachée qu'elle était derrière Cœurderoy, s'en
vint tirer celui-ci par son habit.

— Embrasse Georges, Marie, embrasse-le,
dit-il en poussant doucement l'enfant vers son
ami.

— Ta fille? demanda Georges après avoir
deposé un double baiser sur les joues de Marie,
toute confuse de cet honneur.

— Ma fille, oui, comme tu dis... Elle eft gentille, n'eft-ce pas? Et bonne! C'eft mon soleil,
ce petit être! elle me réchauffe le regard & le
cœur!... Si je ne la voyais plus, je mourrais de
froid... & de désespoir... Cher ange!

— Tu es donc marié?

— C'eft-à-dire, entendons-nous, mon cher

2

Georges... j'ai été marié, mais je suis veuf, heureusement !

— Ta femme est morte, pauvre Jean ?

— Morte pour moi, oui ! Et voilà huit ans que je m'en félicite, parce qu'il y a de quoi...

Il se fit une pause de quelques minutes entre les deux amis. Georges était heureux d'avoir rencontré Cœurderoy ; Jean Cœurderoy était heureux d'avoir rencontré Georges ; tous deux avaient mille choses à se demander & à se dire : aucun d'eux ne savait par quel bout commencer ces mutuelles confidences.

— Il est trois heures, j'ai du temps devant moi ; en as-tu, toi, Georges ? s'écria Cœurderoy.

— Je t'appartiens jusqu'à demain, Jean, répondit Georges en embrassant de nouveau la petite Marie, qui le regardait avec de grands yeux étonnés, déjà sympathiques.

— Alors, suis-moi... Nous allons nous installer sous une tonnelle & déballer à l'aise nos souvenirs... Il passe trop de monde sur ce boulevard, c'est gênant... Chez le père Schumacher, nous serons comme chez nous... Je te conduirais bien chez moi, mais Trépignette a emporté la clef tantôt, comme j'étais descendu flâner avec Marie, & je crains qu'elle ne soit pas encore rentrée...

— Trépignette ? dit Georges étonné.

— Oui, répondit tranquillement Cœurderoy ;

Trépignette ou la Borgnotte, au choix... C'eſt
le nom de ma gouvernante, qui eſt aussi celle de
Marie, une brave fille de vingt ans, jolie comme
un cœur, sauf un œil, & bête comme une oie,
sauf pour soigner l'enfant... Elle adore Marie
& me jette les meubles à la figure... Tu la verras, elle eſt charmante !

Les deux amis avaient remonté la petite rue
Royale, aujourd'hui rue Houdon, & ils étaient
arrivés devant un cabaret de modeſte apparence
sur l'enseigne duquel on lisait : *A la ville de
Mayence, Schumacher, Commerce de vins.*

— C'eſt ici, entrons, dit Cœurderoy en faisant
passer Georges devant lui. Va tout droit, au
fond, les feuilles y sont ! ajouta-t-il gaiement,
tout en saluant le maître de la maison d'un
guten tag amical qui indiquait des habitudes.

Ils traversèrent la salle, à cette heure déserte,
& allèrent s'asseoir à l'ombre d'une gloriette
composée de feſtons de houblon & d'aſtragales
de vigne vierge, sous laquelle on leur servit à
boire. La petite Marie, pour ne pas gêner son
père, s'était réfugiée à l'extrémité du jardin, devant le poulailler dont elle examinait gravement
les hôtes emplumés qui ne la regardaient pas
avec moins de gravité.

— A ta santé, cher compagnon de ma jeunesse ! dit Cœurderoy en vidant son verre
d'un trait, tandis que Georges mouillait seule-

ment ses lèvres dans le sien. Honnête homme de vin! il vous réconcilierait avec l'humanité! ajouta-t-il.

Georges Le Mayeur le contemplait silencieusement d'un air d'affectueuse pitié.

— Pauvre Jean! murmurait-il en commençant à se rendre compte des ravages qu'accusait l'intelligente physionomie de son ami.

— Tu ne vides pas ton verre, Georges? fit remarquer Cœurderoy.

— Je ne bois jamais que de l'eau, répondit simplement le faux Antonelli.

— Ah!

Cette exclamation renfermait un étonnement profond. Jean ne comprenait pas, en effet, qu'on n'aimât pas le vin, cette consolation des cœurs souffrants, ce refuge des esprits fatigués.

— A ton aise! ajouta-t-il en emplissant son verre une seconde fois & en le vidant d'un trait comme la première.

— Que de choses se sont passées depuis notre séparation, mon cher Jean! murmura Georges, rêveur.

— Beaucoup de choses, oui! répondit Jean. Si nous vidions notre panier aux souvenirs, hein?

— Volontiers. Commence, mon cher Jean, car tu m'intéresses plus que moi-même, & il me tarde de rattraper le temps perdu loin de toi...

— Tu seras aussi sincère que moi ?

— Je ne mens jamais que lorsque mon métier m'y force.

— Tu as un métier qui te force à mentir, toi que j'ai connu si loyal ?

— Oui. Je te conterai cela tout à l'heure, quand mon tour de conter sera venu.

— Bien ! Je commence. Mais, auparavant, laisse-moi prendre une provision d'éloquence... Marie !

L'enfant accourut & se jeta dans les bras de son père qui, après l'avoir couverte de caresses passionnées, la renvoya à son poulailler, non sans la suivre d'un regard chargé de tendre sollicitude.

CHAPITRE III

— Tu sais, Georges, quelles étaient à seize ans mes dispositions? commença Jean Cœurde-roy.

— Les mêmes qu'à douze, Jean. Tu étais le meilleur élève de l'inftitution Boniface; tu devins le meilleur du collége Louis-le-Grand, où tu remportas le prix d'honneur au concours géné-ral de 1845...

— Un fort-en-thèmes, quoi !

— Un fort-en-versions aussi, Jean; n'oublie rien des avantages que tu avais alors sur moi.

— Ah! les versions! les versions! elles m'ont perdu, mon pauvre Georges!

— Assez mal, puisque je t'ai retrouvé aujourd'hui.

— Moi, je ne me retrouverai jamais, Georges !

Cœurderoy avait répondu ces derniers mots d'un ton lugubre qui contraſtait avec la jovialité qu'il avait montrée jusque-là. Par discrétion, Georges Le Mayeur n'inſiſta pas : il attendit qu'il plût à son compagnon de reprendre son récit, auquel il s'intéressait tant d'avance.

— J'étais donc un phénomène, reprit Jean en riant de son accès de mélancolie. Un phénomène pour tout le monde, excepté pour ma famille qui, les fumées de la vanité dissipées, commença à se demander à quoi je pouvais être bon, puisque je ne savais même pas tenir proprement les livres de la maison... Tu as connu mon père, le petit épicier de la rue de Tournon ? C'était un brave homme, un honnête homme, quoique épicier... Il n'y voyait pas plus loin que son nez, malgré ses lunettes..... Ma mère, une gaillarde que tu dois te rappeler aussi ! lui faisait une guerre continuelle à propos de cette myopie physique & morale, & elle lui citait fréquemment la fable de la taupe, qu'elle lui appliquait fort plaisamment...

— Je l'ai entendue plusieurs fois, quand j'allais te prendre pour vagabonder au Luxembourg... J'entends encore d'ici la voix grondeuse de la mère Cœurderoy disant à son mari : Une jeune taupe, après avoir consulté plusieurs oculiftes sur la faibleffe de ses yeux, se trouva enfin pourvue d'une paire de lunettes d'un fort numéro ; mais, comme elle essayait en vain de s'en servir, une taupe d'expérience, blanchie dans le commerce, lui dit : « Les lunettes peuvent être de quelque secours aux hommes, mais elles sont inutiles à une taupe. » Et vous n'êtes qu'une taupe, monsieur Cœurderoy ! ajoutait ta mère avec une sorte de pitié méprisante.

— Oui, elle lui reprochait de ne pas faire de leur boutique une caverne & de leur commerce un vol, à l'exemple de beaucoup d'autres confrères... Ma mère était dans le vrai. Un épicier n'eft pas un Samaritain ; on doit plus songer à soi qu'au prochain, & ne pas craindre de le dépouiller pour s'enrichir. Ma mère était honnête aussi, mais à la façon des commerçants qui ne feraient pas tort d'un sou à autrui, préférant le fruftrer d'un franc... Toute seule & maîtresse d'agir à sa fantaisie, c'eft-à-dire suivant les us & coutumes du commerce, elle eût fait marcher la maison &, au bout d'une quinzaine d'années, eût vécu de ses rentes, son rêve ! Mon père, lui, se ruina en très-peu de temps... La boutique fermée, le seul gagne-pain de la famille supprimé, il fallut se retourner dans la vie. Ma mère était une vaillante femme : elle mourut à la

peine. Mon père, qui l'aimait, ne tarda pas à la
suivre au cimetière... Je reſtai seul au monde,
sans parents & sans amis, car, malgré les promesses solennelles que nous nous étions faites
de ne jamais nous séparer, toi & moi, nous
avions cessé peu à peu de nous voir, & si je t'a-
vais vu derrière le convoi de ma mère, j'eus le
chagrin de ne pas te voir derrière le convoi de
mon père... La vie a de ces brutalités-là !... C'é-
tait au moment où il m'eût été le plus doux de
t'avoir à mon côté, pour marcher ensemble du
même pas, pour entreprendre ensemble la con-
quête de la Toison d'or, à ce moment-là précisément tu me manquais...

— Je n'étais pas en France, alors, mon cher
Jean.

— Sans doute ; il fallait bien qu'il y eût quelque chose comme cela... Mais mon isolement
n'en était que plus réel & plus douloureux.....
Enfin !...

— Tu n'entras pas à l'École normale, à laquelle te deſtinaient tes études & tes goûts ?

— Je passai souvent devant elle, en allant
donner mes répétitions de grec & de latin dans
les inſtitutions du quartier : voilà tout...

— Un prix d'honneur ! en être réduit là !

— Il faut bien vivre, mon cher Georges, surtout lorsqu'on eſt deux...

— Tu étais deux ?

— Oui : ma femme & moi. Louise était une simple fleuriſte que j'avais rencontrée & suivie, espérant en être quitte avec elle pour quelques semaines, tout au plus quelques mois de parfait amour, selon la tradition du quartier Latin... Ah ! ouiche ! je m'étais bien adressé ! Jamais figuier de Barbarie n'eut autant d'épines que cette fillette de dix-huit ans, savoureuse au possible & qu'à cause de cela je tenais à croquer... Belle & farouche : quelle antithèse désagréable ! Et comme c'était invraisemblable, hein ?... C'était vrai, pourtant, horriblement vrai... Où la vertu va-t-elle se nicher, je vous le demande ! dans une mansarde d'ouvrière gagnant treize sous par jour !... Tu connais le fameux mot de l'*Antony* de Dumas : « Elle me réſiſtait, je l'ai assassinée !... » Le moyen était trop violent pour moi, qui ne suis pas si romantique : Louise me réſiſtait, je l'épousai !...

— Je ne vois là rien de bien malheureux pour toi... Une belle fille, sage par-dessus le marché, amoureuse de toi probablement : tous les maris voudraient bien pouvoir en dire autant !

— Ne te hâte pas de me féliciter, ou je te laisserai tes compliments pour compte. Ma femme était belle, sans doute ; j'ajouterai même très-belle ; elle était honnête, certainement, très-honnête : mais voilà tout !

— Quoi ! Elle ne t'aimait pas ?...

— Elle aimait le mariage, qui lui donnait la liberté, & non le mari, qui ne lui donnait rien. Louise, quoique jeune & vertueuse (physiquement), avait des aſtuces & des machiavélismes de vieille courtisane. Elle tenait à être émancipée, non pas à la façon de ces pauvres filles qui donnent leur cœur tout entier en pâture au vautour de l'amour, sans réfléchir aux suites de cette émancipation que condamnent ceux-là mêmes qui sont les premiers à en profiter ; Louise voulait l'être à la façon de ces honnêtes gueuses qui ont besoin d'un paravent légal qui abrite leurs relations illégales, d'un pavillon officiel qui couvre leur traite des blancs... J'avais épousé une vierge à qui il tardait d'être fille, un lys dont la racine trempait dans du fumier !

— Pauvre cher ! murmura Georges, qui songeait à Impéria.

— Il ne me coûte rien de t'en parler, aujourd'hui que je ne l'aime plus, reprit Cœurderoy ; il me semble même que je te parle d'une autre femme que de la mienne... Un type curieux, tout de même ! Comment cette fille du peuple, née de braves gens qui ne lui avaient donné que de bons conseils &, ce qui vaut mieux, de bons exemples, avait-elle des inſtinǎs aussi pervers ? Comment cette enfant avait-elle le cœur aussi pourri ?... Comment avait-elle deviné si vite la

science du mal ? Comment cette précoce aptitude
pour le vice ? Myftères de l'organisation humaine !... Je sais bien que la femme eft une créature dont l'unique rôle consifte à s'habiller & à
se déshabiller, à changer de place & de forme la
fameuse feuille de vigne qu'elle a reçue de sa
première aïeule, à s'inquiéter uniquement si cette
feuille de vigne lui va bien ou lui va mal ; mais les
femmes de riches seulement. Quand on eft mariée à un ouvrier ou à un homme qui, comme
moi, ne gagne pas plus qu'un ouvrier, on doit
être modefte en ses ajuftements & sobre en sa
toilette... Du jour au lendemain, Louise était
devenue coquette, mais d'une coquetterie raffi-
née, diabolique !... Je lui donnais cinq francs
pour acheter à dîner : elle les dépensait en savons à la laitue, en pommades à la bergamote,
toutes choses qui ne se mangent guère. Je lui
remettais trente francs pour payer le loyer de
notre petite chambre garnie : elle s'achetait une
paire de bottines à talons & à glands, ou une
paire de souliers mordorés, fins comme des ailes
d'abeille, qui avantageaient son pied, qu'elle
avait très-petit & cambré... C'était l'Ange de
la dissipation ! la Muse de la prodigalité !...
Je souffrais, parce que je l'aimais comme une
bête que j'étais alors, & que je voyais avec
effroi arriver l'heure où je ne pourrais plus sub-
venir aux folies de ma femme...

— Pauvre cher ! murmura de nouveau Georges.

— Car je ne t'ai rien dit encore du métier dangereux auquel je m'étais condamné pour elle ! reprit Cœurderoy en devenant sombre. Un métier de galérien ! ajouta-t-il avec un sourire amer ; oui, de galérien, c'eſt le mot exaᵭt ?

Cœurderoy avait frissonné en prononçant ces derniers mots.

— Marie ! appela-t-il d'une voix suppliante, les bras tendus vers sa fille.

L'enfant accourut à tire-d'aile, comme une colombe, & présenta son front aux lèvres de son père, ainsi qu'elle avait fait la première fois.

— Tu es ma joie & mon courage, cher ange ! murmura Jean en lui baisant les yeux & les cheveux. Retourne jouer, ma chérie ! lui dit-il ensuite, en la renvoyant doucement.

— Maintenant, dit-il à Georges avec sérénité, je puis t'avouer tout. Tu sais, cher ami, combien il y a d'imbéciles & d'incapables dans le monde, sans compter les vaniteux ? Ce n'eſt pas une raison, parce qu'on eſt riche, pour qu'on soit intelligent... Beaucoup de jeunes gens de famille, à qui toutes les carrières sont ouvertes, à qui toutes les professions libérales tendent les bras, n'y peuvent entrer cependant que munis d'un diplôme de bachelier ès lettres, leur pre-

3

mière décoration, &, cette décoration, beaucoup ne peuvent l'obtenir, quoiqu'ils ne la méritent pas... Comment faire pour passer les examens obligatoires & être reçu ? On a beau ouvrir à tous les coins du quartier Latin des officines préparatoires où l'on empiffre les cervelles de littérature & de science, afin de les engraisser à point pour le jour de l'examen en Sorbonne : il y a des cervelles réfractaires à cette nourriture, qui leur semble indigeste & qu'elles rejettent sans s'en approprier un atome. Pourtant, il faut être reçu ! il faut obtenir son diplôme ! Alors on va trouver dans sa mansarde un pauvre diable qui ne demanderait pas mieux de rester honnête & pauvre s'il n'était pas obsédé par les exigences sans cesse renaissantes d'une femme adorée ; on lui met dans la main un billet de mille francs, quelquefois de cinq cents francs seulement (les *cancres* sont cancres en tout !), & on l'entraîne vers la Sorbonne, où il cesse de s'appeler Cœurderoy pour s'appeler tantôt Pierre & tantôt Paul, quand il ne s'appelle pas Adolphe ou Sigismond ! Le fils de l'épicier remplace le fils du sénateur quand il ne remplace pas le fils du marchand de fers ! Il fait des faux pour fournir à ces jeunes paons de quoi faire leur roue dans le monde ! Il signe sa feuille de route pour le bagne en signant leur brevet de capacité. pour la société !

— Pauvre cher bon ami ! dit Georges en serrant les mains de Cœurderoy.

— Si encore elle m'avait aimé, cela n'aurait rien été ! reprit Jean. Si encore elle m'eût été fidèle ! Mais non ! Elle ne m'aimait pas : elle aimait mieux en aimer d'autres... J'en ai tué un de ceux-là... oh ! loyalement... en duel... à l'épée... Je n'avais pourtant jamais manié une arme, & mon adversaire était un des meilleurs élèves de Gâtechair... Pauvre garçon ! il tremblait devant moi... il se sentait coupable... Quand mon épée entra dans sa poitrine, il me jeta un de ces regards qu'on n'oublie jamais, & qui voulait dire : « Je vous pardonne, mais en me tuant, vous tuez ma mère, dont je suis l'unique fils & l'unique bonheur !... » Pauvre garçon ! oui, c'est vrai... il avait une mère... elle en est morte... par ma faute... Ce n'est pas lui que j'aurais dû châtier aussi cruellement, aussi irréparablement ; ce n'est pas lui qui était coupable : c'était elle, la coquine ! la belle coquine adorée ! Ah ! mon cher Georges, l'homme qui choisit une femme coquette ressemble à celui qui achète pour son usage particulier une voiture à plusieurs places... Quand je m'aperçus que mon américaine n'était plus qu'un omnibus, je cessai de m'y atteler... & je m'enfuis un jour, libre & guéri, du domicile conjugal, emportant dans mes bras ma chère petite Marie, que per-

sonne ne songea à me réclamer... C'est gênant,
en effet, une enfant de deux ans, pour une
femme qui a les appétits de luxe & de dissipation qu'avait Louise... Marie a été élevée par
moi, & bien élevée, je t'en réponds, mieux élevée qu'au couvent des Oiseaux, sans médire de
cette noble cage... Je lui ai appris la bonté,
pour laquelle elle avait déjà de grandes dispositions : c'est tout ce qu'elle sait, & je trouve
que c'est la meilleure de toutes les sciences...
Louise, cette fille savante en amour, était d'une
ignorance crasse là-dessus... Sa fille, heureusement, ne lui ressemblera en rien que par le
visage.

— Ta femme devait être bien belle, mon
cher Jean ! murmura Georges, en contemplant
d'un air rêveur la petite blondine qui jouait à
quelques pas de lui.

— Oui, l'enveloppe était divine, mais le dedans était infernal ! répondit Cœurderoy en
riant. Père Schumacher ! ajouta-t-il en allant
ouvrir la porte de la salle, une autre bouteille,
s'il vous plaît !

— Je vous l'apportais, monsieur Jean, dit le
cabaretier en apparaissant tout à coup.

Cœurderoy remplit son verre & le vida silencieusement. Puis :

— Quelques mots encore, cher Georges, &
ma confidence sera close, dit-il en faisant cla-

quer sa langue contre son palais avec une satisfaction évidente. Je t'ai parlé de la Borgnotte,
qu'on appelle aussi Trépignette, ou de Trépignette qu'on appelle plus volontiers la Borgnotte : il faut que je complète son portrait par
quelques touches. C'eſt la dernière grisette ! Elle
a eu beau m'assurer cent fois qu'elle était la fille
d'un nommé Fourdinois, & de la nommée Eu-
phrasie, matelassiers du faubourg Antoine, je
persiſte à croire que Paul de Kock eſt son père &
qu'elle sort de *Mouſtache* ou de la *Laitière de
Montfermeil*... Jamais je n'ai pu lui faire porter
un chapeau ni lui faire prononcer Montmorency :
elle s'obſtine à se coiffer de bonnets, qui lui
vont fort bien du reſte, & à dire *Mémorency*,
ce qui m'eſt parfaitement égal d'ailleurs... Elle
& moi nous nous sommes rencontrés il y a
quatre ans, par hasard, comme on se rencontre toujours : elle me plaisait & je lui allais, à
ce qu'il paraît, elle malgré sa bêtise, moi malgré mes brutalités ; nous sommes reſtés ensemble par habitude, comme on reſte toujours ensemble... J'aurais bien voulu m'en débarrasser
en faveur d'un autre, car, depuis le déména-
gement de Louise, mon cœur ne voulait plus
de locataire ; mais il n'y a pas eu moyen. Vingt
fois j'ai souhaité qu'elle me trompât, afin de
juſtifier le congé que je comptais lui donner &
de lever les scrupules que j'aurais pu avoir en

la renvoyant à ses parents; vingt fois j'ai essayé de la surprendre en flagrant délit de tra-
hison, je lui en ai même facilité les occasions :
impossible ! La malheureuse m'adore & ne
veut pas en adorer d'autres... Il n'y avait plus,
de par le monde, qu'une seule grisette vertueuse : c'est à moi qu'elle est échue ! Avoue
que je n'ai pas de chance, mon Georges ?...

— Cher Jean ! murmura Le Mayeur, attendri par cette confession douloureuse que son
compagnon essayait de rendre joviale. Et, que
fais-tu à présent ? ajouta-t-il. Que fais-tu ? Je
suppose que tu as abandonné le métier si pé-
rilleux de *passeur ?*

— Tu supposes bien, cher Georges. Je ne
l'avais pris qu'à cause de Louise ; je l'ai lâché
à cause de Marie. Ce que je consentais à faire
pour cette gueuse, je ne pouvais plus vouloir
le faire pour un ange... L'une me perdait,
l'autre m'a sauvé. Marie !...

L'enfant, accourut : son père la prit dans ses
bras & la couvrit de caresses passionnées.

— Quel est ton père, ma chérie ? lui demanda-t-il, les yeux humides.

— C'est toi, petit père ! répondit l'enfant.

— L'aimes-tu, ce vieux malheureux ?

L'enfant, pour toute réponse, embrassa Cœurderoy avec une tendresse, une effusion sur la

sincérité de laquelle il n'y avait pas à se tromper.

— Et quelle est ta mère, ma chérie ? reprit Jean ?

— C'est maman Borgnotte ! répondit l'enfant.

— L'aimes-tu bien, cette pauvre chère Borgnotte ?

— Je l'aime comme deux ! répondit Marie.

— C'est bien, chérie, très-bien ! Retourne voir les *cos* et les *cocottes* du père Schumacher, maintenant...

L'enfant s'envola.

— Tu me demandais ce que je faisais, n'est-ce pas ? reprit Cœurderoy en s'adressant à Le Mayeur, ému de ce qu'il voyait & entendait. Eh bien ! cher Georges, je suis aujourd'hui un simple Clairville ! Je vaudevillise pour les Variétés & pour le Palais-Royal, sous le pseudonyme de Théodore...

— Théodore ! Tu es le spirituel & fécond Théodore ? s'écria Georges étonné. Le Théodore dont j'ai vu avant-hier soir l'ébouriffante *Guerre de Troyes ?*

— Je suis le fécond & spirituel Théodore, oui, répondit tranquillement Cœurderoy. Si tu as vu avant-hier ce qu'il te plaît d'appeler mon ébouriffante *Guerre de Troyes*, tu es plus avancé que moi...

— Comment ! tu ne vas pas voir tes pièces ?

— Jamais ! pas si bête ! Je ne vais jamais voir que mon agent dramatique & madame Porcher, quand j'ai besoin d'une avance...

— Mais tu es un phénomène !

— Un phénomène en chambre, alors, car je ne me prodigue pas ailleurs... Je préfère vivre chez moi, avec quelques vieux livres & quelques vieilles faïences, & aussi quelques jeunes visages comme la frimousse de Marie & celle de la Borgnotte... Quand je m'ennuie trop, je vais me diſtraire au *Paillasson doré*, chez la mère Gédéon, où viennent s'abattre une foule d'oies du frère Philippe, biches, cocottes & gandines, dans les entr'aĉtes misérables de leur exiſtence ruolzée, & où je te mènerai dîner ce soir, quand tu m'auras raconté à ton tour les aventures qui te sont arrivées depuis que tu m'as quitté, vieux compagnon de mon enfance...

— C'eſt juſte ! tu t'es exécuté vaillamment : je vais imiter ta franchise.

CHAPITRE IV

— Tu te rappelles mon oncle ? commença
Le Mayeur. C'était mon seul parent, ma seule
famille. Où il allait, je devais aller. Un jour il
s'avisa de voyager, lui qui était resté toute sa
vie à Paris, sans même dépasser une seule fois
le mur d'octroi, & je le suivis au bout du
monde, d'où je revins seul. Sa fortune n'était
pas considérable, mais si j'avais été sage je
m'en serais contenté.

— Mais tu n'étais pas sage & tu la dissipas,
interrompit Cœurderoy en souriant. La sagesse
est une fleur qui ne pousse que sur les crânes

3.

chauves, — la giroflée des vieillards !... Tu
avais tous tes cheveux, tu étais jeune : naturellement tu devais être extravagant & dépenser ta fortune avec aussi peu de ménagement
que ta vie... Chaque âge a ses traditions, qu'il
ne faut pas déplacer : ce qui est raisonnable à
soixante ans serait ridicule à vingt ; ce qui est
excusable à vingt ans serait impardonnable à
soixante... L'argent est rond, c'est pour rouler ;
le sang est chaud, c'est pour brûler. Continue,
mon cher Georges.

— Je mangeais donc mon héritage avuncu-
laire avec les trente-deux dents que la nature
m'a données & qu'elle ne m'a pas encore en-
levées, reprit Le Mayeur ; j'y mis même tant
d'appétit qu'un jour il ne resta plus rien sur le
plat, c'est-à-dire dans mon portefeuille... Je me
trouvais précisément, le soir de ce jour-là, chez
Bignon, en compagnie de jeunes fous comme
moi, moins ruinés que moi, & de quelques folles
chargées de les aider dans leurs prodigalités,
parce que sans elles il y a des fortunes dont
on ne verrait jamais la fin... De superbes créatures inventées tout exprès pour ces fêtes des
sens, pour ces soupers où sombre la raison, où
se jettent par la fenêtre, après boire, la vaisselle, l'argent, la pudeur, l'esprit & le reste, &,
avec ce reste, quelquefois, les femmes, cette
autre vaisselle d'or dans laquelle ces prodi-

gues ont mangé cette manne divine qu'on appelle l'amour...

— L'amour eft une exsudation du cœur auquel on a fait une incision, murmura Jean en matière d'aparté, pendant que son compagnon poursuivait :

— Parmi ces femmes, cependant, une faisait exception, d'abord par sa beauté supérieure, étrange, ensuite par son attitude fière & dédaigneuse. A la fin du souper, comme je regardais vaguement çà & là, un peu attrifté du vide profond que je sentais en moi, je vis s'approcher cette femme dont j'avais remarqué & comme admiré, malgré moi, la noble physionomie & la fière attitude, qui semblaient protester contre sa présence dans une pareille réunion.

— « Je vous ai vu souvent, monsieur, me ditelle d'une voix charmeresse, en s'accoudant sur la table & en me regardant entre les deux yeux.

— Moi, madame, je vous ai souvent remarquée, lui répondis-je en m'inclinant. — C'eft ce que je voulais dire... Mais je voulais aussi ajouter quelque chose. Pendant que s'oublient ces folles & ces niais, si nous nous souvenions tous les deux ?... — Nous souvenir ? De quoi ? Mon passé eft tout rayé de pluie, mon présent est tout zébré d'éclairs; quant à mon avenir, il n'exifte pas, puisque je peux me brûler la cervelle en sortant d'ici... Ma vie manque d'inté-

rêt & de gaieté : je ne veux pas vous la faire
lire. — C'eft encore ce que je voulais dire,
Georges. Et puisque vous pensez si bien pour
tous les deux, continuez à penser tout haut.
Dites ce qu'il y a à cette heure dans ma cervelle
ou dans mon cœur, à votre choix. — Impéria,
répondis-je, je ne crains pas de vous répondre,
parce que je vous ai devinée. Vous êtes une
femme, &, à ce titre, je vous dois d'abord tout
mon respeét. Vous avez souffert : je vous dois
toute ma sympathie. Vous n'aimez plus, à votre
âge : je vous dois toute mon admiration. Les
hommes que voici méprisent profondément les
femmes que voilà, & les femmes que voilà se
moquent profondément des hommes que voici.
Ont-elles tort ? Ont-ils raison ? Cela ne m'occupe
pas, & je ne veux pas m'en occuper. Je sais
seulement que vous n'êtes pas une de ces femmes & que je ne suis pas un de ces hommes.
Leur mœurs & leurs sottises m'écœurent &
me révoltent. Ils déteignent sur moi, & je sens
parfois, à leur contaét, les ténèbres envahir
mon cerveau, la glace envahir mon cœur.
J'ai peur, en vivant plus longtemps au milieu
d'eux, d'arriver à haïr ce que j'ai si ardemment aimé jusqu'ici. Voilà pour moi... Quant
à vous, Impéria, c'eft la même chose. Vous
avez tout ce que j'ai... je me trompe, vous
avez de plus que moi une beauté superbe

& triomphante, qui remplacerait votre esprit si vous n'en aviez pas... A cause de votre beauté, de votre esprit, de votre cœur, de vos douleurs soupçonnées, je ne crains pas, au milieu d'une orgie, de vous parler tendrement, de vous tendre la main & de vous dire : Je t'aime, Impéria ! je suis à toi !... »

— La situation se corse ! murmura Cœurderoy en souriant.

Le Mayeur, qui s'était arrêté un inſtant, reprit aussitôt :

— Impéria prit la main que je lui tendais, &, la baisant avec émotion : « Écoute, me dit-elle en se rapprochant tout à fait de moi, veux-tu que nous vivions ensemble ? Oh ! ne t'effarouche pas ! écoute-moi jusqu'au bout !... Tu es pauvre, & tu étais digne de naître roi ! Il faut que tu sois riche & célèbre ! Ton talent ne te suffit pas : je viendrai en aide à ton talent ! Je ferai de ma beauté un piédeſtal à ton génie !... Me comprends-tu, Georges ? Veux-tu que je m'explique ? Cela me coûterait un peu... Les mots sont obscènes, même lorsqu'ils ont à signifier des pensées chaſtes... — Je t'ai comprise, Impéria, & j'accepte, lui répondis-je. — Ah ! enfin ! voilà un homme ! s'écria-t-elle joyeusement en me donnant un baiser qui me remua, & que je lui rendis sur les lèvres & sur les yeux. — Ne soyez pas imprudent,

Georges ! reprit-elle d'un ton sérieux & suppliant. Le jour où vous serez mon amant, je cesserai d'être votre amie. Vous êtes jeune & beau, je pourrai vous désirer, moi qui suis jeune & belle. Faites en sorte d'éloigner de mes lèvres ce calice de miel, qui serait bientôt un calice de fiel !... Buvons la vie dans le même verre, mais ne versons pas l'amour dans ce verre, de peur d'y trouver le dégoût... »

— Hum ! hum ! murmura de nouveau Cœurderoy, toujours souriant.

— Cette femme nous l'avait bien prédit, reprit Georges Le Mayeur. Elle était jeune, belle & ardente ; j'étais jeune & ardent aussi : six mois après, elle me haïssait !... Six mois après ces six mois-là, elle me fit chercher querelle par son amant, que je tuai dans un duel loyal, mais ridicule par ses causes. Alors, désespéré, désenchanté, je m'embarquai sur un navire qui faisait voile pour Calcutta...

— Nous avons eu des aventures sœurs, cher frère de ma jeunesse ! s'écria Cœurderoy. La femme a joué un grand rôle dans notre vie..... Pourquoi n'eſt-ce pas la même ! au moins j'aurais le droit de maudire Louise doublement, pour le mal qu'elle m'a fait & pour celui qu'elle t'a causé. Mais non ! c'était une autre, de la même graine qu'elle !... O misère ! moi qui la croyais seule de son espèce, le monſtre !

— Paris en a quelques-uns dans sa ménagerie ! répondit Georges en souriant amèrement.

— Pauvre cher bon Georges ! Eſt-ce que tu souffres encore de ce souvenir ? demanda Cœurderoy.

— Le cœur m'en meurt chaque fois que je pense à Impéria, bien que je ne l'aime plus depuis longtemps, répondit Le Mayeur.

— L'aurais-tu revue ?

— Tu l'as deviné, Jean. Je l'ai revue il y a deux heures, chez moi...

— Chez toi ?... Ah ! mon pauvre Georges ! Mais que venait-elle donc faire chez toi, cette misérable ?...

— Se faire tirer les cartes, répondit Le Mayeur en riant malgré lui.

— Plaît-il ?.... Comment ?.... s'écria Jean, ahuri.

— C'eſt vrai, je ne t'ai pas dit... Eh bien ! Jean, de même que tu es le vaudevilliſte Théodore pour tout le monde, je suis, moi, pour le même monde, Antonelli le sorcier !...

— Le fameux Antonelli de la rue de Douai ?

— Lui-même, mon cher Jean. On revient ordinairement millionnaire de Calcutta : moi j'en revenais pauvre comme au départ... Il fallait bien vivre, mais comment ? J'avais tout ce qu'il fallait pour mourir de faim, c'eſt-à-dire peu de goût pour les métiers que choisissent la plu-

part des hommes. Je ne pouvais être ni maçon
ni banquier, je ne voulais être ni employé ni
mouchard ; j'étais Lindor, ma naissance était
commune, mais je n'avais pas les vœux d'un
simple bachelier... Plus j'étais gueux & plus
j'étais difficile... Plus j'avais faim & plus j'étais
délicat... Puisque la fièvre jaune m'avait respecté dans l'Inde, & les taughs aussi, & les tigres aussi, & tous les fléaux généralement quel-
conques qui font l'ornement de ce beau pays,
c'eft que j'étais condamné à vivre. On a toujours
le temps de se tuer, d'ailleurs... Mais, encore
une fois, comment vivre ? De quel bois faire
flèche ? De quelle farine faire pain ? Sur la foi
des paroles encourageantes de l'Évangile :
« Cherchez & vous trouverez, » je cherchai
pendant longtemps sans trouver ; mes bottes
s'usèrent, & ma patience imita mes bottes, quoique plus solidement cousue qu'elles... L'Évangile m'avait trompé comme le premier venu ; il
s'était même moqué de moi... Allez donc demander raison à l'Évangile !... D'ailleurs, j'avais
autre chose à faire, puisque j'avais à faire fortune avec les propres ressources de mon cerveau battu de tant de fièvres... Un inftant, me
rappelant que j'étais bachelier ès lettres &
même ès sciences, & qu'on avait bien voulu
quelquefois me reconnaître un peu d'esprit, un
peu d'imagination, un peu de verve, un peu de

ftyle, je songeai à tirer parti de ces différents in-
grédients & à entrer en littérature...

— Ce qui n'eft pas précisément entrer en religion.

— Non, pas précisément, en effet..... Quelle
halle, mon cher Jean ! Des clameurs furibondes,
des cris de paon poussés par tous ces geais qui
ne vivent littérairement que d'emprunts à plume
armée, car si les écrivains d'autrefois n'avaient
jamais exifté, les trois quarts des écrivains
d'aujourd'hui n'exifteraient pas... Ah ! les brail-
lards vaniteux, insolents & ignorants ! Au
moins devraient-ils inscrire sur le fronton de
leur halle le titre de certaine comédie de Sha-
kespeare : *Much ado about nothing !* C'eft la
seule inscription qui lui convienne...

— Tu es un singulier Paftoret, vieux Georges !

— Et un plus singulier homme de lettres encore, va ! Je n'étais qu'un écrivain bêtement
honnête, bêtement candide, bêtement coura-
geux, qui haïssait le laid & le mal de toute l'é-
nergie de son amour pour le bien & pour le
beau, & qui croyait qu'en ce noble pays de
France où l'on a le respeft de Rabelais, de Voltaire & de Diderot, on pouvait parler haut &
ferme, avec l'accent de la conscience indignée,
de tant de folies honteuses, de tant de spec-
tacles turpides, de tant de prévarications indé-

centes, de tant de vilenies littéraires, — remuer,
en un mot, le fumier social sans ameuter contre
sa fourche les clameurs des fétus remués !.....
Ah ! jobard que j'étais ! Et quel déplorable
exemple j'allais donner là à mes confrères, scan-
dalisés de tant de vertu dans un seul homme !
Au vide qui se fit autour de moi, aux épigram-
mes dont on m'accabla, aux médisances que l'on
me prodigua, je m'aperçus, un peu tard, que
j'avais fait fausse route, qu'au lieu de charger
mes caronades de mitraille, j'aurais bien dû les
remplir de dragées, & qu'au lieu d'avoir la
douce cruauté de Timon le misanthrope, j'aurais bien dû avoir l'impitoyable bienveillance de
Darthenay... Ah ! misère ! à ce noble métier
d'honnête écumeur de la mer parisienne, je ne
gagnai rien — que des ennemis aussi nombreux
que les galets de la plage du Havre, que les
étoiles du ciel, que les amants de la... Rhodope
du coin, que les banqueroutes de... Trimal-
chion, que les palinodies de... Cicéron, que les
lâchetés de... Anytus, que les fourberies de...
Scapin ! Une belle collection, en vérité ! & dont
j'eusse volontiers fait cadeau au Musée de
Rouen, pour l'enrichir...

— Au Musée Dupuytren, plutôt !

— Enfin, par suite de cet accès de don-qui-
chottisme, dont personne ne m'avait su gré, —
ma conscience exceptée, — j'étais désormais un

homme de lettres impossible à Paris, en France,
à Batignolles, en Picardie, en Belgique, partout ! Toutes les revues m'étaient fermées, fer-
més aussi tous les journaux... On ne saurait
être plus lépreux !... La Bruyère avait bien raison de dire que la plupart des hommes emploient la première partie de leur vie à rendre
l'autre misérable... Puisque l'on me renvoyait
dans ma forêt natale hurler avec les loups, mes
frères, je n'avais plus qu'une chose à faire pour
reſter au milieu des moutons, mes confrères :
c'était de bêler comme eux, & même plus fort
qu'eux ! C'était d'étonner ceux d'entre eux qui
se piquent d'être le moins sujets à l'étonnement, par l'onctuosité de mes jugements littéraires & artiſtiques ! C'était de surpasser tous
les darthenays de la presse parisienne par les
phrases les plus melliflues, par le ſtyle le plus
laudatif, par la critique la plus émolliente ! C'é-
tait de jeter aux orties ma plume de fer & de
n'écrire désormais mes articles sur mes confrères les journaliſtes & les vaudevilliſtes qu'a-
vec une plume d'oie, arrachée à l'aile de l'un
d'eux ! C'était de la tremper, non dans de l'encre vitriolisée, mais dans du lait, dans de la
crème même — fouettée ou non fouettée !
C'était de panacher ma *copie*, non de fleurs de
rhétorique, mais de fleurs de sureau ! C'était de
rédiger, non plus un feuilleton, mais un liniment !

— Feuilleton selon le Codex! je vois cela
d'ici! Continue, Georges.

— Je n'aurais plus été amer, j'aurais été
fade! Je n'aurais plus été exaspérant, j'aurais
été écœurant! Je n'aurais plus fait trembler,
j'aurais fait suer! « Embrassons-nous, Folle-
ville! »

— Parfait! Délicieux! Divin! Une ordon-
nance du docteur Georges Le Mayeur, quoi!

— Mais non! non! mille fois non! En songeant à cela le rouge me monta au visage, la
honte m'étouffa, je me sentis des envies de me
souffleter pour me rappeler au sentiment de ma
propre dignité — outragée par moi! Non! me
dis-je résolûment; je laisse à de plus habiles &
à de moins dégoûtés ce métier de romain en
chambre, d'applaudisseur quand même, de confrère aimable... Non! jamais ma bouche ne
prendra le pli du sourire banal, un mensonge!
jamais ma plume le pli d'un éloge complaisant,
un autre mensonge! J'aime mieux être haï
qu'aimé, être chêne altier que roseau servile,
chien maigre & pelé sans collier que chien gras
avec un carcan doré au cou & à l'esprit! J'aime
mieux être mon propre maître sans rentes que
le laquais des autres avec de gros gages : c'eſt
plus difficile, plus âpre — & plus noble! Je reſte
Huron, puisqu'il paraît que je suis né en Huronie, &, comme tout sauvage qui se respecte,

je confesserai ma foi & clamerai ma pensée jusques sous le couteau à scalper de mes ennemis, les joyeux vainqueurs! On ne marchande pas avec sa conscience: on lui obéit, coûte que coûte, lorsqu'elle commande, & l'on meurt ensuite, tranquille & récompensé.

— Ah! cher sauvage, que je t'aime ainsi! s'écria Jean, enthousiasmé, en serrant avec énergie, par-dessus la table, les deux mains de son ami dont un geste significatif, intraduisible, venait de compléter éloquemment le discours. Que je t'aime ainsi, loyal compagnon de ma vie passée! Comme tu as bien fait de tourner ainsi le dos à cette légion emplumée, si affamée de gloire, de gloriole plutôt, qu'elle la ramasse partout où elle traîne, même dans le fumier, même dans la boue!... Bon courage, mes petits messieurs de lettres! barbotez à votre aise! crottez-vous, déchirez-vous, blessez-vous, cassez-vous les reins à courir après cette drôlesse que vous appelez la Gloire & qui s'appelle d'un autre nom! Quand la gloire sera assez bonne fille pour se donner au lieu de se vendre, comme elle le fait depuis si longtemps, je verrai!... D'ici là, pas plus que toi, mon Georges, je ne m'aviserai jamais de l'acheter: elle coûte trop cher, & son jeu ne vaut pas notre chandelle, c'est-à-dire nos veilles, nos sueurs, nos larmes, nos souffrances! Je lui préfère ce verre de beaujolais: c'est franc au moins, c'est

sincère, c'eft bon, cela réchauffe, cela ragaillar-
dit, — & cela ne coûte que vingt sous le litre !...
Maintenant, mon ami, il te refte à m'apprendre
comment d'homme de lettres tu devins sorcier,
de bachelier diseur de bonne aventure, d'amant
des Muses ami des aftres, & de Georges l'inconnu Antonelli le fameux !...

— Je me dis alors, en mon mépris de tout &
de tous, qu'il y avait de vieilles choses qui étaient
encore nouvelles, comme la crédulité & la curiosité humaines, & qu'on pouvait encore espérer
traire de l'or de ces deux bonnes vaches à
lait...

— Oui, les pepins de la pomme mangée par
madame Ève ne sont pas tombés sur une terre
ingrate !... D'autres pommiers ont repoussé de
par le monde, une incommensurable Normandie
peuplée de Normands en habit noir & de Nor-
mandes en crinoline rouge qui ont appétit de
savoir, qui veulent mordre dans ce fruit plein de
cendres, au risque de s'y casser les dents.....
Continue, Georges.

— Je commençai aussitôt mes expériences *in
anima vili*, sur de grossières cervelles, avant
de les tenter sur des cervelles délicates... Je me
fis le Moreau des bals champêtres, la Lenor-
mant mâle des fêtes publiques... Je n'avais plus
de préjugés désormais... A quoi bon ?... Quand
j'ai vu que mes billevesées vaticinatrices, que

mes bourdes prophétiques prenaient avec cette
déplorable facilité, j'ai osé davantage, & j'ai loué,
rue de Douai, un appartement splendide, comme
n'en eurent jamais les sibylles antiques ou modernes, ni Déiphobé aimée d'Apollon, ni Artémis
qui prédisait à Delphes, ni Euryphile qui prédisait à Samos, ni Albunée qui prédisait à Tibur,
ni Marmessa qui prédisait à Troie, ni Mlle Lenormand qui prédisait à Paris, & où je n'ai plus
voulu prédire l'avenir & révéler le passé qu'à
des gens qui avaient de quoi payer... Voilà trois
ans que j'exerce sous le nom italien d'Antonelli
& avec une barbe blanche postiche... La moitié
de Paris, hommes & femmes, a passé par mon
salon & par ma caisse... Dans deux ou trois
ans, je serai tout à fait riche, & je me retirerai
du commerce... J'ai acheté l'année dernière, sur
les bords de l'Oise, à deux pas de la forêt de
Chantilly, un petit domaine où je m'enterrerai
vivant avec toi & Marie, si tu y consens... J'en-
mènerai la mère Ursule, une vieille brave femme
que le hasard m'a fait rencontrer à mon retour
à Paris, & qui m'est dévouée comme un caniche... Elle élèvera Marie... que nous marierons
à quelque honnête homme de fermier, si la
race n'en est pas trop perdue... &, à voir leur
bonheur, nous serons heureux tous deux, mon
vieux Jean, comme au temps où nous allions
gaminer ensemble aux alentours du Panthéon

ou rêver dans les allées de la Pépinière... Cela
te dit-il ?

— Tu es un brave cœur, cher Georges ! répondit Jean, ému de cette offre fraternellement
faite, simplement, tranquillement, comme il convient aux offres sincères. Maintenant, ajouta-t-il
en se levant, allons un peu nous dégourdir les
jambes à la recherche de la Borgnotte, à qui je
veux confier cette chère enfant qui nous gênerait
dans notre excursion au *Paillasson doré*.

Georges & Jean quittèrent la gloriette où ils
étaient si bien, & s'en allèrent, suivis de Marie,
vers le boulevard des Martyrs.

— Père, voilà maman Borgnotte ! s'écria
tout à coup l'enfant, au moment où tous trois
débouchaient de la petite rue Royale.

— En effet, c'eſt Trépignette, dit Cœurderoy
à son ami.

Une jeune femme d'une vingtaine d'années,
fraîche & jolie, malgré le léger ſtrabisme dont
elle était affligée, venait en sautillant vers eux.
Elle portait une robe d'indienne, un tablier de
soie noire à poches, un petit caraco d'Orléans,
& un bonnet dont la blancheur tranchait agréablement avec le noir de l'opulente chevelure
qu'il avait la prétention, mal juſtifiée, d'envelop-
per. Elle avait aperçu Marie & était accourue ;
mais, en apercevant Le Mayeur, elle s'arrêta,
confuse & rougissante comme une jeune fille.

— Jean... Monsieur Jean... murmura-t-elle, en faisant une révérence gauche qui ne manquait pas de grâce.

Georges avait souri en l'apercevant.

— Appelle-moi baron, pendant que tu y es! dit Cœurderoy, riant de l'embarras de sa maîtresse. Chère bête, va! ajouta-t-il d'un ton amical. Ne pourras-tu donc jamais te défaire de cette ridicule timidité devant les hommes? Tu rougis encore, à ton âge! Comprends-tu cela, Georges? elle rougit encore comme si...

La Borgnotte, pour se donner une contenance, embrassait la petite Marie avec une tendresse qui ne lui coûtait pas le moindre effort, & la petite Marie lui rendait ses caresses sans les compter.

— Emmène Marie, reprit Cœurderoy, & allez dîner toutes deux où vous voudrez, pourvu toutefois que ce soit à la maison, où je vous rejoindrai dans la soirée, le plus tard possible...

— Vous... tu ne viens pas dîner avec nous? demanda Trépignette en ouvrant son bon œil tout grand, afin d'en mieux laisser voir l'étonnement.

— Mais, beftiole! puisque je vais dîner au *Paillasson* avec mon ami Georges, je ne peux pas aller dîner avec vous à la maison... Ce n'eft pas drôle, chez nous, & Georges s'y en-

nuierait... tandis que chez la mère Gédéon, on
s'y amuse quelquefois...

— Ah! Jean! murmura la Borgnotte d'un ton
de reproche contenu, presque respectueux.

— Eh bien! quoi, Jean? As-tu peur qu'on
m'y vole mon cœur & ma bourse, dans cette
caverne à jolies filles? Ma bourse? tu sais bien
que je n'en ai pas aujourd'hui. Mon cœur? tu
sais bien que je n'en ai plus. On ne vole pas
un pauvre homme comme moi!... Georges &
moi, nous allons là en curieux... Adieu, Trépignette!... Marie, embrasse-moi, ma chérie...

Marie embrassa son père & se laissa à plusieurs reprises embrasser par lui.

— Va, maintenant, mignonne aimée! lui dit-
il en la remettant aux mains de la Borgnotte, qui
l'emmena aussitôt en jetant un dernier regard
plein de tristesse sur Cœurderoy, & sans prendre garde au salut bienveillant de Le Mayeur.

— Cette fille-là t'adore vraiment, mon cher
Jean! s'écria celui-ci lorsqu'elle se fut éloignée.

— Je le sais bien! mais que veux-tu que
j'y fasse? Je ne peux pourtant pas me noyer
pour cela! répondit Jean avec une sorte de brusquerie.

— Toi, non; mais elle, peut-être! murmura
Georges d'un air rêveur.

CHAPITRE V

Les deux amis se dirigèrent vers la barrière
Blanche, en côtoyant l'ancien chemin du mur
de ronde. Quand ils furent arrivés à la hauteur
du lavoir Saint-Pierre, ils s'arrêtèrent, & Cœurderoy, montrant alors à Le Mayeur une petite
maisonnette peinte en vert sombre, lui dit :

— C'eſt ici, viens ! peut-être ne trouverons-
nous pas de place dans le triclinium de la mère
Gédéon & serons-nous forcés de jouer à notre
bénéfice le rôle des deux Romains contempla-
teurs & contempteurs du fameux tableau du
fameux M. Thomas Couture... Mais qu'importe ? le ſpeĉtacle vaut qu'en reſte debout
tout le temps qu'il dure, quitte à le siffler pour
se reposer...

— Je ne sais pas plus siffler qu'applaudir, mon cher Jean, & il m'eſt aussi indifférent d'être assis que debout.

— Parfait ! Entrons alors !

Les deux amis entrèrent.

Ce que Jean Cœurderoy appelait le *triclinium* de la mère Gédéon & ce que la mère Gédéon appelait son *salon* — le mot était écrit en belle anglaise sur la porte — était une chambre à peu près grande comme un drap de lit flamand. On y entrait par un petit couloir sombre sur lequel donnait la cuisine, aussi grande que le salon. Ses meubles consiſtaient en trois tables de marbre fixées au sol, que l'on doublait avec des rallonges de tôle, & en une quatrième table, de marbre aussi, mais ronde & mobile, que l'on mettait n'importe où, près de la fenêtre ou près de la cheminée, sa place la plus ordinaire. Devant ces tables, des chaises de paille. Sur le mur, une glace oblongue qui en couvrait presque toute la largeur, &, au-dessous de la glace, jusqu'à terre, était cloué un paillasson deſtiné à servir de barrière entre les rhumatismes & les habitués : d'où le nom donné à ce restaurant louche, si connu à cette époque de toute la bohème galante & littéraire. Quant à l'adjeƈtif qui l'ornait si ambitieusement, c'était une ironie, une pure antiphrase.

Le *Paillasson doré,* ou non doré, malgré la

modestie de son enseigne, *Bouillon et bœuf*, n'était pas une gargotte à maçons & à ouvriers : la glace à hauteur de femme, qui régnait tout autour de la pièce, le prouvait assez, ainsi que l'énorme vase de porcelaine blanche, placé sur la cheminée, dans lequel s'épanouissait une gerbe de fleurs printanières, sans cesse renouvelées. Mais ce qui le prouvait davantage, c'étaient les habitués des deux sexes, — des gens de lettres les hommes, des rosières du diable les femmes.

Ce soir-là, principalement, l'assemblée était aussi nombreuse que choisie. Les quatre tables étaient envahies de dîneurs & de dîneuses qui étaient littéralement les uns sur les autres, car là où l'on tenait ordinairement neuf ou dix au plus, ils étaient quinze, riant & mangeant, causant & batifolant avec un appétit & une liberté dignes de l'âge d'or. On a faim de tout quand on est jeune — & qu'on a crédit. Quand il faut payer comptant, c'est bien différent.

— Il n'y a plus de place ! cria la mère Gédéon en apercevant Cœurderoy & son ami. Va-t'en dîner chez toi avec ta Borgnotte !

— Tu vas taire ton grelot, Joséphine, & nous trouver de quoi béqueter, monsieur & moi ; nous trouverons nous-mêmes de la place, sois tranquille !... En attendant, voilà mes arrhes !

Et il embrassa en pleine nuque la mère Gédéon qui faillit en laisser choir la pile d'assiettes

4.

qu'elle portait au salon : Cœurderoy connaissait son faible, qui était d'être appelée par son petit nom & d'être embrassée derrière le cou. Brave & honnête femme, la mère Gédéon, mais sensible aux politesses, — ses clients le savaient & en abusaient.

Elle poussa la porte du *salon*, où Cœurderoy & Le Mayeur entrèrent.

— Cœurderoy ! Ohé ! Cœurderoy ! s'écrièrent quelques voix de femmes.

— Bonsoir, Guillan-le-Pensif, puits de science & de mélancolie ! lui cria un dîneur d'une trente-cinquaine d'années, à la physionomie railleuse & fine, qu'originalisait encore une mèche de cheveux blancs plantée parmi ses cheveux noirs, la fameuse mèche des Rohan.

— Bonsoir, Sigismond du Rouvre, critique assermenté, libertin juré, bonsoir ! répondit Cœurderoy. Tiens, ajouta-t-il en s'adressant à son compagnon qui regardait la scène d'un air tranquille, avec l'aisance d'un gentilhomme qui ne se sent déplacé nulle part ; tiens, Georges, mets-toi là, dans le coin, à côté de Chiffonnette... C'est une bonne place, parce que Chiffonnette est une bonne fille, très-bien élevée pour une grisette : elle ne vous mange pas dans votre assiette au moins... & puis elle est jolie !

— Jamais Cœurderoy n'a autant parlé que ce soir ! fit remarquer d'une voix aigre une grande fille brune qui se trouvait entre Sigismond du Rouvre & un gros-homme à joues roses qu'on appelait le *Pot-à-tabac*, à cause de la forme de sa tête. Jamais Cœurderoy n'a autant parlé, n'est-ce pas, Sigismond ? C'est signe de pluie pour demain !...

— Je parle une fois par an, oui, & c'est mon jour, tu t'en plaindras tout à l'heure, Delphine, je t'en avertis charitablement d'avance. Voyons, mère Gédéon, qu'est-ce que tu as à nous offrir, à ce noble étranger & à moi ? Il me faut, je t'en avertis, tout ce qu'il y a de plus cher dans ta baraque, parce qu'il y a des chances pour que ce soit le meilleur... D'abord, je te retiens deux asperges, deux fraises & un cœur... As-tu des pigeonneaux ? car on mange beaucoup de pigeons ici... presque autant qu'on en plume ailleurs... Je ne veux pas de ton vin au litre... Du beaune à trente !...

— J'ai de tout cela, & je vais t'en donner, homme aimable ! répondit la mère Gédéon.

— Mazette ! tu te mets bien, ce soir ! exclama Chiffonnette.

— C'est à cause de ce noble étranger, mon ami le baron... Ah ! tu relèves la tête, Delphine, afin qu'il voie tes yeux & y morde comme tant de goujons y ont mordu, croyant aux promesses de cet hameçon ? Mais, frais inutiles, ma belle ! Mon ami n'est pas homme à se laisser

accrocher par toi ; il revient de pays extravagants
où les femmes sont plus complètes qu'ici, des
pays où elles ont non-seulement des yeux, mais
encore des dents, des mains, des pieds & le
reſte... Toi tu n'as que des yeux, & encore
sont-ils bien fatigués, à force d'avoir servi...

— Deux diamants noirs, dit Georges en souriant de l'attention dont il était l'objet de la
part de ces diamants.

— Deux charbons qui ne s'allument que
lorsqu'on a battu le briquet devant avec deux
napoléons... Pas de briquet, pas de feu ! pas
même de la fumée ! rien !... Ah ! tu as beau
le regarder avec cette obſtination de mauvais
goût : ça ne mordra pas, je te le répète. Songe
donc, ma petite, que dans ses voyages il a été
regardé par d'autres sirènes d'un autre acabit
& que cela n'a pas plus pris que si elles eussent
chanté... Car c'eſt Ulysse lui-même, mon ami,
le baron Ulysse, le sage Ulysse...

— Ah ! oui, celui qui faisait sa Sophie ?...

— Précisément, belle mais insuffisante Par-
thénope !

— Mon cher Jean, fit observer Geòrges en
riant, si tu continues tu vas me faire passer
pour ce que je ne suis pas... encore !

— Nous verrons tout à l'heure, quand viendra la Reine de Saba... dit Delphine sans quitter des yeux Le Mayeur, qu'il lui semblait va-

guement reconnaître, quoiqu'il lui semblât bien aussi ne l'avoir jamais vu.

— La Reine de Saba? demanda Jean étonné.

— Ah! celle-là, mon agneau, c'eft du nanan! répondit la mère Gédéon qui venait d'entrer avec le dîner demandé par Cœurderoy. Quelle femme, ou plutôt quelle princesse! Jamais le *Paillasson doré* n'en a vu dans ce jus-là!

— Pourquoi vient-elle ici, alors, si elle eft si bien? Ce n'eft pas sa place, à cette reine, puisque Salomon n'y eft pas...

— Tu es encore gracieux, toi... Eft-ce que mon reftaurant ne vaut pas les gargottes du boulevard?

— C'eft autre chose, mère Gédéon. On ne vient chez toi que lorsqu'on ne peut pas faire autrement, tu le sais bien... Quand Héloïse, Rosalba, Delphine & Juliette n'ont pas le moindre cocodès sur la planche, elles se rabattent sur tes fourneaux, qui ne valent pas précisément ceux de Verdier, de Bignon ou de Brébant... Tu es une Providence, mère Gédéon, & l'on ne songe à toi, comme à l'autre, qu'aux heures où l'on manque de tout & de mille autres choses... Ainsi donc, si ta Reine de Saba vient ici, c'eft que c'eft une reine d'Araucanie, impoliment détrônée par ses sujets & forcée de passer sous les fourches caudines des Samnites parisiens... Sa couronne eft en carton

doré, son sceptre en fer-blanc, & son manteau
en cotonnade peinte !...

— Ta, ta, ta ! tu la verras & tu en jugeras !
mon agneau ! Elle eft belle comme le péché &
mise comme on ne se met qu'à la cour...

— A la cour des Comptes !

— Des contes des *Mille et une Nuits*, si tu
veux, je ne m'y oppose pas... Cela n'empêche
que c'eft une particulière qui en porte plus sur
son dos que tu n'en as jamais porté dans ta poche, sans t'humilier, mon agneau... Tu verras,
te dis-je, tu verras !

— Alors, c'eft qu'il y a ici quelque poisson
sous roche !...

— Monsieur ! exclama en pâlissant un jeune
homme assis à l'extrémité de la table.

— Quoi, monsieur ? répondit tranquillement
Cœurderoy. Seriez-vous l'anguille en queftion ?
Au fait, probablement — puisque vous criez
sans que je vous écorche... Quel eft donc ce noble inconnu ? ajouta-t-il en s'adressant à Sigismond du Rouvre qui riait de ce débat.

— C'eft un cabotin du théâtre de Montmartre, répondit à voix basse Chiffonnette en se
penchant à l'oreille de Le Mayeur, son voisin
immédiat.

— L'amant de la Reine de Saba en queftion ?

— Oh ! son amant ! son amant ! elle a un
cheveu pour lui, voilà tout...

— Un cheveu seulement? demanda Le Mayeur
en souriant. Probablement le cheveu de Nisus,
roi de Mégare...

— Je ne sais pas, monsieur, répondit Chiffonnette; mais cela se dit comme cela dans notre
monde.

Le cabotin n'avait pas l'air content, — d'autant moins content que Cœurderoy avait l'air
de l'être beaucoup, à cause de la présence de
son cher Georges.

— Ne fais pas attention à ce toqué, Anatole,
lui dit à voix basse, pour le consoler, sa voisine
de droite, la blonde Juliette.

Le dîner tirait à sa fin; mais si les fourchettes
étaient inactives, les langues allaient leur train :
c'était, d'un bout de la salle à l'autre, un bour-
donnement confus de paroles ponctuées d'éclats
de rires & parfois soulignées de baisers.

Cœurderoy, à qui le beaujolais du père Schumacher & le beaune de la mère Gédéon avaient
tout à fait délié la langue, se sentait tout à fait
en verve ce soir-là : jamais il n'avait été aussi
loquace ni aussi éloquent.

— Pour sûr il arrivera quelque malheur ici
ce soir : Cœurderoy parle trop ! murmura Delphine.

— Tu as donc toujours une dent contre moi,
ma petite? lui cria joyeusement Cœurderoy, qui
avait deviné plutôt qu'entendu son observation.

Au fait, tu as raison de la conserver : c'eſt la seule qui te reſte, n'eſt-ce pas?

— Insolent!

— Moi? tu me prends pour un autre, petite! Jamais je ne te manquerai de respe�, jamais! Tu n'es ni assez jeune, ni assez fraîche pour moi... S'il n'y avait que nous deux au monde, va... Mais si je te présentais ces messieurs & ces dames, cher vieux Georges? Pourquoi pas? je t'ai bien présenté à eux! Une ménagerie curieuse, en somme... ce qu'on pourrait appeler le petit trottoir galant & littéraire, les lorettes de la basse littérature & les journaliſtes de la basse galanterie... Cela te changera un peu du grand trottoir, des duchesses & des écrivains de la haute...

— Oh! oh! des gros mots, Guillan-le-Pensif? dit Sigismond du Rouvre, tout en chiffonnant la guimpe de sa voisine.

— Les plus gros sont les meilleurs, on les comprend mieux.

— Il eſt insupportable, cet être-là! s'écria Delphine en se levant pour s'en aller.

— Tu n'en sais rien, mon ange! répondit Cœurderoy. Cette petite dame qui s'en va, ajouta-t-il en s'adressant à Georges, eſt une affreuse mégère sans cœur, sans esprit, sans gorge, sans dents, sans rien qu'un aplomb du diable avec lequel elle subiugue les hommes, — des bêtes à cornes! Telle que tu la vois, cette drôlesse dont toute la séduction gît dans deux yeux d'un noir d'enfer, — le noir de son âme! — elle a été la maîtresse d'un homme de talent, auteur dramatique applaudi, qu'elle trompait pour un cocodès cousin de je ne sais plus quel ambassadeur, car elle est pourrie de vanité par-dessus le marché... Elle a trompé le cocodès pour un grand prix de Rome, & le grand prix de Rome pour un clown du Cirque... Présentement, pour employer l'argot qu'on parle ici, elle est dans la *dèche*, le Messie ne donne pas pour elle... La mère Gédéon, qui est une bonne pâte de femme, lui fait l'*œil*... Si elle pouvait lui refaire la bouche par la même occasion!...

— Puits de science & de mélancolie, tu es bien cruel, ce soir! cria un homme jeune encore mais complétement chauve.

— Tout à l'heure, mon cher Marcel, tout à l'heure! répondit Cœurderoy, qui ajouta : Celui que tu vois là-bas, mon cher Georges, avec des cheveux gris, moins gris que lui, est un homme de lettres, ou plutôt de laiteries, puisqu'il hante plus ces vilains endroits-là que la Bibliothèque Impériale, où cependant il apprendrait une foule de choses qu'il ignore, telles que le mépris dû aux drôlesses & l'estime due aux honnêtes filles...

— On ne doit aux femmes que de l'amour, n'est-ce pas, tite Juliette?

5

— Tais-toi, satyre !... Cet homme de lettres donc, ce Sigismond du Rouvre, très-connu dans Landerneau, rédige à la *Casquette de Loutre*, un journal littéraire où l'on se moquerait de Jésus-Chrift comme de Jean Journet, & de l'abbé de l'Épée comme de l'abbé Châtel, si cela devait rapporter un abonné de plus... Il n'eft pas méchant, ce vieillard de trente-cinq ans, mais il eft libertin comme Regnard, & il lui faut des Doguine & des Tontine à remuer à la pelle...

— Le fait eft, dit Chiffonnette, que c'eft sa nourriture quotidienne, à cet homme, les femmes !

— Prends garde, Chiffonnette, répondit en riant Sigismond; prends garde : je n'ai pas encore dîné...

— Goinfre !

— Cet autre monsieur, qui eft à côté de cette autre dame, reprit Cœurderoy en désignant un grand beau garçon qui le regardait en fumant une cigarette, cet autre monsieur eft encore un homme de lettres, mais d'une espèce à part... Il n'écrit jamais rien lui-même, quoiqu'il y ait aux vitrines des libraires trois ou quatre volumes signés de lui, tantôt de son vrai nom, tantôt du nom de son village natal, tantôt d'un nom fabriqué avec la tête du premier & la queue du second. Il n'écrit jamais rien lui-même... Trop

grand seigneur pour cela... Ah ! fi !... c'eſt trop
bourgeois !.. Il fait écrire, cela vaut mieux,
parce que cela fatigue moins & rapporte davantage... Il a un atelier de confeƈtion, un bagne
en miniature où il fait travailler, sous ses yeux,
quatre ou cinq pauvres diables dont il eſt le
garde-chiourme. Quand ses quatre ou cinq for-
çats ont confeƈtionné soit un vaudeville en noix
de coco, soit un roman en ivoire ou en os,
Alexandre Duperron de Sablonville va porter
ses produits là où on les achète, à Bobino ou à
la *Casquette de Loutre*, quelquefois même à la
Patrie & au *Moniteur*, en touche religieusement le prix & revient faire travailler ses nègres-
blancs, qu'il n'ose pas battre, mais qu'il nourrit
de charcuteries avariées & d'espérances qui ne
jouissent pas d'une meilleure santé. Ce n'eſt pas
un écrivain, c'eſt un courtier de littérature... Et
avec cela, les femmes courent après lui comme
les hannetons après la chandelle, que c'eſt une
honte... pour nous !... Casanova de Seingalt,
quoi !

— Ce dernier mot me réconcilie avec toi,
Jean ! dit, en tortillant sa mouſtache, la dernière
viƈtime de Cœurderoy.

— Je le crois bien ! répliqua celui-ci.

La gaieté des convives, attisée par les boules
pyrogènes & pyrotechniques que Cœurderoy
jetait dessus, allait un train d'enfer. C'était un

feu croisé de plaisanteries équivoques, un tohu-
bohu d'exclamations gouailleuses qui éclataient
sur toutes les lèvres & s'éparpillaient en étincelles brûlantes dans toutes les oreilles. Les
voix de linottes des femmes se mêlaient aux voix
de merles des hommes : on n'eût pas entendu
Bossuet tonner.

Un nouvel arrivant eut sa part de la gaieté
générale, — une averse! C'était un homme d'une
quarantaine d'années, à tête chauve, à lunettes
d'or, à cravate blanche, à habit noir, à portefeuille de maroquin vert, — une façon d'avocat
en goguette, qui était en goguette sans être avocat. Il entra en sautillant, en souriant & en saluant comme on ne sautille plus que dans les
bals de sous-préfecture, comme on ne sourit
plus que dans les salons de Carpentras, comme
on ne salue plus que sur les planches du Théâtre-Français; &, quand il eut bien sautillé,
bien souri, bien salué, il fit le tour de la table
pour baiser respectueusement la main aux femmes qui s'y trouvaient.

— C'est Victoriet! vive Victoriet! Victoriet
for ever! criait-on.

— En voilà encore un que je te présente, cher
Georges, dit Cœurderoy à son ami. M. Bonaventure Victoriet, magistrat de lettres, plus généralement connu sous le nom de *la serviette de
Cythère...* Il faut qu'il essuie toutes les mains

de femme avec ses lèvres d'homme... C'eſt sa toquade, à ce pauvre diable... Mais il n'eſt pas méchant, lui, il ne mord pas... Ce n'eſt pas comme Adolphe Marcel, qui n'a pas de dents ou qui ferait mieux de ne pas en avoir plutôt que d'en porter de pareilles!...

— Trépignette n'eſt pas si difficile ! murmura méchamment Marcel.

— Les crachats ne blessent pas, ils salissent seulement, & tu sais comment cela s'essuie, n'eſt-ce pas? répondit Cœurderoy en souriant tranquillement, après avoir pâli cependant sous cette allusion qui était une calomnie. Croirais-tu, cher Georges, ajouta-t-il en s'adressant à son compagnon & en désignant du geſte l'homme qui venait d'essayer de l'insulter, croirais-tu que cela a été un poëte, que cela a eu du talent, de la dignité, du courage & de la probité à l'époque où il avait encore des cheveux?... Aujourd'hui cela eſt chauve de partout, de la tête & du cœur, de la conscience & de l'esprit... Victoriet vous lèche les mains sous prétexte de les baiser : c'eſt un caniche; Adolphe Marcel lèche les bottes de ses amis sous prétexte de les nettoyer : c'eſt un laquais! Il y a des gens qui collectionnent des médailles, d'autres des tabatières, d'autres des timbres-poſte, d'autres des cannes, d'autres des pipes : Marcel, lui, collectionne les soufflets. Il en a déjà onze. S'il t'ennuie, dis un mot, & je lui complète sa douzaine...

— Tu es vraiment trop bon, monsieur Juvé-
nal... des *Oursins!* dit en riant l'homme ainsi
outragé.

— Il n'y a pas de quoi, Thersite. Je continue,
puisque je me sens en voix...

— Mais si nous ne nous sentions pas en oreilles, nous? interrompit le jeune homme qui répondait au nom d'Anatole & que Chiffonnette
disait être acteur de Montmartre.

— Quand on en a d'aussi grandes que les
vôtres, mon joli monsieur, on doit toujours les
avoir favorablement disposées! riposta Cœurderoy. Car, aiouta-t-il, ce n'est pas pour dire, mon
joli monsieur, mais vous en avez une paire qui
peut compter comme deux... La nature vous a
avantagé au détriment de votre voisine, mon ennemie intime Juliette, qui les a petites, petites,
petites, plus petites que ses boucles d'oreille...

Le « joli monsieur » allait se lever, furieux :
il se rassit, aimable, en voyant la porte de la salle
s'ouvrir & une dame entrer.

— La Reine de Saba! s'écria Du Rouvre, le
pince-nez en arrêt.

CHAPITRE VI

OU IL EST QUESTION D'UNE REINE DE SABA QUI N'A
AUCUN RAPPORT AVEC CELLE DE SALOMON
NI AVEC CELLE DE GOUNOD

A parler franc, c'était une merveilleuse personne que celle qui s'avançait ainsi, majeſtueuse
comme une reine, ondulante comme une cou-
leuvre, parée comme une châsse, dans cette salle
de cabaret, au milieu de cette atmosphère nico-
tinisée, patchoulisée, alcoolisée comme toutes
les atmosphères de cabaret — à femmes.

Son chignon de cheveux blonds frisés flottait
derrière elle, sous un petit chapeau de garde-
française brodé de perles & noyé de plumes
blanches; un gilet de piqué blanc, fermé en
haut par trois boutons d'or, s'échancrait par
le bas d'une très-habile façon afin de mieux accu-

ser les contours divins d'une gorge que l'orfévre
de la belle Hélène eût choisie pour le modèle de
sa coupe d'or blanc ; par-dessous ce gilet, une
fine dentelle — transparente ; par-dessus, une
petite veſte de soie flottante. Pas de robe : une
jupe de taffetas de couleur mauve, retroussée
par des tirettes qui laissaient voir un jupon agré-
menté d'arabesques d'argent & des bas de soie
rouge agrémentés d'arabesques d'or. Pour
chaussure, des bottines de soie blanche à glands
d'argent & à hauts talons, dans lesquelles on
devinait de petits pieds mutins & bien cambrés.
Une toilette insolente, — mais d'une insolence
provoquante.

Sigismond du Rouvre passa sa langue sur
ses lèvres comme un gourmet qui voit arriver
un mets exquis.

— Sur ma foi, madame, s'écria-t-il enthousiasmé, je dirai de vous ce que disaient de la
fille de Tyndare les vieillards assemblés devant
la porte de Troie : certes, ce n'eſt pas sans raison
que les Troyens & les Achéens aux riches cné-
mides endurent pour une telle femme des
maux si affreux... Comme la fille de Tyndare,
en effet, madame, vous ressemblez aux déesses
immortelles ! J'envie le sort de Pâris & je plains
celui de Ménélas !...

Celle qu'on appelait la Reine de Saba, en
entendant ce compliment, sourit comme une

femme habituée à en recevoir, & s'avança vers
le jeune acteur, en ce moment radieux.

— Oh! oui! oui! s'écria Victoriet en accourant
baiser la belle main gantée de la belle arrivante.
Oui! du Rouvre a raison, &, comme lui, j'envie
le sort de Pâris, si je plains le destin de Ménélas!...

Victoriet achevait à peine sa phrase & son
baiser, qu'on entendit à l'extrémité de la salle
un cri rauque, une sorte de râle convulsif qui fit
retourner toutes les têtes du côté d'où il partait.

—Qu'as-tu donc, Jean ? demanda Le Mayeur,
très-pâle depuis un instant.

— Cette femme! cette femme! murmura-t-
il d'une voix étranglée en désignant du regard
la Reine de Saba, assise à côté du jeune acteur
de Montmartre.

— Eh bien? demanda de nouveau Le Mayeur,
plus pâle encore.

Cœurderoy se dressa debout & jeta un éclat
de rire douloureux.

— Cette femme! répondit-il. Cette femme!
C'est Messaline égarée sur le port d'Ostie à la
recherche du débardeur philosophal!... Son débardeur d'aujourd'hui, c'est ce cabotin de barrière, un enfant! Messaline les prenait moins
jeunes, au moins!... Et Claude, l'imbécile
Claude, où est-il ?... Claude! il est mort! ajouta
Cœurderoy d'un air sombre.

5.

— Monsieur ! ces injures !... à une femme ! devant moi ! s'écria le jeune comédien de ban-lieue, en prenant une pose théâtrale d'un bon effet.

— Anatole ! cher Anatole ! je vous en supplie, laissez cet homme ivre !... lui dit sa belle maî-tresse d'une voix suppliante, en le regardant avec des yeux pleins de tendresse. Laissez-le ! partons ! je ne suis venue que pour vous ici... Je n'y vois que vous... Partons, mon ami !... Partons !

Le jeune homme était fort embarrassé ; d'un côté il était pris par l'envie de refter pour jouir de son succès de vanité ; mais d'un autre côté, l'attitude de Cœurderoy était trop menaçante pour qu'il jugeât prudent de la braver.

— Partons, chère, puisque vous le voulez, partons ! dit-il à voix basse. Mère Gédéon, nous réglerons une autre fois, ajouta-t-il en s'adres-sant à la cabaretière qui entrait en ce moment.

Georges Le Mayeur, pendant ce court débat entre le comédien & Cœurderoy, s'était levé, lui aussi, ne comprenant rien d'abord à l'émo-tion extraordinaire qui s'était subitement empa-rée de son ami, &, en tout cas, disposé à lui ve-nir en aide s'il en était besoin ; puis, aux paroles qui lui étaient échappées, il avait deviné ou cru deviner, & son émotion personnelle s'en était augmentée d'autant.

La « Reine de Saba, » qui en effet ne voyait dans toute la salle que l'homme pour lequel elle était venue là & nul autre, se disposait à se retirer avec lui, afin de le souftraire aux brutalités de langage & peut-être de gefte de celui qu'elle appelait « l'homme ivre » : Le Mayeur lui barra le passage.

— Impéria! lui souffla-t-il à l'oreille en s'inclinant courtoisement devant elle.

La Reine de Saba tressaillit au son de cette voix.

— Monsieur!... murmura-t-elle en pâlissant à son tour. Georges! ajouta-t-elle avec une surprise pleine d'effroi.

— Cela se corse, & raide! dit Sigismond du Rouvre en ajuftant son pince-nez & en se renversant en arrière pour mieux jouir du spectacle qui lui était offert comme dessert.

— Il faut que je vous parle, reprit rapidement Le Mayeur, toujours penché à l'oreille de la « Reine de Saba ». Il faut que je vous parle, non pas de moi, mais de vous &... de quelqu'un encore... de votre fille...

— Vous vous trompez, monsieur, je ne vous connais pas! répondit la Reine de Saba en reprenant tout à coup son sang-froid superbe & son air de souveraine impertinence. Je ne vous connais pas!...

— Et moi, me reconnais-tu, Messaline? cria

Cœurderoy en s'avançant à son tour vers celle que Le Mayeur avait appelée Louise. Me reconnais-tu ? Je suis Claude ! l'imbécile Claude ! Claude le délaissé ! Claude le...

En ce moment parut dans la salle du cabaret de la mère Gédéon, pâle aussi, mais d'une pâleur pour ainsi dire plus honorable, une jeune fille qui, sans prendre garde à rien ni à personne, cria à bout portant à Cœurderoy rugissant :

— Jean ! Marie se meurt !

— Marie ! Oh ! râla Cœurderoy en se précipitant hors de la salle, bientôt suivi de la Borgnotte, aussi émue que lui.

Tout cela avait duré moins qu'un éclair, pendant lequel la « Reine de Saba » avait tressailli à deux reprises, électriquement.

— Partons, Anatole ! murmura-t-elle avec agitation. Tenez, madame, payez-vous ! ajouta-t-elle en jetant un louis à la mère Gédéon, immobile sur le seuil de la salle, ne comprenant rien à ce qui s'y passait.

— Mais, madame... murmura la mère Gédéon, interdite, en voyant que la « Reine de Saba » s'éloignait sans attendre sa réponse en monnaie.

Georges Le Mayeur avait disparu en même temps qu'elle.

— Eh bien ! eh bien ! elle s'envole comme cela,

sans nous dire adieu, la « Reine de Saba » ?
s'écria Sigismond du Rouvre, un peu dépité.

— C'eſt la faute de Cœurderoy ! fit remarquer
Marcel.

— Le fait eſt, ajouta Sablonville, que Cœurderoy excelle dans l'art de jeter un froid...

— De veau — piqué — carreau — marin —
de la Belle poule — au pôt — ichomanie — na
ma Ninette... ajouta Sigismond, qui venait de
se consoler en pressant tendrement le pied de sa
voisine, qui avait repondu à sa pression.

— Si nous faisions un petit mistron ? dit une
des femmes en se rapprochant de la table de Sigismond.

— Des cartes ? Fi ! exclama celui-ci, toujours
tourné vers sa voisine. Des cartes ? Fi ! Aimons !
le reſte eſt vain !

CHAPITRE VII

Une voiture de remise ftationnait devant la porte du *Paillasson doré* : Impéria monta dedans, &, après elle, le jeune acteur du théâtre de Montmartre.

— Au boulevard, dit-elle d'un voix brève au cocher.

La voiture roula — comme savent rouler les coupés de remise.

A l'angle de la rue Notre-Dame-de-Lorette & de la rue La Rochefoucauld, il y eut un temps d'arrêt d'une minute ou deux provoqué par un de ces mille embarras de Paris chantés par Boileau. Georges Le Mayeur, qui avait couru jusque-là, cherchant de l'œil une autre voiture vide dans laquelle il pût monter pour suivre celle

qui emportait Impéria, s'arrêta aussi, anhélant.
Les voitures sont nombreuses à Paris, surtout
quand il fait beau ; cependant il y a des heures
où l'on n'en rencontre pas la roue d'une. Le
Mayeur cherchait toujours du regard, mau-
gréant, inquiet, car il avait intérêt à ne pas laisser échapper Impéria, maintenant qu'il la tenait,
ou à peu près. Enfin un fiacre passa, dont les
chevaux ne paraissaient pas trop fourbus pour
des chevaux de fiacre — qui, on le sait, n'ont de
commun, que la rime, avec des chevaux de
sacre : Georges fit signe au cocher, qui s'arrêta.

— Vous voyez bien ce coupé vert ? lui dit-il
rapidement en lui montrant du doigt la voiture
d'Impéria, qui venait de se remettre en marche.
Il faut le suivre à diftance, assez loin pour n'être
pas remarqué des personnes qui sont dedans,
assez près pour ne pas être exposé à le perdre
de vue. Où il ira, allez ! Il y a dix francs de
pourboire.

— Suffit, bourgeois ! répondit le cocher d'un
air qui signifiait : « J'ai compris. Vous *filez*
quelque particulier suspeĉt ; ce sera une bonne
prise pour vous, & une bonne note pour moi.
Vous serez servi comme il convient, mon
agent ! »

Et les chevaux de fiacre firent merveille, ai-
guillonnés — non par l'appât des dix francs promis à leur maître — mais par de vigoureux

coups de fouet cinglés aux endroits faibles, parce que vides, les flancs.

Le coupé descendit le faubourg Montmartre, gagna le boulevard &, une fois là, modéra son allure, à la grande joie du cocher de fiacre, qui commençait à désespérer de gagner le pourboire & l'eftime de son « agent. »

— Le particulier filé va aux Champs-Élysées, c'eft sûr, murmura-t-il avec un sourire narquois particulier aux cochers parisiens, profonds observateurs.

Le coupé semblait donner raison au fiacre. Il avait dépassé la rue Laffitte, puis la rue Taitbout, puis la rue de la Chaussée-d'Antin, & se dirigeait vers la Madeleine. A la hauteur de la rue Caumartin, il s'arrêta brusquement, & le couple qu'il promenait depuis une demi-heure descendit, le jeune homme d'abord, sa compagne ensuite.

— Payez cet homme, dit cette dernière au cabotin.

Le cabotin paya, &, après avoir payé, s'empressa d'offrir son bras à Impéria — qui le refusa en disant à voix basse :

— Nous sommes trop près de chez moi, mon cher Anatole... Éloignez-vous... Nous nous reverrons demain... un autre jour... mais ailleurs que dans ce vilain endroit où je vous ai

rencontré ce soir... il y vient de trop vilaines
gens!...

— Avec moi, Impéria, que pouvez-vous donc
craindre? exclama le jeune homme en se redres-
sant sur ses pieds comme un jeune coq sur ses
ergots.

— Je ne crains absolument rien, mon cher
Anatole, car je sais que vous êtes aussi brave
que beau ; mais je n'aime pas les mauvais lieux
comme celui-là : ils sont trop mal fréquentés...
Nous nous reverrons ailleurs... je vous écrirai...
Adieu, mon ami, adieu!...

Le comédien de Montmartre se penchait pour
prendre la main de sa belle amie & la porter à
ses lèvres suivant les règles de la galanterie
théâtrale ; mais Impéria était trop préoccupée
ce soir-là pour se prêter à cette courtoisie de
son jeune premier, ni à n'importe quelle autre
fantaisie : quand il releva la tête, étonné, il n'a-
perçut plus personne.

— Impéria! s'écria-t-il.

Un éclat de rire ironique, parti d'un fiacre
lancé au galop, fut la seule réponse qu'il ob-
tint.

— Insolent! murmura-t-il en s'adressant au
fiacre, & en restant planté sur le trottoir de la
rue Basse-du-Rempart, sans savoir quel parti
prendre.

Impéria suivait la rue Caumartin avec cette

legèreté d'oiseau qui caractérise la démarche des
Parisiennes, — même de celles qui ont le pied
le plus étroitement ganté. De temps en temps,
elle jetait un regard furtif par-dessus son épaule
pour s'assurer que son compagnon de voiture
avait bien la discrétion qui convient aux jeunes
premiers, &, quoiqu'il lui fût prouvé qu'elle
n'avait rien à redouter, elle hâtait le pas & semblait impatiente d'être arrivée chez elle.

Le fiacre roulait toujours, mais d'un trot qui
n'avait rien d'excessif pour les pauvres chevaux
qui y étaient attelés, ni rien de suspect pour la
belle Impéria, rassurée au contraire par ce voisinage, car en ce moment la rue Caumartin était
déserte, & les femmes seules, le soir, n'aiment
pas les rues désertes : elles sont trop exposées,
quand on les y rencontre, à être prises — pour
ce qu'elles sont quelquefois.

Impéria quitta la rue Caumartin pour prendre la rue Boudreau, vers le milieu de laquelle
elle s'arrêta. Le fiacre, qui l'avait suivie à distance, s'arrêta aussi, sans éveiller ses soupçons.
Mais Georges Le Mayeur se garda bien de se
montrer, de peur d'être reconnu à la lueur des
becs de gaz qui éclairaient le devant de la maison où venait d'entrer la « Reine de Saba ».

Cette maison, supprimée depuis un an envi-
ron pour donner passage à je ne sais plus quelle
nouvelle voie publique, était un petit hôtel d'une

architecture fort élégante, dans le goût de son voisin de la rue Trudon, l'hôtel Rachel. Impéria demeurait-elle donc là ? N'y était-elle qu'en visite ? Voilà le point obscur qu'il s'agissait d'éclaircir.

Georges Le Mayeur pencha la tête par la portière de la voiture & dit au cocher respectueusement tourné vers lui, attendant ses ordres :

— Vous allez entrer dans cet hôtel, &, sans affectation, comme une chose toute naturelle, vous demanderez à qui il appartient ; c'est le meilleur moyen de le savoir. Moi, je serais suspect au concierge, qui s'étonnerait de ma question & se refuserait à y répondre ; vous, au contraire, vous aurez l'air d'un cocher à qui l'on a donné un nom pour un autre & qui est embarrassé.. Vous êtes intelligent, faites le niais : vous réussirez, & j'ajouterai alors dix francs au pourboire promis. Allez !...

Le cocher se gratta l'oreille, ce qui témoignait évidemment d'un certain embarras ou d'une hésitation quelconque. Gagner un louis ne lui répugnait pas, mais les moyens de le gagner ne lui semblaient pas infaillibles.

— Eh bien ! qu'attendez-vous donc ? lui demanda Georges d'une voix brève & sifflante.

— Ne fâchons pas mon agent, murmura le cocher en se décidant à quitter son siége. Après tout, ajouta-t-il, s'il y a du grabuge il est là pour répondre... Cela le regarde ! Je suis à couvert, moi...

Et il alla sonner à l'hôtel indiqué, dont il ne referma pas la porte, une fois qu'elle fut ouverte, parce qu'il voulait surveiller sa voiture de l'oreille, ne pouvant plus la surveiller de l'œil. Un agent, sans doute ! Mais si cela n'avait pas été un agent ?

Quelques minutes après, il ressortait triomphant — & refermait bruyamment la porte.

— Voilà, notre bourgeois, vint-il dire à Georges, le chapeau à moitié levé, dans une attitude qui tenait le milieu entre la familiarité & le respect. Le suisse, un vieux qui n'est pas malin & qui se laisserait tirer par un enfant tous les vers qu'il peut avoir dans le nez, le suisse m'a dit comme ça que l'hôtel appartenait au marquis de Sauges, un vieux aussi, & que la petite dame qui venait d'entrer était la marquise de Sauges elle-même, rien que ça, excusez ! Là, vrai, mon agent, ne me donnez pas vingt francs, je ne les ai pas gagnés... Un louis, tout au plus... & encore !...

— C'est bon ! Ramenez-moi au boulevard ! interrompit Georges d'un ton sec.

Le cocher comprit qu'il avait eu la langue aussi longue que la mèche de son fouet & qu'il avait eu tort de la faire claquer si près de l'oreille de son « agent » — qui aimait peut-être le

respect chez les subalternes, & ne souffrait pas
leur familiarité. Il comprit, & remontant pres-
tement sur son siége, il reprit le chemin du
boulevard, où Georges le congédia après l'avoir
payé.

Georges Le Mayeur savait maintenant où
trouver Impéria quand il le faudrait. Cette femme
vipérine, à l'amour mortel, qui avait essayé sur
son cœur ses crochets venimeux, pouvait devenir
de nouveau fatale à quelqu'un de cher, & il voulait se trouver là pour la mettre hors d'état de
nuire. C'était pour cela que, le matin, lorsqu'elle
avait quitté, pour n'y plus revenir sans doute,
son salon de nécroman, il s'était précipité à sa
poursuite sans parvenir à la rejoindre à temps.
C'était pour cela que ce soir aussi, lorsqu'elle
avait quitté le cabaret littéraire de la mère Gédéon, où elle ne devait pas non plus revenir, il
le devinait, il avait oublié tout pour s'attacher
à ses pas & retrouver sa trace. Son Impéria
d'autrefois s'appelait la marquise de Sauges, &
tout lui faisait croire que la marquise de Sauges
n'était autre que madame Louise Cœurderoy !..

La pente naturelle de ses réflexions l'amenant
à cette conclusion, qui l'épouvantait, & tout ce
qui avait précédé son départ du *Paillasson* lui
revenant à l'esprit, il comprit que, s'il lui importait de connaître l'adresse de la femme, il ne lui
importait pas moins de connaître la demeure

du mari ; car si l'une était son ennemie, l'autre était son ami, son compagnon d'enfance, son presque frère, à qui il devait plus que jamais son amitié, ses consolations & son dévouement. La Borgnotte était accourue, folle d'une douleur vraie, prévenir Cœurderoy que la petite Marie se mourait, — une exagération de femme, sans doute, mais en tout cas un nouvelle sinistre pour un père comme Jean. En supposant Marie seulement atteinte d'une maladie quelconque, même légère, Georges Le Mayeur comprenait qu'il y avait encore là, pour son ami, un suffisant sujet d'alarmes & une suffisante cause de douleurs.

— Pauvre cher Jean ! murmura-t-il, le cœur noyé de pitié. Etait-ce donc ainsi que je devais le revoir !

Un remise passait : Georges l'arrêta & se fit conduire en toute hâte rue de la Victoire, chez le docteur Stéphen, une jeune gloire médicale en qui il avait confiance. Le docteur était chez lui, par hasard, à cette heure avancée de la soirée ; Georges le pria de venir avec lui.

La voiture monta vers Montmartre. Sur le boulevard de la Barrière-Blanche, Georges pria le docteur Stéphen de l'attendre un instant, & il alla à la recherche du *Paillasson doré*, maintenant silencieux. Les dîneurs en étaient partis pour aller orner de leur présence les différents

cafés du quartier : il ne restait plus, dans la
salle, soupant à leur tour, que la mère Gédéon
& son mari, un ouvrier mécanicien intelligent
& doux, qui suait chaque jour à boucher avec
son travail les brèches que faisaient à son budget
les pensionnaires de sa femme.

— Madame, dit Georges en saluant le mari
avec plus de sympathie que la femme, je vous
serais reconnaissant de vouloir bien me donner
l'adresse de mon ami Cœurderoy. C'est un ami
d'enfance retrouvé par moi aujourd'hui, & vous
comprenez bien que je ne l'ai pas retrouvé pour
le perdre... Il est parti si vite, ce soir, lorsqu'on
est venu lui apprendre que sa fille était malade,
que je n'ai pu le suivre... Dites-moi, je vous en
prie, où est sa demeure... dans le voisinage,
sans doute ?

— Monsieur, répondit la mère Gédéon embarrassée, nous n'avons pas l'habitude de livrer
ainsi aux étrangers l'adresse de nos habitués,
que cela pourrait contrarier... Vous êtes venu
ce soir avec Cœurderoy, c'est vrai, mais ce n'est
pas une raison... Tous les jours nos clients
amènent dîner avec eux des gens à qui ils seraient bien fâchés d'indiquer leur domicile... Je
suis désolée de vous refuser...

— Madame, reprit Georges en fronçant le
sourcil avec impatience, je ne suis pas ce que
vous supposez si facilement, puisque je suis un

ami de Cœurderoy & qu'un ami n'eſt pas un
créancier... J'ai été chercher, je raméne avec moi,
dans une voiture qui eſt à votre porte, un médecin pour soigner, pour guérir la petite Marie...

— Cité des Bains, boulevard Rochechouart,
un peu avant la rue du Théâtre, dit M. Gédéon,
impatienté à son tour des façons soupçonneuses
de sa femme envers Georges, dont la sincérité
était si évidente. Tenez, je vais vous y conduire, car vous pourriez ne pas trouver, la nuit
surtout, ajouta M. Gédéon en se levant sans
achever son souper commencé.

CHAPITRE VIII

OU IL EST DÉMONTRÉ QUE LE DÉVOUEMENT EST UNE
FLEUR QUI POUSSE DANS LES PLUS PAUVRES
CERVELLES, COMME LA GIROFLÉE SUR LES
PLUS PAUVRES MURAILLES

Georges & M. Gédéon marchaient le long des boulevards, suivis de la voiture, où s'était refusé à monter le mari de la cabaretière.

— Vous êtes père, sans doute, monsieur ? lui demanda Le Mayeur.

— J'ai un fils, oui, monsieur, répondit M. Gédéon.

— Je comprends alors, dit Georges sans ajouter autre chose.

On arriva sur le boulevard Rochechouart, devant une grille qui fermait un escalier.

— C'est ici, monsieur, dit M. Gédéon.

La voiture s'arrêta, le docteur Stéphen en

6

descendit, & les trois hommes gravirent les quinze ou vingt marches qui conduisaient à la Cité des Bains.

M. Gédéon avait eu raison de dire à Georges qu'il ne pourrait pas s'y reconnaître, à cette heure de nuit où toutes les maisonnettes de la Cité étaient closes & endormies, ou à peu près, &, en tout cas, plongées dans l'obscurité, deux ou trois exceptées. Il avait eu raison de s'offrir à lui servir de guide dans ce dédale de jardinets, en ce moment pleins de parfums : Georges s'y serait certainement perdu. La Cité des Bains eſt un vaſte espace compris entre le boulevard Rochechouart & la rue des Acacias d'une part, &, de l'autre, entre la chaussée des Martyrs & la place du Théâtre de Montmartre. La spéculation n'avait pas encore songé à bâtir là de hautes maisons en pierre de taille; on n'y voyait, je viens de le dire, que des maisonnettes en plâtre, presque en carton, & d'un étage ou deux au plus, mais presque toutes entourées de quelques arbres & de quelques fleurs. Cela ne coûtait pas trop cher & cela valait tout autant — pour des gens modeſtes, employés, artiſtes, ouvriers ou gens de lettres. Ce n'était pas une caserne, comme beaucoup de cités parisiennes; ce n'était pas non plus un phalanſtère : c'était une réunion de ruches bourdonnantes durant le jour & silencieuses pendant la nuit. Cœurderoy avait bien choisi, pour sa fille & pour lui, en venant se fixer là.

— Nous sommes arrivés, messieurs, dit M. Gédéon en désignant une de ces humbles maisonnettes. Si vous voulez le permettre, ajouta-t-il, je vais monter le premier, afin de prévenir madame Jean... Je ne serais pas fâché d'avoir des nouvelles de la santé de la petite fille...

Au bruit des pas & des voix sur l'escalier, une porte s'ouvrit & la Borgnotte parut sur le seuil, une bougie à la main. Elle avait sur le visage des traces de larmes essuyées à la hâte.

— Il m'avait bien semblé, en effet, reconnaître votre voix, monsieur Gédéon, dit-elle en essayant de sourire pour faire bon accueil aux survenants.

— Un ami de M. Jean & un médecin pour la petite, dit M. Gédéon.

— Entrez, messieurs, reprit la Borgnotte en rougissant deux ou trois fois coup sur coup, sans savoir pourquoi.

Georges & le docteur Stéphen entrèrent, suivis de M. Gédéon, dans une chambre d'une propreté flamande & meublée de vieux meubles en chêne bruni par le temps : bahuts, dressoirs, crédences, garnis de vieilles faïences de Rouen, de Nevers, de Delft, sur lesquelles courait la lumière que la Borgnotte tenait à la main.

— Où est l'enfant ? demanda le médecin.

— Où eft Jean? demanda Georges.

— Marie va mieux, monsieur, répondit timidement Trépignette. C'était une crise comme elle en a quelquefois... Elle eft très-nerveuse, la chère petite, très-nerveuse, monsieur... A l'approche de l'orage, cela lui prend... on la croit morte.

— Mais il n'y a pas eu d'orage aujourd'hui, & il n'y en aura pas cette nuit, fit observer le médecin.

La Borgnotte rougit de nouveau, embarrassée par les regards fixés sur elle.

— Oui, sans doute, monsieur... Il n'y a pas eu d'orage... mais c'eft tout comme... Jean était en proie à quelque surexcitation extraordinaire, sa fille l'a devinée & ressentie à diftance... Je vous demande pardon, monsieur... moi, je n'y comprends rien, mais cela eft ainsi... Cette enfant-là ne ressemble pas aux autres petites filles de son âge... Quand son père eft joyeux, elle se porte bien; quand il eft trifte, elle souffre, même lorsqu'elle n'a aucune raison de savoir s'il eft trifte ou gai, puisque souvent il n'eft pas là & que d'ailleurs il s'efforce toujours de montrer un bon visage à sa fille, sa seule affeétion au monde, puisqu'il ne veut pas de la mienne... & que...

Les derniers mots de cette singulière confidence s'achevèrent dans un sanglot aussitôt réprimé.

— Ah! monsieur Gédéon, je suis bien malheureuse! murmura la Borgnotte en pleurant silencieusement.

— Ne puis-je voir cette enfant, madame? demanda pour la seconde fois le docteur Stéphen.

— Ne puis-je voir Jean? demanda pour la seconde fois Le Mayeur.

— Jean s'eft enfermé avec sa fille voilà bientôt trois heures; il l'a couverte de caresses en entrant, car il croyait la trouver morte, d'après ce que je lui avait dit... L'enfant, en le voyant, eft revenue à elle comme par miracle... Il m'a renvoyée d'un air farouche, je l'ai entendu crier & pleurer comme une femme, comme je pleure moi-même toutes les fois que je le vois ainsi; puis le silence s'eft fait dans la chambre de la petite Marie... Sans doute elle s'eft endormie, & Jean veille sur son sommeil, comme cela lui arrive souvent pendant des nuits entières...

Georges fit un pas vers la porte de la chambre voisine.

— Ah! par pitié, monsieur, n'allez pas là! ne frappez pas! n'appelez pas! Jean me chasserait! murmura la Borgnotte en se précipitant tout éplorée pour empêcher Le Mayeur d'avancer.

— Mon enfant, dit ce dernier à Trépignette, éclairez ces messieurs; moi je refte ici... Il faut absolument que je parle à Jean... J'attendrai...

6.

Adieu, & merci, docteur ; servez-vous, je vous
prie, de la voiture, & renvoyez-la-moi ici...
Monsieur Gédéon, je vous suis très-reconnais-
sant de votre obligeance...

— Oh! il n'y a pas de quoi, répondit le mécanicien.

La Borgnotte obéit sans réfléchir, uniquement parce qu'il était dans sa nature d'obéir, &
que d'ailleurs Georges lui inspirait une confiance mêlée d'un vague respect qu'elle ne savait
à quoi attribuer, mais qu'elle ressentait. Elle alluma une seconde bougie, qu'elle posa sur la
table, puis, avec l'autre, elle éclaira le docteur
Stéphen jusqu'à la grille de la Cité.

Quand elle revint, elle trouva Le Mayeur l'o-
reille collée à la porte de la chambre où reposait
Marie, épiant le moindre bruit, le moindre indice qui lui permît d'élever la voix & de faire
savoir à son ami Jean qu'il était là.

— Oh! l'enfant dort, cela est certain! dit la
Borgnotte, assez embarrassée de la contenance
qu'elle devait tenir devant un étranger, à cette
heure de la nuit, dans les circonstances singu-
lières où ils se trouvaient l'un & l'autre.

Elle allait & venait dans la chambre avec
précaution, rangeant des choses qui n'étaient
pas dérangées, gênée enfin, & très-visiblement,
par la présence de Georges Le Mayeur qui la regardait faire avec intérêt, sans songer à l'em-

barras où il la mettait précisément par cet examen silencieux.

— Mon enfant, dit-il enfin de sa voix la plus douce, asseyez-vous près de moi, en face de moi, sans crainte : nous avons à causer ensemble.

— Avec moi, monsieur ? s'écria la Borgnotte, effrayée. Mais je ne sais pas causer, monsieur ; mais je ne suis qu'une pauvre ignorante ! mais je ne suis qu'une bête, comme m'appelle Jean !

— Une chère bête en tout cas, mon enfant, car il ne parle de vous qu'avec affection. Mais, du reste, vous n'aurez pas d'efforts à faire avec moi ; vous avez eu du chagrin ce soir : je n'entends pas vous fatiguer davantage. Seulement, j'ai besoin de tenir de vous certains détails que Jean refuserait de me donner lui-même... Jean est mon plus vieil ami, je l'aime beaucoup...

— Moins que moi, monsieur ! exclama naïvement la Borgnotte en joignant les mains & en levant vers le ciel, comme pour le prendre à témoin de la sincérité de son aveu, le seul œil qu'elle eût de bon & de beau sur deux.

Georges ne put s'empêcher de sourire.

— Il y a bien un peu d'intérêt dans votre amour ? dit-il.

— De l'intérêt ? Ah ! monsieur ! vous ne savez donc pas que mon pauvre Jean est pauvre, sans être misérable toutefois... Ce qu'il gagne

passe presque entièrement dans l'achat de toutes ces vieilleries dont nos quatre chambres sont
pleines... Et puis, il y a sa fille, la chère mignonne, dont il satisfait aveuglément tous les
caprices, heureusement peu ruineux... Avec ce
qui refte, il faudrait que je fisse des miracles
d'économie... afin d'arriver à joindre les deux
bouts, sans dettes criardes... De l'intérêt? Ah!
je serais bien malavisée de refter avec lui pour
cela !

— Aussi eft-ce pour autre chose, mon enfant...

— Pour autre chose? Et pourquoi donc,
grand Dieu! Il eft maussade, il ne me dit jamais
une parole aimable, il gronde & crie sans cesse
à propos de rien... Brutal! oui, bien brutal!
mais bon aussi, monsieur, bon par fougades
comme du bon pain... Ah! tenez, en songeant à
toutes sortes de choses en ce moment, je me reproche d'avoir pu vous dire qu'il était brutal...
Ah! monsieur, qu'il eft bon! Il y a chez nous,
chez lui plutôt, de vieilles faïences auxquelles il
tient comme à la prunelle de ses yeux, je ne sais
pas pourquoi, car enfin, ce n'eft pas beau, ces
vilaines faïenceries-là... cela ne vaut pas les
belles porcelaines qu'on voit dans les bazars...
Un jour, comme il regardait ses tessons avec
une tendresse dont j'étais jalouse (je suis jalouse de tout à propos de lui, monsieur !) il se

mit à me regarder aussi, &, d'une voix qui me
remua toute, des pieds à la tête, car elle sonnait du meilleur son que j'eusse entendu jusque-
là, il me dit, en m'attirant sur ses genoux & en
me baisant sur mes pauvres yeux contrefaits :
« Écoute, la Borgnotte... voici des bibelots auxquels j'attache le plus grand prix, d'abord parce
qu'ils sont beaux & rares, ensuite parce qu'ils
m'ont coûté cher... Eh bien ! ma fille, si jamais,
en les rangeant, en les époussetant, tu avais le
malheur d'en casser un seul, verre ou poterie,
assiette ou buire... (je me mis à trembler comme
la feuille à cette pensée, le sachant violent au
delà du possible...) si jamais tu avais le malheur de casser une seule de ces précieuses inuti-
lités auxquelles je tiens tant, je t'en supplie, ne
t'en émeus point, ne va pas te trouver mal de
désespoir en songeant au mien, & surtout à mon
irritabilité nerveuse : comme tu ne l'auras pas
fait exprès, je n'aurai rien à te dire, &, quoique
je n'aie pas une passion folle pour toi, sache bien
que tu m'es cent fois plus chère que des pots !... »
Ah ! monsieur, ce n'eſt pas un homme méchant
qui parle ainsi !... Pauvre cher Jean ! il souffre,
il eſt malheureux de je ne sais quoi... un souvenir du passé dont je suis jalouse aussi... Vous
voyez bien, monsieur, que nul intérêt vil ou
petit ne guide mon amour pour lui...

— Il y en a toujours un au fond des plus

pures actions humaines, mon enfant; &, puisque vous ne voulez pas vous confesser à moi, je vais vous confesser malgré vous... Vous aimez ardemment, aveuglément Jean, c'est vrai.... Mais si vous êtes heureuse que vos voisins & vos amis vous appellent madame Jean, vous seriez plus heureuse encore de vous entendre appeler madame Cœurderoy...

La Borgnotte poussa un cri & chancela, comme foudroyée par l'étonnement.

— Monsieur... monsieur... murmura-t-elle, qui a pu vous dire... vous révéler ce secret que je gardais enfoui au plus profond de mon âme?... Jamais je n'en ai ouvert la bouche à personne... jamais surtout je n'en ai parlé à celui que cela concerne, & qui peut-être m'eût chassée en se moquant de moi... Ah! Dieu! s'il apprenait jamais... Mais qui a pu vous dire cela, monsieur? Je m'épuise à chercher sans trouver... à moins que dans mon sommeil... ou bien... Oui, je me rappelle maintenant... J'ai été consulter un sorcier... un homme qui fait métier de deviner les plus secrètes pensées des gens... Mais cet homme, ce n'est pas vous, car il est vieux, tandis que vous êtes jeune...

— Ce n'est pas moi, en effet, mon enfant... Mais rassurez-vous, personne ne m'a rien dit & vous n'avez rien dit à personne... seulement j'ai deviné cela... en vous voyant... en vous en-

tendant parler... comme on devine une fleur à
son parfum, un oiseau à son chant... Votre
âme sent bon l'honnêteté, mon enfant ; votre
voix chante le dévouement, & elle le chante
jufte... J'ai compris que, pour mieux vous dé-
vouer, pour vivre plus honnêtement encore,
vous vous souhaitiez ardemment d'être la femme
de Cœurderoy au lieu d'être sa maîtresse... Vous
ne trouvez pas que cela soit suffisant, la sympathie : vous avez soif d'eftime... Ai-je bien deviné ?...

La Borgnotte, toute sanglotante, tomba à
genoux devant Georges Le Mayeur, qui s'empressa aussitôt de la relever.

—Ah ! monsieur ! monsieur ! murmura-t-elle
à travers ses larmes. Qui donc êtes-vous pour
surprendre ainsi les secrets d'une pauvre âme ?
Oui, je voudrais épouser Jean, non pas afin de
valoir mieux aux yeux des autres, mais afin de
valoir davantage aux siens... Je n'en continue-
rais pas moins à être sa servante dévouée, obéissante, mais... il ne pourrait plus me chasser...
& je veux refter toujours avec lui jusqu'à la
mort, & par delà, s'il y a un par delà pour les
filles d'aussi peu que moi... Et puis, monsieur,
ce n'eft pas à moi que je songe en désirant si
ardemment cela, c'eft à lui, c'eft-à-dire à sa
fille, qui deviendrait ainsi la mienne aux yeux
de la Loi comme elle l'eft aux yeux de mon cœur...

Jean ne fera pas de vieux os, monsieur, j'en ai le pressentiment... Il faut une mère à sa fille pour le jour où elle n'aura plus de père...

— Mais, malheureuse enfant! s'écria Georges, cette mère que vous voulez être, une autre l'est, celle de la Nature & de la Loi... Une autre...

Georges s'arrêta en voyant la Borgnotte chanceler & chercher à se retenir à la table.

— Ah! monsieur! monsieur! murmura-t-elle d'une voix pleine de notes brisées.

— Je devais vous apprendre cette douloureuse vérité, mon enfant, répondit Georges, ému & comme se reprochant la cruauté nécessaire dont il venait de se rendre coupable. Je vous demande pardon, mais il le fallait! ajouta-t-il. Madame Louise Cœurderoy, la femme légitime de Jean, la mère légitime de Marie, madame Louise Cœurderoy...

— Est morte! ajouta tranquillement Jean en apparaissant subitement sur le seuil. Bonsoir, la Borgnotte! viens m'embrasser, ma fille! Bonsoir, vieux Georges! tu as bien fait de revenir... Je suis content, mes amis, Marie est encore une fois sauvée! ajouta Cœurderoy avec un sourire rayonnant, presque sublime de folie.

CHAPITRE IX

Georges Le Mayeur regarda son ami avec
étonnement, puis bientôt avec inquiétude, en se
demandant s'il avait affaire à un fou ou si lui-
même ne l'était pas.

— Me serais-je trompé? murmura-t-il, sans
perdre un seul inftant de vue Cœurderoy, qui
souriait en le regardant. Me serais-je trompé?
Cette lamentable scène de ce soir ne serait-elle
qu'un jouet de mon imagination surmenée par
mes absurdes efforts de chaque jour? Impéria
ne serait-elle pas mon Impéria d'autrefois & la
femme de mon pauvre Jean? Pourquoi son
émotion en m'apercevant? Pourquoi surtout
l'émotion de Jean à son aspect? Pourquoi cette
ironie & ce mépris à propos d'une inconnue?

7

Pourquoi l'aurait-il appelée Messaline & se serait-il appelé Claude? Non, non! je n'ai pas rêvé! Mais alors, si je n'ai pas rêvé, Jean rêve donc, lui, pour venir parler ainsi de sa femme au passé, & d'une vivante comme si c'était une morte?...

Le Mayeur aurait continué à dépenser ainsi tous les points d'interrogation qu'il avait à sa disposition, si Cœurderoy ne l'avait interrompu en lui disant, avec cette tranquillité qui l'inquiétait si fortement :

— Viens voir dormir Marie, mon vieux Georges! Un sommeil d'ange! Viens aussi, la Borgnotte... C'est ta fille aussi, Marie... Tu la soignes & la mignonnes comme si elle était née de tes propres entrailles, &, par le fait, à cause de tes soins, de tes tendresses, de ton dévouement de chaque jour, de chaque minute, tu es devenue sa seconde mère... Je te dois bien quelque chose pour te remercier comme tu le mérites, & j'entends te remercier prochainement... Tu crois que tu seras plus heureuse en t'appelant madame Cœurderoy? Eh bien ! tu t'appelleras madame Cœurderoy, mon enfant... Et cela, pas plus tard que la semaine prochaine... le temps de commander mon habit de noce & de choisir mon garçon d'honneur...

— Mais, cher Jean... dit Le Mayeur, qui n'y comprenait plus rien.

— Mais, cher Georges, répondit Cœurderoy
en souriant, tu ne veux donc pas voir dormir
Marie ?...

Georges comprit qu'il devait se taire & attendre, &, en attendant, il suivit son ami dans la
seconde chambre sur le seuil de laquelle il venait
de lui apparaître.

— Eh bien! Trépignette? ajouta Cœurderoy
en s'adressant à la Borgnotte qui, debout, tour
à tour rougissant & pâlissant, n'osait croire ses
oreilles & ses yeux de tout ce qu'elle entendait
& voyait.

La Borgnotte, après avoir un peu hésité, entra dans la *Chambre de l'enfant*.

La *Chambre de l'enfant* — car tel était le
nom que lui donnait toujours Cœurderoy —
aurait pu être la chambre d'une grande personne, qui aurait été heureuse de l'habiter. La
main féminine d'un père passionné s'y trahissait
jusque dans les moindres détails : on y respirait
la poésie & la virginalité à pleins yeux. C'était
bien la chambre d'une âme.

Le lit dans lequel reposait Marie, blanche
comme la fine toile de Hollande dont étaient
tissés ses draps, & souriante comme ces statues
de marbre qu'on met sur les tombeaux, — ce lit
était une merveille par la profusion & l'élégance
des détails de son ornementation, qui disait clairement sa date. Un baldaquin, soutenu par des

allégories-Renaissance, le surmontait. Son dossier, à fronton, était habilement travaillé. Une couronne ducale, placée au milieu du chevet, au-dessous d'enroulements en haut-relief, & reproduite au milieu de la corniche à modillons, disait clairement aussi qu'il avait dû être extrait violemment, sous la première Révolution, de quelque château de province, par quelque membre de la fameuse Bande Noire à qui tant d'amateurs plébéiens sont redevables de tant de richesses ariftocratiques. La garniture — gouttières, ciel, courtepointe — avait dû être adaptée après coup, longtemps après, car elle jurait un peu avec le bois, mais fort agréablement. Sur la perse de laine à ramages un peu fanés, qui fermait le lit du côté de la muraille, était une Vierge en ivoire & son divin bambin, d'un travail exquis. Un Chrift en croix eût attrifté les regards de l'enfant à son réveil, — Jean l'avait compris.

Une commode ventrue, en bois de rose, dont les cuivres reluisaient comme des louis récemment frappés; un petit chiffonnier, également en bois des îles & à coins dorés; un guéridon en laque de Chine; un fauteuil flamand, en chêne, à bras & à pieds tors; deux chaises flamandes, en chêne aussi, & montées en canne; un dressoir à deux corps, décoré de bas-reliefs, de figures & d'ornements fouillés avec un art &

une patience infinis, complétaient cet ameuble-
ment, qui avait dû coûter bien du temps & bien
de l'argent à Cœurderoy pour le rassembler.

Ce n'était pas tout encore. Le dressoir & la
commode étaient illuftrés d'une foule de ces
adorables futilités, aujourd'hui à la mode sous
le nom ridicule de *bibelots*, & dont aucune ne
pouvait blesser le regard & le goût délicat d'une
petite fille deftinée à devenir bientôt une jeune
fille. Ainsi, parmi les faïences italiennes & fran-
çaises, on voyait une figurine d'enfant, en terre
cuite, du sculpteur Duquesnoy, d'une irréfra-
gable authenticité, — un ange en adoration, qui
avait dû faire partie de quelque reliquaire en
bronze doré de la fin du treizième siècle, — une
sainte Catherine, copie en ivoire du bois de Lu-
cas de Leyde, — un groupe en bois sculpté,
peint & doré, qui avait dû faire partie d'un ré-
table du seizième siècle, — une buire orientale,
en bronze gravé & doré, — un aiguière en étain,
décorée d'ornements en relief, avec son bassin
aussi décoré de médaillons & de mascarons que
Cœurderoy, qui s'y connaissait, attribuait à
François Briot, probablement pour avoir vu son
pendant au musée de Cluny, — un petit coffret
en cuivre doré, dont la serrure était un pur chef-
d'œuvre, & dans lequel était le trésor du pauvre Jean, la première mèche de cheveux blonds
de Marie & une bottine cendrillonnienne, ayant

sans doute appartenu à l'infidèle Louise, — enfin, dominant tous ces bijoux artiſtiques des mille feux de ses facettes, un miroir florentin à bordure en fer damasquiné d'or, avec des arabesques repoussées au marteau, dans lequel la douce Marie oubliait souvent de se regarder, car sa mère avait gardé pour elle toute sa coquetterie sans en vouloir diſtraire une seule parcelle en faveur de sa fille.

Aux fenêtres, & par-dessus des rideaux en guipure d'autel, pendaient d'autres rideaux en damas blanc agrémentés d'orfrois d'argent & cannetillés d'or, comme les dalmatiques phrygiennes.

Involontairement, devant ce qu'il voyait, Georges Le Mayeur oublia ce qu'il venait d'entendre : son esprit fut diſtrait de son épineuse préoccupation par les jouissances de son regard.

— C'eſt un sanctuaire, cette chambre ! s'écriat-il avec admiration.

— N'eſt-ce pas ? répondit simplement Cœurderoy, toujours souriant parce que toujours rassuré.

— Oui, reprit Georges en s'arrêtant devant chaque chose pour l'examiner plus à loisir ; oui, un sanctuaire...

— Dont je suis l'humble prêtre, & dont voici le Dieu rayonnant ! ajouta Cœurderoy rayonnant lui-même, en étendant la main vers le lit de l'enfant.

— Cher vieux Jean ! murmura Georges, attendri & admirant à son tour le trésor que son ami contemplait avec des yeux si chargés d'amour paternel.

— C'eft ma seule religion, cette enfant-là, vois-tu ! reprit Cœurderoy. Pour tout autre chose je ne suis qu'un païen digne de mépris peut-être ; mais pour Marie, je suis bigot ! Ce lys me parfume de sa douce odeur ! Cette étoile tombée du ciel m'éclaire de sa douce lueur ! Ma vie ne vaut que par elle ; sans elle, je marcherais dans la boue & dans les ténèbres !... Oh ! crois toujours, douce fleur ! brille toujours, douce étoile !

Comme il se retournait pour déplacer la lumière qui pouvait gêner le sommeil de sa fille, Cœurderoy aperçut la Borgnotte, agenouillée & pleurant silencieusement.

— Veux-tu te relever bien vite, chère bête ! lui dit-il vivement, d'un ton bourru qui cependant caressa l'âme de la jeune femme en traversant ses oreilles. Veux-tu te relever & ne plus pleurer ! Si Marie allait t'entendre dans son sommeil de petite fée qui sait tout & voit tout, elle se réveillerait pour me gronder & ne pourrait plus se rendormir... Allez-vous-en vous

coucher, vite, vite! ou... je... ne... vous..
épouse pas! na! Allez, ma mie, allez!

La Borgnotte, obéissante comme toujours,
se releva, essuya son visage mouillé de larmes
moins âcres que celles qu'elle avait versées une
heure auparavant, &, avant de disparaître, elle
jeta sur Cœurderoy un long regard plein de reconnaissance, — le regard du chien pour son
maître.

— Elle l'aime bien, la pauvre créature! pensa
Le Mayeur, qui avait surpris ce regard, pour
furtif qu'il eût été.

Il y a un Dieu pour tout le monde — mais
surtout pour les gens qui savent aimer : la Borgnotte se retira dans le petit cabinet que meu-
blait un seul meuble, une couchette de pensionnaire, se déshabilla, se coucha, & dormit du
meilleur sommeil qu'elle eût jamais goûté.

— Et maintenant que tu as vu la chambre de
l'idole, veux-tu voir la cellule du prêtre? demanda Cœurderoy à son ami en enlevant la
bougie rose qui brûlait dans l'une des branches
d'un luftre flamand, en cuivre poli, placé sur la
table, & en se dirigeant vers une portière en
vieille tapisserie de haute lice à figures.

Georges ne répondit rien, mais il suivit Jean
où celui-ci le menait, espérant tirer de lui une
explication quelconque de ses étranges allures
de la soirée.

Au moment où, la tapisserie relevée, les deux amis entraient dans la « cellule du prêtre, » une heure du matin sonnait à l'horloge de la Cité des Bains.

7.

CHAPITRE X

Cœurderoy avait eu raison d'appeler sa chambre une cellule, car ce n'était pas autre chose qu'un logis d'ascète, composé d'un lit, d'une table & d'une chaise.

Il est vrai que le lit, quoique garni d'un seul matelas, était en bois sculpté du seizième siècle, avec courtines & gouttières en damas rouge pâli par le temps. Il eſt vrai que la chaise était en bois sculpté, comme le lit, & ornée d'arabesques en relief. Il eſt vrai que la table était en noyer bruni, à pieds sculptés, & décorés de griffons & de chimères, de la même époque que le lit. Mais, à part cela, aucun autre meuble.

Les murs étaient nus, hormis un seul endroit,

dans l'angle de la pièce, où était accrochée une
toile peinte à la manière espagnole, sombre, fu-
ligineuse, qui n'en faisait que mieux valoir deux
ou trois notes rouges, sonores comme des coups
de clairon dans une solitude. C'était un portrait
de femme jeune, très-belle, blanche & blonde,
avec des yeux de velours noir & des grenades
plantées en pleine chevelure. Une toile sans cadre, déchirée du haut en bas, peut-être avec les
ongles, peut-être avec un couteau.

Les regards de Georges Le Mayeur tombè-
rent d'aplomb sur cet étrange portrait, aux premiers pas qu'il fit dans la chambre.

— C'est tout ce qu'il me reste d'elle, avec une
bottine que n'eût pas pu chausser Cendrillon!
dit Jean, qui avait surpris ce regard, en allant
fixer la bougie qu'il tenait à la main dans un
chandelier de fer à six branches placé sur la table, à côté d'une écritoire de Faënza, dont l'encre
était séchée depuis longtemps.

Georges tressaillit des pieds à la tête.

— C'est elle! bien elle! murmura-t-il en fer-
mant les yeux pour échapper à cette vision souriante & dangereuse comme une sirène.

Jean fit signe à son ami de s'asseoir, &, tout
en promenant de long en large dans la chambre, il ajouta :

— C'est ici que je vis, Georges : ma vie tient
entre ces quatre murs. Quand je sors, je ne dé-

passe pas le boulevard extérieur, où viennent mourir les bruits odieux de Paris. Quand je veux savoir quelque chose, je vais dîner au cabaret Gédéon, comme ce soir, & j'apprends en une heure plus de nouvelles, plus de cancans, plus de médisances qu'il ne s'en imprime en un an dans la *Casquette de Loutre* de Sigismond du Rouvre, car la *Casquette de Loutre*, malgré ses audaces, ne jouit pas précisément des immunités dont elle abuserait volontiers si elle s'imprimait à Londres ou à Bruxelles, & les choses qu'on ne peut pas écrire, par peur de la sixième chambre, on est heureux de les dire dans les parlottes artistiques & littéraires où grouillent les Lousteau, les Blondet, les Rubempré de Balzac, au *Rat mort*, à la *Brasserie des Martyrs*, à la *Belle-Poule*, au *Paillasson doré*, qui sont les Café Procope de ce temps... Ah! on en apprend là de belles, avec ces beaux esprits buveurs d'absinthe & culotteurs de pipes!... Si j'étais curieux, j'aurais de quoi satisfaire ma curiosité!... Mais je ne suis pas curieux... Si je me mêle de temps en temps à cette Cour des Agités du journalisme, si je trempe parfois le bout de mon esprit dans cette levûre intellectuelle, dans cette *spuma cervicis* qui fait fermenter la littérature moderne & lui donne ce montant avec lequel se grisent les lecteurs blasés, c'est parce que je suis fabricant de vaudevilles dits abracadabrants & qu'il faut bien que je me tienne au courant de l'abracadabrantisme... Quand je pourrai me retirer tout à fait en Huronie, loin de ces aimables chenapans de plume & de ficelles, loin de ces spirituels coquins de lettres, & des belles coquines leurs adorées, je le ferai avec l'empressement d'un Huron dépaysé... J'ai la noſtalgie de la solitude, comme tous les gens nés en plein bruit... Et puis, je songe sans cesse à Marie, à cette plante délicate que l'atmosphère parisienne étoufferait comme elle en a étouffé tant d'autres plus robuſtes...

— Je le pense comme toi, vieux Jean, répondit Georges, & c'eſt pour cela que je t'ai offert... ce que tu as accepté. Je ne sais pas s'il eſt encore de beaux jours pour la France, comme le chante la chanson patriotique connue; je t'affirme seulement qu'il y aura encore des jours heureux pour toi, pour ta chère petite Marie & pour la pauvre Borgnotte, dont le dévouement mérite en effet d'être récompensé, mais d'une autre récompense que celle que tu lui as promise ce soir, car celle-là eſt impossible...

A ce dernier mot, Cœurderoy s'arrêta droit devant Le Mayeur, frcnça le sourcil d'un air soupçonneux, presque méchant, &, plongeant son regard fauve dans celui de son ami :

— Pourquoi... impossible? lui demanda-t-il lentement.

— Parce que... impossible! répondit Georges avec fermeté.

— Ah! murmura Cœurderoy, en reprenant sa promenade à travers la chambre & en cessant de regarder son ami.

Il y avait un étonnement profond dans cet *Ah!*—tout un monde d'étonnements. Cela signifiait : « Pourquoi Georges me dit-il que c'eft impossible? Qu'en sait-il? Il n'en peut rien savoir, puisque je ne lui ai parlé de rien & qu'il doit supposer que si je veux me marier une seconde fois, c'eft que ma première femme eft morte... Elle ne l'eft pas, mais je peux la tuer, & alors elle le sera... Pour moi, d'ailleurs, elle eft bien morte... Son apparition inattendue de ce soir m'a troublé un inftant... mais personne n'a remarqué mon trouble, pas plus Georges que les autres, &, l'eût-il remarqué, qu'il n'eût dû rien y comprendre... Lui qui fait son métier de deviner, aurait-il lu le grimoire de mon âme, à peine lisible pour moi?... Ou bien, la Borgnotte aurait-elle été déjà mariée elle-même, &, comme c'eft la bête du Bon Dieu, s'imaginerait-elle naïvement?... Mais je suis plus bête qu'elle! je devrais bien me rappeler qu'elle n'avait encore été mariée à personne... qu'à moi... Pauvre chère! Elle aurait pu être heureuse avec un autre, pourtant!... »

Cœurderoy, à chaque pas qu'il faisait à travers la chambre, s'enfonçait plus avant dans sa rêverie, d'où il ne serait peut-être pas sorti si Le Mayeur n'avait pris sur lui de l'en tirer brusquement par un :

— Adieu, Jean ! Maintenant que je suis rassuré sur l'état de ta fille, pour laquelle je me sens les mêmes entrailles paternelles que toi, je m'en vais. Elle dort, je vais aller dormir aussi, & je t'engage à m'imiter. La nuit eft faite pour le repos comme le jour pour l'activité... Demain, nous saurons mieux ce que nous avons à faire, toi & moi...

— Mon lendemain eft toujours fait de la veille, répondit froidement Cœurderoy. Je ne décide pas : j'ai décidé !... Veux-tu que je te reconduise, cher Georges ? ajouta-t-il en reprenant son ton affectueux. De cette façon j'en retiendrai mieux ta demeure...

— Cher Jean, je te remercie, dit Le Mayeur en serrant énergiquement dans les siennes la main que lui tendait Cœurderoy. Je te remercie, mais je n'accepte pas... Refte auprès de ta fille... J'ai ma voiture en bas : le docteur Stéphen a dû me la renvoyer... D'ailleurs, j'ai assez de fois noctambulé pour m'en aller gaiement à pied, à la lueur des étoiles... Adieu & au revoir... Quant à mon adresse, afin que tu ne l'oublies pas, je vais l'écrire sur la muraille... tiens... là... dans ce coin... tu vois ? *Il signor Antonelli...* Italien du quartier du Luxembourg... *rue de Douai*, *n°* 68... Elle ne s'envolera pas... Mais je serai revenu chez toi avant que ne sois venu chez moi...

— Peut-être, répondit Jean en soulevant la portière qui séparait sa chambre de celle de Marie.

Les deux hommes, en traversant ce « sanctuaire » imprégné d'une douce odeur de paradis, marchèrent avec précaution, sur la pointe du pied, non sans jeter tous deux un rapide regard dans la direction du lit, où l'enfant gardait toujours son attitude de statue de marbre couchée sur un tombeau.

Ils descendirent. La voiture attendait sur le boulevard, devant la grille de la Cité des Bains.

Au moment où ils allaient se séparer, Cœurderoy retint Le Mayeur pour lui dire à voix basse, avec un involontaire frisson :

— N'as-tu jamais revu dans tes rêves l'homme tué par toi en l'honneur d'Impéria ?

— Jamais ! répondit Le Mayeur.

— Moi, j'ai revu quelquefois celui que j'ai tué en l'honneur de Louise... Oui, ce cadavre est venu se jeter en travers de ma route, armé de sa plaie saignante avec laquelle il semblait menacer mon bonheur... S'il allait un jour se venger sur Marie ? S'il allait châtier le père pour avoir été assassiné par l'époux ?... Ah ! horrible pensée !

— Tu es un enfant, vieux cher Jean! dit Georges en embrassant son ami & en le serrant affectueusement contre son cœur.

Jean resta immobile sur le trottoir; la voiture avait disparu qu'il la regardait encore. Il semblait comme perdu dans un rêve dont la voix d'un gardien de nuit ne tarda pas à le tirer.

— Qu'est-ce que vous faites là? demanda l'agent de ce ton bourru particulier à cette aimable institution qui croit voir des malfaiteurs partout.

Cœurderoy sursauta, releva la tête, &, sans rien répondre, rentra dans la Cité des Bains, où l'agent eut un instant la pensée de le suivre — pour obtenir la réponse à sa question.

Quand il fut remonté chez lui, Jean traversa la chambre de Marie, sans regarder du côté du lit, souleva la portière de sa « cellule » & posa la bougie sur la table. Puis il alla vers la toile pendue à la muraille, la décrocha & la contempla silencieusement pendant quelques instants. Son visage, ordinairement pâle, avait en ce moment une blancheur sépulcrale, que faisait ressortir encore la couleur brune de sa barbe.

Il contempla le portrait d'un air douloureux qui eût bien surpris Le Mayeur, & deux grosses larmes coulèrent le long de ses joues.

— Ah! Louise! Louise! murmura-t-il.

Et, sûr de n'être vu de personne, en ce lieu &

à cette heure, d'un mouvement nerveux il approcha subitement la toile de ses lèvres & la baisa.

Ce baiser produisit sur sa bouche l'effet d'un fer rouge. Il repoussa brusquement le portrait, &, plus brusquement encore, le déchira en plusieurs morceaux qu'il jeta ensuite avec mépris par la fenêtre.

— Lâche ! lâche ! murmura-t-il.

CHAPITRE XI

Le petit hôtel de la rue Boudreau, ordinairement silencieux, était ce soir-là plein d'anima-
tion, de bruit & de lumières.

La marquise de Sauges, sous prétexte de médianoche, avait convié quelques intimes de l'un
& de l'autre sexe — des femmes du meilleur
monde & des hommes de la meilleure élégance
— à venir juger, dans son salon, d'un coſtume
dont elle voulait essayer l'effet sur eux avant
de l'essayer sur d'autres.

Un coſtume?... En vérité, je suis fort embar-
rassé de le décrire, car il était indescriptible.
Vous avez entendu parler de celui que madame
Tallien, dite *Notre-Dame de Thermidor*, por-

tait, en 1798, aux bals de Frascati ? Sinon, vous
connaissez au moins celui des abeilles, n'eft-ce
pas? vous savez qu'il ne consifte qu'en deux
ailes imperceptibles qui ne leur servent absolument qu'à voler ? Eh bien! le coftume de la marquise était à peu de chose près semblable, avec
cette différence que, si elle avait voulu s'envo-
ler, il aurait fallu qu'on l'enlevât, — ce qui, par
parenthèse, avait dû venir plus d'une fois à la
pensée de quelques-uns de ses invités, jeunes &
téméraires pour la plupart. Une tunique de gaze
blanche, que sa transparence faisait paraître
rose, & qui accusait l'exquise pureté des formes
qu'elle avait mission de dérober aux yeux indis-
crets. Par-dessus, un péplum de pourpre broché
d'or, comme les anciens avaient coutume d'en
orner les épaules de leurs divinités préférées,
particulièrement de Vénus. Aux bras, tout à fait
nus & tout à fait beaux, étincelaient des anneaux
de métal poli. Aux jambes, en guise de jarretières,
deux cercles d'or. Aux pieds, que laissaient à découvert des sandales d'écorce, des bagues de
prix. Dans les cheveux, relevés à la grecque &
crespelés, des rubans couleur de feu. Au cou,
pour en rehausser encore l'éclatante blancheur,
un triple collier de corail de Sicile. Puis — plus
rien... Je me trompe : par un raffinement de
coquetterie qui ne pouvait pousser que dans la
cervelle d'une femme qui se savait irréprochable

des pieds à la tête, & surtout de la hanche aux épaules, on voyait par-dessous le péplum, serrant la taille & soulignant les splendeurs marmoréennes du buste, une large ceinture de soie blanche, — le ceste magique auquel les anciens poëtes, Homère tout le premier, attribuaient le pouvoir d'inspirer de l'amour & d'ensorceler les cœurs. La marquise donnait à ce costume invraisemblable & charmant le nom que lui avaient donné, soixante ans auparavant, les Merveilleuses du Directoire, cette Régence rouge ; mais il est douteux que l'ombre de Périclès, évoquée par quelque spirite de bonne volonté, eût consenti, sinon par galanterie, à reconnaître en elle une Athénienne, — même une Athénienne de la dernière olympiade. Aspasie n'était pas plus belle, mais elle était habillée d'une autre façon.

La marquise de Sauges n'y regardait pas de si près. Pourvu qu'on la trouvât pittoresquement vêtue & qu'elle gagnât surtout à l'être ainsi, c'était tout ce qu'elle demandait, sans réfléchir qu'une mode comme celle qu'elle adoptait là & qu'elle voulait faire adopter par les Parisiennes, si elle allait avoir pour elle tous les hommes épris des belles chairs & amoureux des beaux marbres, allait, en revanche, avoir contre elle toutes les femmes qui avaient trop à perdre à s'habiller — ou plutôt à se déshabiller ainsi. Les modes qui dissimulent les imperfections ont toujours chance de réussir : mais celles qui ont pour but d'accuser des perfections — imaginaires?

En attendant l'épreuve solennelle, définitive, du grand jour & de la foule, — car la marquise de Sauges était une sorte de Brummel féminin, un dandy audacieux parce que plein de goût, — l'essai qu'elle en faisait ce soir-là en petit comité, dans son salon, était des plus encourageants & des plus flatteurs. Ce n'avait été qu'un cri d'admiration de la part des hommes — & qu'un cri de jalousie de la part des femmes. Les unes & les autres savaient déjà combien Impéria était attrayante, séduisante, dangereuse, mais jamais ils n'eussent supposé qu'elle le fût à ce point.

Seuls, le marquis de Sauges & le jeune poëte Henry de La Barthelasse étaient au courant de toutes ces richesses plastiques dont elle faisait, pour la première fois, ce soir-là, un si éblouissant étalage, — le premier en qualité de marquis de Sauges, & le second à je ne sais plus quel titre, égal en tout cas à celui du marquis.

De ce qu'elles étaient jalouses de la supériorité d'Impéria sur elles, il ne faut pas en conclure que ses invitées fussent laides ou vieilles. La marquise n'était pas encore dans l'âge où l'on s'entoure de *repoussoirs*, sa splendeur lactée n'avait pas besoin d'un cadre d'ébène, son incontestable beauté ne redoutait pas encore les comparaisons & les voisinages. Aucune des femmes présentes à ce médianoche n'était laide ni vieille. Deux ou trois, sur une douzaine, avaient dépassé trente-cinq ans depuis quelques années, sans qu'il y parût trop. En dépit de Balzac & de sa paradoxale théorie de la femme de quarante ans, à cet âge-là on n'eſt plus femme, on eſt mère, & je comprends que celles qui ont quelque répugnance à accepter ce rôle respectable emploient tous les moyens — imaginés par les parfumeurs, possesseurs des fameux « secrets de beauté » de la fameuse Ninon de Lenclos — pour faire croire qu'elles ont encore de la jeunesse devant elles. Il n'y a pas de loi qui défende d'être coquette.

Aucune des *amies* d'Impéria n'était laide ou vieille. Celles qui n'étaient pas tout à fait jolies étaient tout à fait jeunes, & celles qui n'étaient plus tout à fait jeunes étaient encore très-jolies. Telle était du moins leur propre opinion & celle de leurs cavaliers, presque tous beaux & jeunes, à l'exception d'un ou deux d'entre eux, & principalement du marquis de Sauges lui-même, dont un commencement de calvitie & d'obésité indiquait qu'il avait reçu ou qu'il était bien près de recevoir le « coup du lapin. »

Mais le plus jeune & le plus beau, celui qui était assis à gauche de la marquise sur un lit de repos à la *grecque*, — car, pour être consé-

quente avec le nouveau coftume qu'elle voulait
mettre à la mode, Impéria avait renouvelé récemment son mobilier, & l'on ne voyait dans
son salon, transformé en gynécée, que trépieds,
candélabres, autels, etc., d'un *grec* douteux
mais riche, — le plus jeune & plus beau des
hommes présents était un poëte aux yeux noirs
& doux comme des yeux d'antilope, aux longs
cheveux noirs bouclés comme ceux de Léandre,
au visage pâle & fatigué comme celui de don
Juan — & pour les mêmes raisons. Il causait
nonchalamment avec Impéria, dont le voisinage
lui causait de continuelles distractions auxquelles
son savoir-vivre avait grand'peine à mettre ordre, enveloppé qu'il était par l'atmosphère parfumée, enivrante, qui faisait comme une seconde
tunique à la marquise. Toutes les femmes le cou-
vaient du regard & l'enviaient à Impéria qui, ce
soir-là, n'aurait permis à aucune d'elles de le lui
enlever. Elle y tenait d'abord parce qu'elle y tenait, ce qui était déjà une raison suffisante; ensuite, parce que ses amies avaient l'air d'y tenir
elles-mêmes, — ce qui n'était pas une raison
moins déterminante.

Ce Lucien de Rubempré méritait, du refte,
d'être adoré, car il était adorable. Je viens de
dire qu'il était jeune, qu'il était beau, deux qualités précieuses aux yeux des femmes. J'ajouterai que, quoique petit, mais de taille bien prise,

on devinait en lui une force nerveuse ou réelle
non moins prisée du sexe faible — qui aime tel-
lement à être protégé qu'il protége volontiers le
nôtre, surtout lorsqu'il eſt représenté par de
splendides échantillons comme Henry de La
Barthelasse. En outre, comme si tout cela n'a-
vait pas suffi pour le rendre irréſiſtible, Henry
était d'une souveraine impertinence qui lui allait
à ravir — au dire de toutes les femmes présentes & de la marquise de Sauges elle-même, quoiqu'elle en souffrît parfois, sans oser le laisser
voir. Quant aux hommes, égaux comme les
femmes devant cette impertinence spirituelle, ils
n'en souffraient pas, ils la souffraient seulement
— quitte à la châtier plus tard, lorsque l'occasion s'en présenterait. Pour l'inſtant, ils s'incli-
naient, souriants, convaincus que leur rival à
tous avait à sa disposition & à la leur autant de
bravoure qu'il avait d'esprit, de grâce & de jeunesse.

Le marquis de Sauges savait tout cela, parce
qu'il était un homme fort intelligent, fort pers-
picace, & il ne s'en fâchait pas, parce qu'il était
un homme bien élevé & que la marquise ne le
compromettait pas plus qu'il ne fallait en ne
se compromettant pas trop elle-même.

J'ai parlé d'une douzaine de personnes appartenant au sexe aux pieds duquel nous tombons
tous si volontiers sans attendre l'invitation en

8

vers de M. Legouvé; mais je n'ai pas donné
d'autres détails, & peut-être les attend-on. Je ne
les crois pas bien nécessaires. Et puis, si j'entre
dans la voie des indiscrétions à propos d'elles, il
n'y a pas de raison pour que je ne continue pas
à propos de leurs cavaliers, gens ombrageux &
susceptibles, qui veulent bien dépenser leur jeunesse & leur fortune dans des prodigalités liberti-
nes, mais ne veulent pas que les chroniqueurs
s'occupent de cela pour défrayer leurs chroni-
ques. C'eft bien assez déjà que, de temps en
temps, à propos d'un duel ou d'une réclamation
de fournisseur, les tribunaux se croient autorisés à entrebâiller leur vie privée !

Le petit hôtel de la rue Boudreau a exifté, la
marquise de Sauges a vécu, & si j'esquissais ici
le portrait de quelques-uns de ses familiers, je
suis certain que le lecteur n'aurait pas de peine
à mettre des noms dessus, — des noms de la
high life parisienne, du moins d'une certaine
fraction de la *high life*, celle qui fait le plus
parler d'elle. Je crois même qu'il y avait là
quelques journaliftes & quelques actrices. A quoi
bon vous entretenir de leurs faits & geftes ?
D'ailleurs, les uns & les autres se trouvent très-
incidemment mêlés à mon récit, & je n'ai pas
plus à m'occuper d'eux qu'ils n'ont à s'occuper
de moi. Ils apparaissent ici pour disparaître tout
à l'heure.

Cependant, la baronne Césarine, la rivale la plus dangereuse de la marquise de Sauges — &, à cause de cela, la moins redoutée de celle-ci, qui la croyait complétement accaparée par les galanteries du marquis, — la baronne Césarine valait bien qu'on s'occupât d'elle tout spéciale-ment, comme le faisaient depuis un inftant les yeux d'Henry de La Barthelasse. Junon avait emprunté le cefte de Vénus pour se faire aimer de Jupiter; la baronne, pour se faire adorer d'Henry, n'avait rien emprunté à Impéria — que son envie de plaire, & cela avait bien l'air d'être en chemin de lui réussir comme cela avait réussi à son incomparable rivale.

Si Marmontel l'eût connue, c'eft elle & non pas la Guimard qu'il eût appelée *la belle dam-née*, car elle avait véritablement une beauté à la perdition de son âme & de celle de ses amants, — dont quelques-uns s'étaient scandaleusement ruinés pour elle, & dont le dernier s'était même brûlé le peu de cervelle que lui avait encore lais-sée sa fatale passion pour elle.

La baronne était blonde comme la marquise, — mais d'un blond plus cendré, la nuance rare par excellence. Elle n'avait pas les yeux noirs, mais de ce bleu adorable qui semble fait d'un pan du ciel quand on y regarde extasié, — les yeux des madones, qui rendraient bigots les plûs athées. Avec cela, des traits d'une pureté ex-

quise, un teint pour lequel Dorat eût réinventé
l'image « des lys & des roses, » des épaules que
Boucher eût choisies pour modèles de sa *Diane
au bain*, & une taille qui n'avait pas besoin
d'être soulignée par une ceinture comme celle
d'Impéria. Elle avait la beauté, elle avait la
grâce, elle avait la coquetterie, elle avait le
charme comme la marquise de Sauges, — &
elle était un peu plus jeune qu'elle. La marquise
n'avait pas trente ans, & elle portait royalement
sa beauté; mais la baronne en avait vingt à
peine, &, pour les raffinés du genre d'Henry,
c'était une saveur de plus, — parce que c'était
quelque chose de moins... La marquise adorait
— ce soir-là — Henry de La Barthelasse; mais
Henry voulait depuis une heure la baronne Césarine, qu'il était sur le point d'avoir comme la
marquise de Sauges l'avait eu, entre deux sourires & deux regards. C'était, du reste, le seul
moyen que le poëte eût de se faire entendre de
la baronne — qui était sourde, sans vouloir l'a-
vouer à personne.

— Henry, — dit la marquise qui avait surpris
quelques mots de ce bavardage oculaire & voulait accaparer pour elle seule ce jeune conquérant
qui entrait tout botté, le fouet à la main, dans le
cœur des femmes, comme le jeune Louis XIV
dans la salle du Parlement, — Henry, vous
m'aviez promis quelques vers de votre belle lan-

gue provençale : pourquoi ne me les dites-vous
pas ? Et, ajouta-t-elle plus bas, en se penchant
tout à fait sur lui de façon que son corsage s'é-
chancràt & que ses beaux cheveux blonds, ce
soir-là frisés, se mêlassent aux cheveux noirs
du jeune homme, — pourquoi regardez-vous si
tendrement cette grue de Césarine? Attendez
au moins que je ne veuille plus vous aimer, cher
petit; alors vous l'aimerez à votre aise, si le
cœur vous en dit... Je vous préviens seulement
qu'elle eſt sourde & qu'elle use une boîte de ca-
chou par soirée...

— Impéria ! murmura le jeune homme qui
avait reçu de ce contaćt féminin une commotion
électrique & qui frissonnait, enivré. Impéria !
pourquoi tout ce monde?... Je vous aime, Impéria !... Ah! soyons seuls !...

— Eh bien! ces vers en patois provençal?
demanda le marquis de Sauges.

— Oui, oui! des vers! dit la baronne Césarine qui avait entendu avec ses beaux yeux toujours aux écoutes.

Les autres femmes dirent comme Césarine, &
les autres hommes dirent comme le marquis.

Henry de La Barthelasse, qui savait combien
il eſt ridicule de se faire prier, & qui aimait à parler la langue harmonieuse de son pays natal, se
leva, alla s'adosser à la cheminée du salon, &,
tout en roulant une cigarette de latakié, — la

8.

marquise permettait qu'on fumât chez elle, &
elle prêchait quelquefois d'exemple, — il récita
les vers suivants :

> *Ah! se moun cor avié d'alo,*
> *Sus toun cou, sus toun espalo,*
> *Voularié tout en coumbour,*
> *O mignoto! à toun auriho*
> *Te dirié de mereviho,*
> *De mereviho d'amour.*

— Ah! charmant! charmant! ravissant! crièrent les hommes en battant poliment des mains.

— Adorable! adorable! crièrent les femmes,
qui eurent la bonne foi d'ajouter : Qu'est-ce que
cela signifie en français?

— Je vais traduire, mesdames, répondit le
marquis de Sauges.

> Ah! si mon cœur avait des ailes,
> Sur ton col & sur ton épaule
> Il s'envolerait tout en feu,
> O ma mignonne! à ton oreille
> Il réciterait des merveilles,
> Des merveilles d'amour!

— C'est très-poétique! déclara la baronne Césarine, qui n'avait pas entendu un seul mot.

— Continuez, mon cher Henry, dit la marquise.

Henry de La Barthelasse reprit :

Ah ! se moun cor avié d'alo,
Dessus ti bouqueto palo
Voularié coume un perdu;
Moun cor te farié, chatouno,
Cènt poutoun e cènt poutouno!
Parlarié, parlarié plu!

— Exquis! murmura la baronne, extasiée. Cela a du nombre, cela sonne comme du Bellini !

— *Bouqueto palo* me ravit ! murmura la marquise, pâmée.

— Moi aussi, exclama une dame; qu'eſt-ce que cela veut dire?

— Voici, madame, répondit le marquis de Sauges en souriant :

Ah! si mon cœur avait des ai.es,
Sur ta bouche bellement pâle
Il volerait comme un perdu ;
Mon cœur te ferait, ma chatte,
Cent caresses & cent baisers!
Il crierait, puis ne crierait plus !...

— C'eſt vraiment divin ! soupira la baronne en lançant un regard passionné au jeune poëte.

— Veuillez continuer, monsieur de La Barthelasse, dit vivement la marquise.

Le poëte s'inclina, &, de sa voix mélodieuse, vibrante, sonore, récita la ſtrophe suivante :

Pieta! moun cor n'a ges d'alo!
Lou làngui, la fre lou jalo :

Tè! lou vaqui sus ma man ;
Pren-lou dins la tiéuno, o bello!
Coume un agnèu moun cor bélo,
E plouro coume un enfant...

Ce qui signifie, mesdames, en bon français :

Pitié! mon cœur n'a point d'ailes!
La langueur & le froid le glacent.
Tiens! tiens! le voici sur ma main ;
Prends-le dans la tienne, ma belle!
Comme un pauvre agneau mon cœur bêle,
Et sanglote comme un enfant...

— Recevez tous mes compliments, mon cher poëte! s'empressa de dire la marquise, qui voulut être la première à féliciter le jeune homme.

— Je les reçois, madame, comme un dépôt que je restituerai à qui de droit, répondit Henry en s'inclinant.

— Quoi! ces beaux vers ?...

— Sont des vers de mon cher maître Théodore Aubanel, madame... Inédits aujourd'hui, peut-être seront-ils publiés demain. Je voudrais me les attribuer que je ne le pourrais pas.

— Vous avez un talent d'ange, monsieur de La Barthelasse! lui dit la baronne Césarine en lui envoyant de l'œil un baiser. Je n'ai pas compris un seul mot de ce qu'a dit ce jeune homme, ajouta-t-elle plus bas en se penchant vers le marquis de Sauges.

En ce moment un valet de pied entra, apportant un large plateau garni de sandwiches, qu'il posa sur une console.

— Madame la marquise veut-elle recevoir M. Antonelli? demanda-t-il ensuite, en se rapprochant de sa maîtresse.

— Qu'eſt-ce que ce monsieur Antonelli? demanda le marquis.

— Mais c'eſt le sorcier de la rue de Douai! s'écrièrent plusieurs dames.

— Précisément, répondit la marquise, involontairement émue. Je l'ai engagé à venir cette nuit pour nous dire à toutes notre bonne aventure... C'eſt une surprise que je vous ménageais, mesdames, pour vous remercier de vous être dérangées ce soir.

— Ma chère belle, il n'y a que vous pour savoir faire les choses! chuchotèrent quelques voix.

— Faut-il faire entrer, madame? demanda le valet de pied.

— Faites entrer, oui... à moins que monsieur de Sauges n'y voie quelque inconvénient? répondit Impéria, en se tournant vers le marquis.

— Vous êtes ici la maîtresse, madame, dit galamment celui-ci. Faites donc ce qu'il vous plaira... Je vous demanderai seulement la permission de me retirer chez moi... J'ai une visite à faire demain, à la premire heure, à l'ambassade d'Espagne, & je craindrais de ne pouvoir me lever... Je vous baise les mains.

Le marquis salua & se retira.

Pendant qu'il sortait du salon par une porte, Antonelli y entrait par une autré, précédé du valet de pied qui l'annonçait.

CHAPITRE XII

OU LE SORCIER JETTE SA ROBE ÉTOILÉE AUX ORTIES,
AU GRAND ÉBAHISSEMENT DES ORTIES

Antonelli — ou, si vous le préférez, Georges Le Mayeur — avait le coſtume sous lequel nous l'avons préſenté dès la première page de cette véridique hiſtoire. Il n'était pas venu à pied, vous ne le pensez pas, & même, quoiqu'il eût pris une voiture pour se rendre de la rue de Douai à la rue Boudreau, il avait eu la précaution de jeter sur sa robe étoilée, pour en amortir l'éclat singulier, un pardessus d'étoffe légère qu'il avait ôté en entrant & remis à un domeſtique. Il avait donc le même coſtume & la même barbe blanche, c'eſt-à-dire qu'il était aussi méconnaissable que jamais.

Cependant, aux premiers pas qu'il fit dans ce salon éblouissant de clartés & de regards cu-

rieux, il recula, surpris & un peu inquiet. Il ne
s'attendait pas à voir tant de monde réuni & il
comptait que la marquise de Sauges le recevrait
avec moins d'éclat. Il lui importait peu de se
trahir, mais il ne voulait pas se trahir immédiatement. Cela renversait ses plans & contrariait
ses projets.

Cependant, comme il avait résolu de brûler
ses vaisseaux, & que d'ailleurs il avait le tempérament des gens qui ne savent pas ce que c'eſt
que reculer, quoi qui les attende en avant, il
reprit son aplomb & s'avança lentement jusqu'au milieu du salon, où il attendit.

Tout le monde le regardait & l'étudiait avec
une curiosité que l'on comprendra si l'on veut
bien se rappeler la vogue extraordinaire dont il
jouissait alors. C'était un homme célèbre !

— Il a de beaux yeux pour un vieillard ! fit
remarquer à sa voisine la baronne Césarine, qui
lorgnait aussi volontiers les hommes que certains hommes lorgnent certaines femmes.

— Oui, il y a du feu, de la passion, sous cette
neige ! lui répondit sa voisine, qui s'était, à ce
qu'il paraît, familiarisée depuis longtemps avec
les glaciers.

— Veuillez vous asseoir, monsieur, dit la
marquise à Le Mayeur, qui obéit silencieusement, attendant toujours.

— Monsieur, ajouta-t-elle en faisant un effort,

car elle se sentait oppressée, gênée par la présence d'Antonelli, sans qu'elle se rendît compte
de ce sentiment de gêne, de cette sensation désagréable plutôt; monsieur, je vous remercie de
l'empressement que vous avez mis à vous rendre à mon invitation... Je tenais à effacer la fâ-
cheuse impression que je vous avais laissée,
malgré moi, le jour de votre première consultation... Je n'avais pas la foi, alors; je l'ai aujour-
d'hui, je crois à votre art, à votre science divinatoire, & tout le monde ici y croit comme moi,
j'en suis assurée...

— Même ce jeune poëte? demanda Antonelli
en souriant légèrement & en désignant Henry
de La Barthelasse.

— Vous savez bien, monsieur, répondit celui-
ci, que poëte & prophète, cela ne fait qu'un.

— Alors, reprit Le Mayeur, puisque vous
étiez ici, monsieur, je ne vois pas pourquoi on
m'a prié d'y venir?...

— Nous ne serons pas trop de deux, monsieur, pour débrouiller l'écheveau de soie de tant
de belles petites destinées.... Si par hasard vous
hésitiez, je vous soufflerais.

— J'y consens volontiers... d'autant plus que
vous avez l'air d'en savoir plus que moi là-dessus! dit Antonelli en souriant. Pendant que j'é-
tudie les sciences mortes, vous étudiez la science
vivante, vous!... Pendant que je violente Isis,

9

la déesse impénétrable, vous séduisez les cœurs, qui ne demandent qu'à être pénétrés... A moi les ronces, à vous les roses ! Ah ! je regrette bien de n'avoir pas appris la femme au lieu d'apprendre le cophte ou le thibétain : j'en serais plus avancé aujourd'hui !

— Vous parlez le thibétain, monsieur? demanda le poëte.

— Comme le Grand Lama lui-même, répondit Le Mayeur en souriant toujours. J'ai vécu pendant tout un hiver dans une cabane, avec un savant mounsché, à 9,000 pieds au-dessus du niveau de la mer, sur le plateau du Thibet, à l'endroit le plus inaccessible de l'Asie...

— Tout un hiver?

— Oui, monsieur, tout un hiver... Et dans une chambre dont la température se tenait ordinairement au-dessous de zéro du thermomètre de Fahrenheit, c'est-à-dire à dix-sept degrés.

— Ce savant Lama était donc bien intéressant?...

— Oui & non. Il me disait des choses que j'avais entendues mille fois ailleurs, dans mes courses à travers la vie... Il me parlait de ces choses banales qu'on appelle la sagesse, la vertu, l'honneur, je ne sais plus quoi ni comment encore... Mais il m'en parlait en thibétain, & cela donnait un saveur nouvelle à ces vieilleries-là : la sauce faisait passer le poisson... Pendant que je mangeais mon thé bouilli avec du riz & de la graisse, il me lisait des livres hindous en m'appelant *babou*, c'eft-à-dire *monsieur*, à tout bout de champ. Ce vénérable sage, qui avait des cheveux blancs, m'appelait monsieur & me traitait avec cérémonie parce que je lui donnais vingt-deux roupies par mois, c'eft-à-dire soixante francs, — un peu moins cher que ma nourriture qui m'en coûtait soixante-dix...

— Monsieur, reprit Henry de La Barthelasse, qui était trop poëte pour ne pas s'intéresser vivement au personnage singulier qu'il avait devant lui; monsieur, si je ne m'abuse, vous avez dû avoir une exiftence pleine de fantaisie & d'étrangeté qui me séduit d'avance... Je vous vois d'ici courant sur tous les chemins, comme un preux, à la recherche de la vérité, au secours des opprimés, à la défense des faibles...

— Ce rôle de Don Quichotte ne m'eût jamais convenu, interrompit Antonelli d'un ton froid. Je me suis tout simplement promené pendant de longues années à travers le globe. J'ai fait presque autant de chemin que le capitaine Cook... Et le capitaine Cook, avant son dernier voyage, monsieur, avait fait plus de vingt mille lieues de mer, c'eft-à-dire presque trois fois la circonférence de la terre... Sites variés, paysages étranges, coftumes pittoresques, mœurs bizarres, types excentriques, hommes blancs & noirs, femmes vertes, bleues & rouges, mille choses!

— Vous êtes un grand voyageur, monsieur, dit la marquise de Sauges qui ne pressait pas Antonelli de remplir le rôle pour lequel elle l'avait appelé cette nuit-là chez elle, & qui regrettait même, sans savoir pourquoi, de l'avoir appelé; vous êtes un grand voyageur...

— Un grand curieux, madame, tout simplement, répondit Le Mayeur. Si grand curieux, même, que j'ose vous regarder depuis quelques inftants avec une attention indiscrète... Vous ressemblez d'une façon étonnante, vue de profil comme je vous vois, à cette médaille antique que j'ai jetée ce matin dans la Seine, en traversant le Pont des Arts... Oui, madame, vous avez un profil d'impératrice... Il me semble, par moments, vous voir, à quelques vingts siècles d'ici, battant des mains à l'agonie d'un gladiateur qui vous salue en mourant... Quelqu'un ne serait-il pas mort pour vous, par hasard?

— Monsieur!... cette queftion?... balbutia la marquise qui se sentait de minute en minute plus troublée sous la pointe d'acier du regard d'Antonelli.

— Cette queftion vous met à la queftion? reprit ce dernier avec un sourire méchant. Pourquoi m'avez-vous appelé ici, alors? Ce n'eft pas pour me taire, je suppose?... Quand on redoute mes indiscrétions, on ne les provoque pas...

Voulez-vous que je continue, ou bien que je m'arrête?...

Une voix intérieure, celle de la prudence, murmurait à l'oreille de la marquise : « Fais-le taire! » Mais une autre voix, plus forte, celle de la vanité, lui criait : « Brave-le! » Comme elle avait peur, elle fit la vaillante.

— Dites tout ce que vous avez à dire, monsieur, vous êtes ici pour cela & non pour autre chose! répondit-elle avec un air de suprême indifférence. J'ai voulu ménager à mes amies une surprise, & c'eft vous que j'ai choisi pour cela...

— Vous auriez pu avoir la main plus heureuse, madame, répliqua Le Mayeur avec une ironie que personne ne pouvait comprendre, mais dont cependant la marquise de Sauges sentit la pointe barbelée, car elle tressaillit & chercha du regard une protection dans la présence du jeune poëte, en ce moment exclusivement occupé d'Antonelli.

— Heureuse ou non, la voici : interrogez-la de nouveau! dit Impéria d'un ton bref, en tendant sa main blanche & un peu tremblante au sorcier, qui la repoussa poliment.

— Je prends où il me plaît, madame, mes éléments de prophétie, répondit-il. Tantôt j'interroge les cartes, tantôt la main, & tantôt le visage... Ce soir, il me convient de lire votre horoscope sur votre physionomie, si expressive, si

éloquente en ce moment... D'ailleurs, il y a du
sang sur votre main... je n'y veux pas toucher!...
ajouta Antonelli avec un geste qui fit reculer la
marquise!

— Du sang ! balbutia-t-elle.

— Du sang ! répétèrent les spectateurs de cette
scène en se rapprochant pour s'assurer de la
vérité de ce que disait là le sorcier.

— Mais vous êtes fou! s'écria Henry, qui s'é-
tait précipité sur les deux mains de la marquise
& n'avait rien vu, pas même leur tremblement
nerveux. Vous êtes fou, vieillard !

— A mon âge, on n'a plus le droit de l'être,
jeune homme ! répondit Le Mayeur. Vous ne
voyez pas de sang à ces belles mains, qui se ca-
chent maintenant, honteuses de leur beauté;
mais on n'en voyait pas non plus à celles de lady
Macbeth, & pourtant vous savez qu'il y en
avait... Il y a du sang aussi sur les mains & sur
la robe de la marquise de Sauges, le sang d'un
amant, tué pour elle par un autre de ses amants!...
Ai-je deviné juste, madame ?

— Ah! murmura Impéria épouvantée.

— Monsieur, s'écria le poëte en s'avançant
plein d'une sourde rage vers Antonelli impas-
sible & souriant d'un sourire cruel; monsieur,
si au lieu d'être un vieillard, que je suis forcé
de respecter, vous étiez un jeune homme comme
moi, je vous souffletterais pour cette injure...

— Mon jeune monsieur, dit Le Mayeur en se débarrassant à la hâte de son attirail poftiche & en apparaissant aux regards surpris tel qu'il était réellement, mon jeune monsieur, ne vous gênez donc pas, je vous en prie...

— Georges! s'écria Impéria, folle d'épouvante. Ah! je suis perdue! je suis perdue!

— Vous daignez me reconnaître aujourd'hui, madame? reprit Le Mayeur d'un ton sardonique. C'eft d'un bon cœur! Et maintenant, ajouta-t-il, voulez-vous congédier tout votre monde, ou vous plaît-il que je continue devant vos amies & devant votre amant le récit qui vous concerne seule?...

— Monsieur!... s'écria Henry.

— Monsieur, répondit tranquillement Le Mayeur, quoique j'aie, à partir d'aujourd'hui, renoncé au métier de sorcier, je consens à vous prédire votre sort, qui sera celui de l'amant de madame... vous savez, celui qui fut tué par son rival?... Je ne refuse pas de vous donner cette satisfaction, si c'eft celle-là que vous désirez... Du moins, je vous aurai prévenu... J'ai l'honneur de vous saluer...

La marquise de Sauges était trop émue pour parler; mais ses regards parlaient pour elle & semblaient supplier tout le monde : Georges de l'épargner, Henry de s'apaiser, & les autres personnes présentes de s'éloigner.

— J'entends bien, ma chère, mais je ne comprends pas un mot de tout ceci! vint lui dire en l'embrassant la baronne Césarine. Voulez-vous que je prévienne le marquis?

— Non, non! laissez-moi! ne prévenez personne! se hâta de répondre Impéria.

La baronne n'insista pas : elle n'avait rien entendu, mais elle avait parfaitement compris.

— Au revoir, pauvre chère! dit-elle à la marquise, en s'en allant.

— Ordonnez, madame, disposez de moi, dit Henry en s'inclinant respectueusement devant elle.

— Monsieur de La Barthelasse, lui répondit-elle vivement & à voix basse, si vous m'aimez véritablement, prouvez-le-moi en ne faisant rien contre cet... homme!... Ne cherchez pas à le retrouver... à le revoir, je vous en supplie... Il vous tuerait comme il en a tué un autre... qui m'aimait aussi... & je veux que vous viviez!... je le veux!... Allez...

— C'était donc vrai! murmura tristement le jeune homme en se retirant.

Bientôt il ne resta plus dans le salon que deux personnes : Georges Le Mayeur & la marquise de Sauges, le premier calme, la seconde en proie à une agitation qu'elle ne prenait pas la peine de dissimuler.

CHAPITRE XIII

OU L'ON APPREND A IMPÉRIA, QUI SEMBLAIT L'IGNORER,
QU'ELLE A QUELQUE PART UN MARI QUI NE SE
SOUCIE PAS DE SA FEMME, ET UNE ENFANT
QUI NE CONNAIT PAS SA MÈRE

Ce fut Le Mayeur qui rompit le premier le
silence.

— Il eſt tard, madame, vous êtes fatiguée...
Si vous le désirez, nous remettrons cet entretien
à demain, chez moi ou ailleurs?

— Non, non! Il vaut mieux en finir tout de
suite... coûte que coûte... Parlez, monsieur...
Ne soyez pas trop cruel, Georges! ajouta Impéria d'un ton humble.

— Cela dépendra de vous, madame, répondit
Le Mayeur en faisant signe à Impéria de s'asseoir, afin qu'il pût s'asseoir lui-même, car il paraissait fatigué.

Impéria s'assit & attendit, la tête baissée, comme une vaincue devant son vainqueur.

— Ainsi donc, reprit lentement Georges en contemplant tout à son aise la femme qu'il avait devant lui; ainsi donc nous nous retrouvons, nous qui ne devions plus jamais nous revoir, séparés que nous étions par tant de choses!... Nous nous retrouvons! Ironique fantaisie de la destinée! Vous deviez me croire mort, perdu au milieu de l'Océan, & je devais vous croire morte aussi, noyée dans cette grande mer parisienne si fertile en naufrages de toutes sortes... Oui, je vous croyais, je vous espérais morte!

— Vous m'espériez morte! répéta Impéria en frissonnant.

— Comme vous comptiez bien que j'étais disparu à jamais... A vous dire vrai, cela n'a pas été de ma faute... j'ai fait consciencieusement tout ce qu'il fallait pour vous donner cette sécurité... Quand on va dans l'Inde, on s'expose presque toujours à y rester... Mais non! la fièvre jaune & les taughs me dédaignent!... J'ai beau me promener dans les jungles pendant la nuit, & marcher sur des fakirs pendant le jour : nul ne fait attention à moi, ni les tigres ni les hommes; on me laisse tranquille, & je suis forcé de revenir en Europe très-bien portant. La mort a été aussi cruelle que la femme : elle n'a pas voulu de moi, malgré les avances que je lui ai faites. Je re-

viens au bout d'un certain nombre d'années...
j'arrive à Paris... aussi pauvre qu'au départ...
plus pauvre même... Je m'y établis marchand
de nuages & débitant de mensonges; la foule
accourt dans ma boutique, &, parmi cette foule,
un jour, la femme que j'avais le plus aimée, la
seule même que j'eusse aimée, & que je croyais
morte, je vous le répète..

— Morte! répéta Impéria. Vous prononcez
ce mot comme vous prononceriez un arrêt,
Georges!...

— Et si c'en était un, madame? dit Le Mayeur
d'un ton calme.

— Oh! ne me dites pas cela, Georges! s'écria
la marquise terrifiée.

— Nous sommes seuls tous les deux, madame; seuls pour la première fois depuis sept
années... Il est trois heures du matin... vos do-
mestiques sont endormis sur les banquettes de
l'antichambre, ou ils s'enivrent en votre honneur à l'office... J'ai sur moi du poison & un
poignard, deux armes qui ne me quittent jamais... Devant moi, livrée sans défense à ma
haine, une femme... Comprenez-vous, madame?

— J'ai peur de comprendre! murmura Impéria avec épouvante.

— Vous comprenez mal, sans doute, reprit
tranquillement Le Mayeur : vous me jugez en-

core avec vos yeux d'autrefois... Des yeux toujours superbes & charmants, du refte... mais
qui voient mal, comme les trop beaux yeux...
Vous me méprisez assez pour croire que je
tue les femmes... Je ne les tue pas plus que je ne
les bats... Les lâchetés ne sont pas de mon
goût... Vous vous êtes effrayée à tort... ·

— Georges, dit Impéria, vous êtes un homme
terrible!... Votre tranquillité m'effraye... Vous
avez des projets siniftres... Vous êtes venu ici
dans un but que j'ignore & qui cependant me
fait frissonner... Georges, au nom de notre
amour d'autrefois... de mon amour d'aujour-
d'hui... car je t'aime toujours... je n'ai jamais
aimé que toi !... C'eft toi que je cherchais dans
les autres... & c'eft pour te retrouver que j'ai
tant cherché !...

Le Mayeur, à cet aveu inattendu, avait fait
un haut-le-corps significatif; puis il avait souri
& s'était incliné ironiquement.

— Il eft trop tard, madame, pour me dire
cela, reprit-il : les coins de mon cœur & les éta-
pes de ma vie sont comme les cippes de la Voie
Appienne, il n'y a que des cendres & des ci-gît...
Je suis sorti, pour n'y jamais rentrer, de ce dé-
cevant pays des Chimères où j'aurais souhaité
voyager longtemps avec vous... Je marche désormais comme tout le monde sur les routes roya-
les & bien pavées de la réalité... Je ne connais

plus d'autres routes... je n'en veux plus connaître d'autres.

— Je ne vous crois pas! je ne vous crois pas, Georges! s'écria Impéria avec désespoir. Vous ne pouvez pas me fouler ainsi aux pieds; vous ne pouvez pas fouler ainsi aux pieds votre passé, qui eſt aussi le mien... Puisque vous voilà revenu, ne repartez pas... ne nous séparons plus... vivons ensemble comme autrefois!... Veux-tu?... ajouta Impéria avec passion en saisissant les mains de son ancien amant & en les portant à ses lèvres.

— Madame, répondit Le Mayeur en se débarrassant doucement de cette étreinte & en détournant la tête pour ne pas laisser voir son émotion; madame... je vous supplie de m'épargner... Ces témoignages d'une affection morte m'attriſtent & me remuent comme des souvenirs... Ils ne font qu'amollir mon esprit sans modifier ma résolution... Je ne puis rien changer à la ligne de conduite que je me suis tracée... Épargnez-moi & épargnez-vous... Tout ceci n'eſt ni digne ni prudent... Je vous demande pardon de vous dire toutes ces choses-là... Je ne suis pas, assurément, le gardien de votre honneur... mais je suis le protecteur du mien... Si l'éloquence & la passion pouvaient faire des miracles, vous en feriez un... Mais, malgré votre éloquence passionnée, vous ne pouvez ressusciter un amour mort... Laissez Impéria dormir dans la tombe de l'indifférence où je l'ai ensevelie, & laissez-moi respecter en vous Louise Cœurderoy, la femme de mon ami d'enfance...

A cette révélation, plus inattendue encore que la précédente, Impéria fit un soubresaut convulsif, comme si elle eût marché par mégarde sur un nid de serpents.

— Vous... êtes l'ami... de... de Jean?... balbutia-t-elle, épouvantée, n'osant en croire ni ses oreilles ni ses yeux.

— Je suis l'ami de Jean, répondit froidement Le Mayeur. Ne nous avez-vous donc pas vus ensemble l'autre soir?...

— Ah! mon Dieu! mon Dieu! murmura Impéria en se cachant la tête dans les mains & en sanglotant amèrement.

Les larmes d'une femme — & surtout d'une femme jeune & belle comme l'était la marquise de Sauges — touchent toujours un homme; quelque cuirassé que fût Le Mayeur contre toutes les émotions de ce genre, il se sentit remué par cette douleur sincère où s'abîmait, comme une Madeleine, cette créature tout à l'heure si orgueilleuse. Tout concourait d'ailleurs à le troubler : l'heure, myſtérieuse, — le lieu, imprégné de parfums, — le coſtume d'Impéria, d'un désordre si séduisant.

Georges détourna involontairement ses re-

gards de ce qui les sollicitait si vivement, &
brusquement, sans transition, pour échapper
plus vite aux dangers de sa situation, il s'écria :

— Il faut cesser d'être femme, madame, &
redevenir mère! Le petit être qui dort au cimetière vous pardonnera peut-être votre crime si
vous consentez à l'expier par votre amour pour
Marie !...

— Plus bas, Georges! plus bas! murmura la
marquise en joignant les mains d'un air suppliant & en jetant des yeux effarés autour d'elle,
dans le salon, pour s'assurer qu'il n'y avait là
personne qui pût entendre ce que disait Le
Mayeur.

— Ah! c'eſt vrai! répondit celui-ci, j'oubliais
que vous étiez la marquise de Sauges! Marquise de Sauges & femme du plébéien Jean
Cœurderoy! Cela s'appelle de la bigamie, madame! A merveille! vous ne glissez pas sur le
crime, vous, quand vous vous y mettez : vous
appuyez dessus, vous y enfoncez jusqu'au ventre, jusqu'au cœur, comme dans de la boue!...
Tous mes compliments!

— Georges! Georges! épargnez-moi, je vous
en supplie! Épargnez-moi!... Je suis moins coupable que vous ne le pensez... Et puis, j'ai tant
pleuré... tant pleuré!

— Cela se dit, madame, mais cela ne se prouve
pas... Pourquoi auriez-vous pleuré, d'ailleurs?

Ne deviez-vous pas être rassurée sur les suites de votre... faiblesse ? L'enfant était mort sans avoir eu le temps de naître, & le vase de pervenches qui lui avait servi de tombeau ne pouvait trahir le secret que vous lui aviez confié... C'était à oublier comme un mauvais rêve... & vous avez oublié... Ne me dites pas non... je serais forcé de vous répéter que vous avez oublié le mort comme vous aviez oublié la vivante, l'enfant sans nom comme la petite Marie, Georges Le Mayeur comme Jean Cœurderoy !...

— Oh ! vous êtes cruel, Georges ! bien cruel ! murmura Louise. Mais, ajouta-t-elle en tournant ses beaux yeux pleins de larmes vers Le Mayeur, pour implorer sa miséricorde ; mais, cette horrible passé taché de boue & de sang dont vous m'éclaboussez ainsi sans pitié, ne puis-je donc le racheter par quelque sacrifice, par quelque expiation ?...

— Parlez-vous sincèrement, Louise ? demanda Le Mayeur, en se rapprochant vivement d'Impéria.

— Ordonnez, j'obéirai ! répondit celle-ci.

— Eh bien ! reprit Le Mayeur, eh bien !...

Il allait continuer, il s'arrêta en faisant un geste de découragement.

— C'est impossible ! murmura-t-il. Pour réparer un peu du mal que vous avez fait, pour racheter les fautes commises, il faudrait que

vous fussiez libre... & vous êtes marquise de
Sauges!...

— Pour les autres, oui ; mais non pour vous,
Georges ! répondit avec empressement la pécheresse repentante. Je ne suis pas plus marquise
de Sauges que je n'ai été jadis Impéria... Je
m'appelle Louise Cœurderoy !...

— Allons ! tout n'eſt pas perdu, si vous per-
ſiſtez dans les bons sentiments que vous avez en
ce moment & qui vous vont aussi bien, qui vous
vont mieux, même, que les mauvais ! Tout n'eſt
pas perdu, non ! Et d'abord, ajouta Le Mayeur,
il faut quitter ces vêtements, quitter cet hôtel,
quitter tout, pour me suivre...

— Je vous suivrai au bout du monde, Georges ! répondit Louise avec un élan passionné.

— C'eſt trop loin pour mon cœur fatigué de
tant de voyages infruſtueux ! dit Le Mayeur
avec un sourire mouillé d'amertume. D'ailleurs,
il ne s'agit plus ici de moi, mais d'un autre...

— Jean ! murmura Louise en frissonnant involontairement.

— Oui, de Jean & de sa fille, la vôtre...

— Je n'oserai jamais le revoir en face !...

— Vous avez bien osé le quitter ? L'audace
était plus grande... Vous n'aviez pas d'excuse,
alors ; vous en aurez une aujourd'hui. Il ne vous
battra pas, d'ailleurs, vous n'avez rien à craindre...

— Je ne crains rien que son mépris !

— Je vous rendrai le devoir plus doux & l'expiation plus facile... Quand je viendrai vous prendre pour aller vers votre mari, c'est qu'il vous attendra, &, quand un homme attend une femme, & que cette femme arrive, il n'a plus le courage de la maudire... Il l'a trop maudite !...

— Je vous obéirai, Georges, murmura de nouveau Louise, résignée. Et, ajouta-t-elle en hésitant, ma... Marie est bien belle, n'est-ce pas ?

— C'est une question de femme, non une question de mère que vous me faites là ! répondit Le Mayeur.

— J'étais sûre qu'elle se portait bien, reprit Louise : si elle avait été malade, vous vous seriez empressé de me le dire afin de m'alarmer & de me décider plus vite à vous obéir... Laissez-moi donc vous répéter ma question & vous demander si Marie est une belle enfant ?

— Ne saviez-vous donc pas qu'elle est le portrait vivant de sa mère ?... Ah ! rassurez-vous ! elle ne lui ressemble qu'extérieurement...

— J'ai mérité toutes ces rigueurs, & d'autres encore, dit Louise ; & puis, à cause de ce que vous venez de m'apprendre, je ne saurais vous en vouloir... Chère petite Marie !

La transformation de Louise, pour soudaine

qu'elle avait été, était trop complète pour que
Le Mayeur n'en fût pas frappé comme d'un
miracle — ou comme d'une habile impoſture. Il
entendait & voyait, & il hésitait à en croire ses
yeux & ses oreilles. Le temps des miracles eſt
passé depuis dix-huit cents ans, mais celui des
impoſtures dure toujours, & les femmes sont en
cela de bien plus grandes artiſtes que les hommes... Comment cette princesse du Grand Trottoir parisien consentirait-elle ainsi, en un clin
d'œil, en un tour de cœur, à se métamorphoser
en sœur grise du Devoir obscur, — à abdiquer,
en un mot ? Car c'était une abdication, & les
femmes ne sont pas ordinairement assez Charles-
Quint, lorsqu'elles ont encore devant elles de
longues années de règne & de triomphes, pour
s'enfermer dans un monaſtère de Saint-Juſt quelconque ! Tant qu'elles se sentent vivantes, c'eſt-
à-dire tant qu'elles se savent belles & admirées,
elles se refusent à descendre au cercueil, c'eſt-à-
dire dans l'oubli !

Georges Le Mayeur hésitait à croire, parce
qu'il avait vécu, parce qu'il avait pratiqué la
femme & qu'il la connaissait. Cependant l'évi-
dence était là, le miracle opérait devant lui :
Impéria n'était plus Impéria, la marquise de
Sauges avait disparu, Louise était transfigurée,
— à ce point que son coſtume païen jurait sur
ses épaules comme eût juré sur ses lèvres une

phrase obscène. L'âme de la mère éclairait le corps de la femme & le purifiait.

Louise fit un geste pour déchirer sa tunique de gaze, mais elle s'arrêta — rougissante. La pudeur lui revenait avec le cœur.

— Je possède à Bellevue un petit pied-à-terre, se hâta de dire Le Mayeur qui avait hâte de se retirer ; vous pourrez vous y réfugier en toute confiance quand vous voudrez, aujourd'hui même, si cela vous plaît... Voici le jour, j'y vais aller afin d'y faire tout préparer pour votre installation... provisoire... Vous serez là, non chez moi, mais chez vous... Ne craignez pas d'user & d'abuser... J'ai, moi aussi, quelque chose à réparer... & je serais en vérité trop heureux si cela ne me coûtait que de l'argent !... Adieu, Louise... Au revoir, madame... Prenez un peu de repos, vous en avez besoin... Et puis... à la grâce de Dieu !

Le Mayeur salua & disparut en murmurant :

— Qui trompe-t-elle ici ?... Elle ou moi ?...

Louise l'accompagna d'un long regard triste qui semblait dire : « Adieu ! ô le seul homme que j'aie aimé ! »

Le seul ? mais l'amant tué par Jean ? mais l'amant tué par Georges ? mais le cabotin de Montmartre ? mais le poëte provençal ? mais tant d'autres encore, sans doute ? Tout cela, des étincelles ! Georges avait été la vraie flamme.

CHAPITRE XIV

Les fenêtres étaient ouvertes pour que l'air pût entrer dans toutes les pièces du petit logement de Cœurderoy, et, avec l'air nécessaire à la respiration, les parfums des jardins voisins.

Le jour s'en allait & la nuit venait, — mais lentement tous deux, comme à regret. Huit heures sonnèrent à la vieille horloge de Gaudron, achetée par Cœurderoy dans une de ses excursions & encadrée par lui dans une vieille boîte en cuivre ciselé à jour & doré du temps de Louis XIII.

— Jean ne rentre pas! murmura la Borgnotte, assise près de la fenêtre & regardant mélanco-

liquement le ciel de son meilleur œil, comme pour
en sonder les ténèbres bleuâtres.

— Petit père ne tardera pas, petite mère Borgnotte ! répondit Marie de sa voix caressante, en
prenant à pleins bras la tête de Trépignette &
en lui donnant, sans compter, une douzaine de
baisers, — une rosée d'âme.

— Puisque tu es tranquille, je n'ai rien à
craindre, ma chère mie, soupira la pauvre fille
qui, malgré cette assurance qu'elle se donnait
ainsi tout haut, redoutait tout bas mille choses.

Le couvert était mis pour le souper. L'appétit
serait venu à l'eftomac le plus réfractaire à l'as-
peſt de cette nappe blanche, de ces assiettes à
coqs reluisantes, de ces verres étincelants, &
surtout à la bonne odeur qui s'échappait d'une
soupière placée au milieu de la table & se ré-
pandait doucement dans toute la chambre.

— Veux-tu souper, ma mie chérie? demanda
la Borgnotte à l'enfant qui jouait avec les brides
de son bonnet de linge d'un blanc éblouissant.

— Je n'aurai faim que lorsque petit père sera
assis à table entre nous deux, répondit Marie.

La Borgnotte, tout en caressant de la main les
boucles soyeuses de la chevelure de sa « mie, »
se reprit à rêver de plus belle.

Précisément, en ce moment, elle se rappelait
— sans savoir pourquoi ce souvenir-là lui revenait à l'esprit, & non pas un autre — un certain

soir d'hiver où, après une scène violente, Jean
l'avait chassée brutalement. Elle avait ramassé
ses pauvres hardes, les avait roulées dans un
mouchoir, & elle était partie, l'âme en proie au
désespoir, l'esprit plein de pensées de suicide.
Elle avait ouvert la porte de cette chambre où
elle avait passé quelques années d'une vie tour-
mentée qu'elle n'eût pas, cependant, échangée
contre sa part de paradis, & elle avait descendu
marche à marche cet escalier qu'elle ne devait
plus remonter jamais. Le vent soufflait avec violence. La neige tombait lentement, par épais flo-
cons, & couvrait la terre d'un grand suaire blanc.
On n'entendait rien que le murmure lointain de
Paris, — une sorte d'aboiement sinistre comme
celui des vagues à la marée montante. La Borgnotte s'était appuyée contre la rampe, prise
d'une peur aiguë, le cœur « tout trifouillé, »
selon sa propre expression : il lui avait semblé
qu'elle allait mourir. Tout à coup, la porte de
la chambre qui s'était violemment refermée à jamais sur elle comme la pierre d'un tombeau,
s'était plus violemment encore ouverte, & une
voix bien connue, avec l'accent le plus bourru,
avait crié : « Veux-tu bien remonter tout de
suite ! » Elle avait tressailli, elle avait poussé
un petit cri faible, mais n'avait pas eu la force
de faire un pas en avant ou en arrière. Alors,
Jean était descendu comme une trombe, l'avait

aperçue évanouie sur la dernière marche de l'escalier, &, tout en grondant, il l'avait prise dans ses bras, l'avait remontée dans sa chambre, & l'avait assise près de la cheminée où flambait un bon feu clair comme un sourire, en lui disant : « Ce ne sera pas pour aujourd'hui... Il fait trop froid... Où iriez-vous, pauvre bête ?... Dans la neige... dans la boue... sous ce vent glacé ?... Vous resteriez en route !... Non ! je ne veux pas ! Une autre que vous... peut-être !... Mais vous, non... Vous n'êtes pas criminelle, vous... vous êtes folle... On ne punit pas les fous, on les soigne... Je vous soignerai... Chauffez-vous... buvez ce verre de vin chaud... & surtout ne faites pas de bruit... ne beuglez pas... vous réveilleriez Marie... Allons, vite ! rencognez-moi ces larmes... mettez-moi un frein à ces sanglots... & allez vous coucher... Demain, nous verrons ce que nous avons à faire... » Et, le lendemain, Jean songeait à autre chose, il parlait à la Borgnotte comme si rien ne s'était passé la veille, seulement avec un peu plus de douceur que la veille, en l'appelant « chère bête » au lieu de l'appeler « bête » tout court.

— Cher bon Jean ! murmura la Borgnotte, attendrie à ce souvenir.

— Tiens ! tu pleures, Borgnotte ! pourquoi donc ? demanda Marie, en sentant tomber sur sa joue une larme brûlante.

— Je pleure de plaisir, ma mie, en songeant à ton méchant petit père, qui eſt bien le meilleur petit père que la terre ait jamais porté ! Je pleure en me rappelant tout ce qu'il a fait pour moi, qui ne le mérite guère...

— Si, tu le mérites, Borgnotte, si !

— Non... non...

— Je te dis que si, moi, na !...

— Chère mie, tu es bien la fille de ton père ! Le bon Dieu eſt bien bon d'avoir mêlé ma vie à la vôtre... Je né pouvais vraiment être heureuse qu'avec vous...

— Maman Borgnotte, je ne comprends pas bien ce que tu me dis là, mais je sais bien par exemple que je t'aime tout plein & que, lorsque vous n'êtes pas là, petit père ou toi, il me semble toujours que le soleil eſt caché, j'ai froid...

— Cher petit ange ! dit la Borgnotte, qui ajouta aussitôt : Ainsi, cette dame que nous avons rencontrée tantôt sur le boulevard extérieur, & qui a voulu t'embrasser...

— Oh ! la vilaine femme ! répondit vivement l'enfant en se cachant, avec un mouvement d'effroi, dans le giron de la Borgnotte.

— C'était pourtant une belle madame, reprit Trépignette ; une belle madame, avec un beau chapeau, une belle robe, de beaux gants, & une voix bien douce !...

10

— Petit père m'a défendu d'embrasser d'autres mères que toi...

— Mais ce n'était pas ta mère, ma chérie ; c'était une dame quelconque qui se promenait par là & qui s'est arrêtée pour te regarder, parce que tu es gentille, parce que tu es proprement nippée, & qu'on ne rencontre pas beaucoup de belles petites filles comme toi sur les boulevards extérieurs, des quartiers à pauvres gens... Et puis, cette dame, elle avait l'air triste... Il faut être pitoyable envers qui souffre, Marie... Oui, elle avait l'air triste... j'ai vu cela quand elle a relevé son voile pour t'embrasser... & il m'a semblé qu'elle était plus triste encore après ton refus... Je me suis trompée, peut-être... Peut-être aussi est-ce une dame qui a perdu sa fille & qui a cru la retrouver en toi... Il y a tous les jours de ces ressemblances-là, Marie... Il ne faut pas en vouloir au monde, quand il s'y prend poliment... Pourquoi faire de la peine quand il en coûterait si peu de faire plaisir?... De toi, qui es si douce & si bonne, ma mie, cela m'a étonnée, presque chagrinée...

— Tu as raison, maman Borgnotte, je te demande pardon! Mais c'est que, vois-tu, j'ai eu peur quand la dame s'est baissée vers moi... Il m'a semblé qu'elle allait m'emporter avec elle... Alors, j'ai crié!... Ne le dis pas à petit père, surtout!...

— Non, ma mie aimée, non... D'ailleurs, ce n'eſt pas chose d'importance... cela ne mérite pas qu'on lui en casse les oreilles... Et puis, quoique tu me donnes raison, il me donnerait tort, lui, puisqu'il t'a appris à ne connaître & à n'aimer d'autre femme que moi, ta petite mère Borgnotte...

L'enfant écoutait Trépignette, &, en même temps, son oreille épiait tous les bruits du dehors pour tâcher d'y démêler un bruit connu de pas ou de voix.

— Le voilà! le voilà! dit-elle tout à coup en se précipitant vers la porte & en l'ouvrant.

La Borgnotte l'avait suivie, joyeuse.

— Éclaire-nous, Trépignette! cria de l'escalier la voix de Cœurderoy.

— Petit père n'eſt pas seul, dit Marie en se reculant instinctivement pous laisser passer son père que suivaient, en effet, deux commissionnaires.

— Bonjour, ma chérie, dit Jean en prenant sa fille dans ses bras & en lui donnant deux gros baisers sur le visage. Ce n'eſt qu'un à-compte, ajouta-t-il ; je te donnerai le reſte tout à l'heure, quand la Borgnotte aura fini d'allumer sa bougie...

La Borgnotte n'en finissait pas, parce qu'elle était émue, & que, dans son émotion, elle tremblait comme une feuille. Enfin, la lumière se fit, & l'on put voir, plantés sur le seuil, attendant respectueusement, les deux commissionnaires, chargés de paquets de toutes sortes, les uns volumineux, les autres petits, les uns lourds, les autres légers.

— Mettez cela par terre, mes gas, leur dit Cœurderoy en les aidant.

Marie regardait tout cela sans trop de curiosité, & elle était plus occupée de son père que des paquets. La Borgnotte, elle, tout en étant occupée de Jean, comme toujours, ne pouvait s'empêcher de se demander ce que pouvaient bien renfermer ces myſtérieux paquets.

— Quelques vieilles faïenceries, sans doute! murmura-t-elle, dépitée de chercher sans trouver. Comme si nous n'en avions pas déjà assez! En met-il de l'argent dans ces bric-à-brac-là! Il ne s'apercevrait pas que ma robe d'indienne a besoin d'être remplacée, non!... Monsieur Jean, ta soupe sera froide! ajouta-t-elle brusquement tout haut.

Cœurderoy ne répondit pas. Il était en train de payer les commissionnaires, qui s'obſtinaient à lui demander l'éternel « petit pour boire. »

— Mes agneaux, leur dit-il en les mettant à la porte, vous boirez avec ce que je vous ai donné, ou vous ne boirez pas, à votre choix... Mais je ne sais pas pourquoi je vous payerais deux fois le prix de votre course, une grosse fois & une petite... Allez vous promener, mes agneaux, allez !

Et il leur ferma la porte au nez, sans colère, mais avec le plus profond mépris.

— Mendiants, va ! dit-il en se débarrassant de son habit & de sa cravate & en s'asseyant à table, disposé à faire honneur au souper. Mendiants ! Des descendants de Vercingétorix ! oh !... Ta soupe pue bon comme tout, la Borgnotte ! ajouta-t-il joyeusement en plongeant la louche dans la soupière.

Marie s'était assise à côté de lui, à sa gauche, & elle lui baisait silencieusement la main.

— Ah ! oui, c'eft vrai, reprit Cœurderoy en se penchant vers elle & en l'embrassant de nouveau avec tendresse ; oui, c'eft vrai, je ne t'avais pas donné ton compte... Le voilà !... Il n'en manque pas un... Ah ! tu voudrais aussi un petit pour boire, n'eft-ce pas ?... Tenez, le voilà, petite Auvergnate !... En veux-tu, toi, la Borgnotte ? ajouta Jean en voyant que Trépignette avait l'air de bouder. En veux-tu ? Dépêche-toi, pendant qu'il me refte encore un peu de monnaie sur les lèvres... Tout à l'heure il n'y aura plus que de la soupe...

La Borgnotte ne se le fit pas dire deux fois : elle accourut & reçut son « pour boire. »

Ainsi commencé, le dîner ne pouvait mal s'achever. Cœurderoy était de bonne humeur ; il taquinait Trépignette, il lui lançait des bouchons

10.

à la tête, très-adroitement, de façon que les bouchons ne l'atteignissent pas; il racontait une foule d'anecdotes à la portée du jeune âge, dont Marie riait aux larmes & la Borgnotte aussi : tout cela, sans perdre un seul coup de dent, car, s'il se sentait en verve ce soir-là, il se sentait également en appétit. Il y avait longtemps que la Borgnotte & Marie n'avaient assifté à pareille fête.

Cependant, pas un mot des myftérieux paquets. Au contraire, lorsque Jean surprenait des regards curieux égarés de ce côté, il souriait doucement, malignement, d'un air qui signifiait : « Vous n'en saurez rien ! » & continuait à manger ou à raconter comme si de rien n'était.

Mais la curiosité a été inventée par & pour la femme : par Psyché chez les païens, par Ève chez les chrétiens. La Borgnotte, n'y pouvant plus tenir, voulut forcer Cœurderoy à parler, &, négligemment, en enlevant un plat, elle le tint pendant une minute suspendu au-dessus de l'un des principaux paquets.

— Tu veux donc tacher ta robe de noces ? lui dit tranquillement Cœurderoy, qui avait deviné son intention.

A cette révélation, à laquelle elle était loin de s'attendre, la pauvre Borgnotte faillit en laisser choir pour de bon le plat qu'elle avait eu l'air de laisser tomber pour rire.

— Ma ro... ma robe... de noces? balbutia-t-elle.

— Eh bien! oui! N'était-ce pas chose convenue? Ne voudrais-tu plus, par hasard, maintenant que je me suis mis en frais pour cette bête de cérémonie? répondit Cœurderoy, en prenant une pose d'homme offensé.

— Oh! Jean! murmura la Borgnotte, qui étouffait de bonheur.

— Voyons, chère bête, apporte-moi mon café, & plus vite que ça! reprit Cœurderoy avec sa brusquerie bon enfant.

L'émotion avait coupé bras & jambes à la Borgnotte : le bonheur lui donna des ailes.

En un clin d'œil la table fut débarrassée, la nappe secouée, & le café servi.

Cœurderoy souriait de cet empressement.

— Vous pouvez regarder maintenant, dit-il à la Borgnotte & à sa fille, en se renversant avec complaisance dans son fauteuil pour mieux juger de l'effet qu'allaient produire les myftérieux paquets.

Trépignette se pencha & les ouvrit un à un, avec précaution, religieusement pour ainsi dire, &, à chacun d'eux, elle poussait des cris d'admiration, répétés par la petite Marie, dont la joie, quoique plus désintéressée, n'était pas moins vive que la sienne.

Il y avait là une robe de soie gris-perle, une **rotonde** de soie noire garnie de guipures, un bonnet de blonde garni de rubans de taffetas blanc, un col en application de Bruxelles, avec les manches pareilles, des bas de soie blanche, des bottines de taffetas gris, & des gants de chevreau blancs. C'était le coftume deftiné à la Borgnotte.

Il y avait aussi une robe de mousseline blanche **avec** de petits volants, une large ceinture de soie bleue, de petits pantalons de mousseline garnis de dentelle, de jolis petits bas de fil d'Écosse, de petites bottines de taffetas blanc, & des gants demi-longs. C'était le coftume deftiné à Marie.

— Ah! petit père! petit père! que tout cela eft donc beau! s'écriait celle-ci à tout moment, en sautant de joie & en battant des mains.

— Ah! cher Jean! murmurait Trépignette qui ne pouvait en croire ses yeux. Cher Jean! cher Jean!

— Vous êtes contentes? Oui, très-bien! je suis content aussi... par extraordinaire! Ton café eft exquis, la Borgnotte, tu t'es signalée aujourd'hui, je te remercie.

— Et toi, Jean? Et ton coftume de... marié? dit la Borgnotte en hésitant un peu.

— Mon habit noir? Vieilleville me l'apporte

demain ; tu verras comme c'eſt bien, ça ! j'aurai
l'air d'un parfait notaire... A propos de notaire,
la Borgnotte, je n'ai pas fait dresser de contrat,
parce que le coût de l'acte serait plus considérable que l'argent qui y serait donné de part &
d'autre... Tu n'as rien, je n'ai pas grand'chose :
total, zéro ! Cependant, comme il faut tout pré-
voir, surtout ce qui arrive, tu trouveras dans le
tiroir de ma table, sous pli cacheté, une façon
de teſtament olographe, une donation pure &
simple de mes droits d'auteur... Tu ne sais pas
ce que c'eſt que des droits d'auteur ? Tu ne sais
pas non plus ce que c'eſt qu'un auteur ?... Cela ne
m'étonne pas... Oh ! il ne faut pas rougir de cette
aimable ignorance, chère bête ! Je t'aime mieux
ainsi qu'autrement... Tu n'as pas besoin de savoir, d'ailleurs... Tu n'auras qu'à ouvrir le pa-
quet & à lire ou à te faire lire les choses qui y
sont écrites de ma plus belle écriture... Mais pas
avant le moment prévu, par exemple ! & seulement lorsque la tuile de Damoclès, qui menace
toutes les têtes humaines, se sera abattue sur la
mienne.

— Oh ! Jean ! fit Trépignette d'un ton de reproche, pourquoi nous parles-tu de ces choses-là ?...

— J'en parle comme je parlerais d'autre
chose... La mort, du reſte, cela n'eſt pas plus
triſte que le mariage... au contraire !

— Jean! Jean!... Oh! Jean!... murmura la Borgnotte.

— Jean-jean! tu avais bien dit... tu as eu tort de te reprendre! répliqua Cœurderoy avec un sourire gâté par un peu d'amertume.

— Qui veux-tu que je choisisse pour mes demoiselles d'honneur, Jean? demanda timidement la Borgnotte, qui songeait avec complaisance à la « cérémonie. »

— Tes demoiselles d'honneur! répondit vivement Cœurderoy. Combien donc de douzaines t'en faut-il? Une, ce sera suffisant... & je te l'ai choisie moi-même : c'est Chiffonnette, une honnête fille dont je réponds presque autant que de toi... Ç'a été une occasion de l'habiller à neuf, la pauvrette!... Si cependant elle ne te convenait pas, dis-le, ne te gêne pas... j'en trouverais une autre...

— Tu as bien choisi, Jean... J'avais moi-même pensé à Chiffonnette, qui est une bonne fille, obligeante au possible, & qui ne s'affiche pas comme toutes ses camarades... Et, ajouta la Borgnotte, toujours en hésitant, nous irons à l'église, n'est-ce pas, Jean?

— Tu iras si cela te plaît, répondit Cœurderoy avec un geste d'impatience; mais, moi, je n'irai pas, je ne vais jamais dans ces endroits-là... Je crois que le bon Dieu est partout, comme me l'a appris mon catéchisme... & puisqu'il eft partout, il doit être aussi bien dans les bois qu'ailleurs... Nous irons dans les bois...

— Mais, objeéta timidement Trépignette, je croyais qu'un mariage n'était valable qu'autant qu'il était béni ?...

— Avant la Révolution, oui, ma fille; mais, depuis la Révolution, nous avons changé tout cela, nous avons mis le cœur à droite & le maire à la place du curé... Tu trouves que l'écharpe tricolore ne vaut pas la chasuble d'or? Tu as peut-être raison, au point de vue du goût & de l'art; mais, au point de vue de la raison, tu as tort... Le mariage, Borgnotte, eft une collaboration, une association, une affaire purement civile & commerciale; & puis... & puis... voilà Marie qui ouvre ses chers beaux yeux grands comme des portes cochères, afin de mieux comprendre ce que je dis... & je ne veux pas qu'elle le comprenne... Au dortoir, mes enfants, au dortoir !

La Borgnotte ne répliqua rien & obéit. Mais, tout en obéissant, tout en se taisant, quelque chose proteftait en elle, — la tradition, — tradition pieuse, tradition respeétable, qui ne reconnaît pour bien mariés que les gens qui se sont mariés à l'église. La parole du prêtre, c'eft le fil d'or qui lie les deftinées !

Pauvre Borgnotte! elle souffrait de cette infraction à l'habitude que voulait lui faire commettre Jean. « Je ne serai pas mariée comme l'a été ma mère ! » murmurait-elle en déshabillant l'enfant.

Pauvre Borgnotte ! si elle avait su...

CHAPITRE XV

Connaissez-vous Meudon, ce petit village
dont on prétend que Rabelais a été le curé ?
C'eſt, comme tous les villages, une grande rue
bordée à droite & à gauche de maisons qui
n'ont rien de commun avec celles de la rue de
Rivoli. Cette grande rue, qui commence au mur
du parc du général Jacqueminot & finit à la
porte de la forêt, s'appelle la *rue des Princes,*
depuis longtemps probablement, car il n'y a plus
de princes aujourd'hui, — & c'eſt vraiment
dommage, les princes valant mieux que les
bourgeois.

Les années qui enlèvent tant aux hommes,
n'enlèvent presque rien aux choses. Cette forêt,

11

coupes sombres à part, a aujourd'hui la même physionomie qu'il y a deux siècles. Les baliveaux anciens ont été remplacés par d'autres baliveaux de même essence, voilà tout. Les routes sont les mêmes, les sentiers aussi, à ce point que, si les vieux amoureux d'il y a cent cinquante ans, le Dauphin Louis, fils unique de Louis XIV, & sa jeune Maintenon, mademoiselle Émilie Choin, sortaient pour quelques heures de leurs tombes armoriées & s'en venaient rôder là bras dessus, cœur dessous, comme au temps où ils fuyaient la cour & la ville, ils retrouveraient, au pied de ce même chêne, le même tapis de mousse où ils s'asseyaient si volontiers pour soupirer.

Ce village, non plus, n'a pas beaucoup changé. La route qui y mène depuis le Val, & que suivait toujours le carrosse de louage de mademoiselle Choin, s'est peut-être modifiée, en se garnissant de maisons de plaisance ; mais le village, j'en répondrais, a le même aspect aujourd'hui qu'alors. L'église est à la même place, avec son petit troupeau de maisonnettes tout autour. Des générations entières ont disparu, comme les arbres de la forêt, mais pour être, comme eux, remplacées par d'autres générations. On n'y crie plus : « Vive Monseigneur ! » comme lorsque le Dauphin y passait, escorté du duc de Berri ou du duc de Bourgogne, de l'é-

lecteur de Cologne ou de l'électeur de Bavière ;
mais on y crie : « Vive le général Jacqueminot ! »
— un monseigneur aussi généreux que l'autre,
aussi hospitalier au pauvre monde, & peut-être
plus riche que l'autre.

Les mendiants eux-mêmes n'ont pas changé,
malgré tout ce que la charité publique a pu faire
pour les supprimer. Je rencontre encore aujour-
d'hui, étalant au soleil leurs plaies & leurs gue-
nilles, les loqueteux & les béquillards que j'y
rencontrais il y a trente ans, lorsque je venais
m'y promener avec mon père. Peut-être ces
malingreux étaient-ils déjà les mêmes au temps
où la compatissante mademoiselle Choin vidait
son aumônière dans la poussière de la route. La
misère étant éternelle, il n'eſt pas étonnant que
les misérables le soient aussi...

Revenons à la rue des Princes.

C'eſt la rue principale du village. D'autres,
plus petites, partent de là pour descendre vers
le val ou pour remonter vers le château, à mi-
côte duquel il se trouve. Parmi ces dernières, il
faut citer la rue Terre-Neuve qui longe une
partie de la propriété du général &, tout en faisant des zigzags pittoresques, va gagner la
grande avenue du château.

Avenue seigneuriale, — la véritable rue des
Princes, cette avenue ! D'un côté, elle aboutit à
la grille du château de Meudon, de l'autre, au

pavé des Gardes de Bellevue. A droite, elle do-
mine Paris & toute la vallée de la Seine ; à
gauche, elle eſt dominée par les verdoyants
avant-poſtes de la forêt. Situation admirable
entre toutes, salubre autant que poétique, que
semblent apprécier, comme il convient, les pro-
priétaires des cottages échelonnés sur tout le
parcours de cette avenue, depuis le rond-point
du château jusqu'à la tranchée du chemin de
fer.

C'était dans une de ces ombreuses retraites,
louée à l'année par Le Mayeur, que s'était réfugiée Louise Cœurderoy, la belle pécheresse
repentante.

La maison était modeſte, — la plus modeſte
de toutes ; mais, malgré son absence de comfort,
elle était digne d'être habitée à cause de son silence profond & de sa propreté exquise, le premier dû au lieu même, la seconde due aux soins
incessants de la vieille Ursule, l'Holbein de la
rue de Douai désencadré par son maître. Elle
n'avait qu'un étage, mais les chambres y étaient
bien diſtribuées & convenablement meublées ;
en outre, elles prenaient leur vue d'un côté sur
l'avenue, de l'autre sur la vallée, — deux aspects
différents qui répondaient à merveille au double
besoin d'une âme assez fatiguée de l'agitation
ſtérile pour aimer à s'isoler du monde par la
contemplation de la Nature, & cependant pas

assez détachée des choses mondaines pour ne pas désirer de temps en temps s'emparisienner par le regard. Un logis de veuve, en un mot.

Veuve, Louise ne l'était-elle pas? N'avait-elle pas des deuils à porter, des morts à regretter, des larmes à verser? Ne fallait-il pas le repos à cette âme secouée d'autant de remords que son corps l'avait été de spasmes? L'apaisement des exiftences surmenées par la passion, on ne le trouve que dans la solitude, où l'on dit que les biches blessées par les traits du chasseur trouvent l'herbe souveraine qui les guérit.

Depuis un mois qu'elle était là, seule avec la vieille Ursule, aucune plainte n'était sortie de ses lèvres, aucune révolte ne s'était faite dans son esprit contre cette vie nouvelle à laquelle rien ne l'avait préparée & dans laquelle elle était entrée du jour au lendemain sans effort ni regret. Le couvent a son charme pour les tempéraments les plus bouillonnants, la discipline a sa saveur pour les caractères les plus indomptables, le cilice a sa volupté pour les chairs les plus délicates. Le côté femme de la nature de Louise avait trouvé sa satisfaction — une jouissance chafte — dans ces mortifications auxquelles l'avait condamnée Georges Le Mayeur. Il y a des mains par qui l'on aime à être châtié... Et puis, il faut tout dire: outre que son ancien amour pour Georges, le plus vrai, le seul vrai de sa vie, s'était réveillé, épuré, & brillait en elle comme une flamme dans la boue d'un marais, elle espérait revoir sa fille, pour laquelle son amour, trop longtemps muet, s'était réveillé aussi, ardent, vivace, irrésistible ! Elle ne consentait si facilement à faire cette rude pénitence qu'en vue d'une double récompense, qui lui eût fait braver plus de choses encore qu'elle n'en avait bravé jusque-là. Les femmes ne savent rien faire gratuitement...

Je viens de parler de couvent : le vêtement de Louise Cœurderoy n'y aurait pas fait scandale comme tous ceux qu'elle avait pris, jusque-là, l'habitude de porter ; il n'eût effarouché aucun regard, alarmé aucun rigorisme : c'était un habit de veuve, un vêtement de deuil, — de la soie couleur de cendre. La robe montait, impitoyable pour les belles épaules dont la ligne serpentine se trahissait toujours néanmoins ; les plis de devant, flottants comme ceux d'un peignoir, enlevaient au buste toute possibilité de manifestation orgueilleuse ; la taille se devinait sans être accusée. La seule coquetterie de cette toilette funèbre gisait dans la blancheur éclatante du linge, au col et aux poignets, — une protestation contre les couleurs éteintes du reste du costume. Je ne parle pas des cheveux, — de ces beaux cheveux blonds dont Impéria avait été jadis si fière & qui lui avaient servi de lasso pour attirer tant de victimes éperdues : elle n'avait pas eu le courage de les cacher, encore moins de les couper, elle se contentait de les porter le plus simplement du monde — comme on porte une couronne. Pour tout dire en un mot, & pour mieux prouver la transformation radicale qui s'était faite, au moins extérieurement, chez Louise Cœurderoy, depuis un mois qu'elle habitait l'Avenue du château avec la vieille Ursule, on ne les appelait pas autrement, l'une & l'autre, que les *Béguines*.

Le myftère dont s'entourait, à leur insu, naturellement, l'exiftence de ces deux femmes d'un âge si différent, — que l'on eût prises pour la mère & la fille, si la mère n'eût pas eu l'air d'avoir pour la fille un respect mêlé de haine qui n'avait pas échappé aux yeux clairvoyants, — ce mystère allait s'épaississant chaque jour davantage autour d'elles. On avait d'abord voulu savoir, & l'on s'était irrité de ne rien apprendre. Mille suppositions absurdes, folles, téméraires, injurieuses, — comme toutes les suppositions, — avaient fait le siége de la petite maison conventuelle. Si l'aspect rébarbatif de la vieille Ursule — qui, elle, en effet, ressemblait bien à une béguine de Bruges ou de Gand — avait fait fuir les plus audacieux, l'aspect adorablement mélancolique de Louise Cœurderoy avait encouragé les plus timides à avancer. Il n'y avait pas d'homme dans cette maison mystérieuse ! Une fois seulement, Georges Le Mayeur était venu sur une invitation pressante de Louise ; mais il n'y était resté qu'une heure, & les curieux qui avaient constaté son entrée & guetté sa sortie en avaient été pour leurs frais d'indiscrétion. Georges n'étant pas revenu, on avait cessé de s'occuper de lui, puis, peu à peu, de s'occuper des deux recluses, — quelques oisifs de Bellevue exceptés, des gens persiflants.

Le dimanche & le lundi, deux jours où la marée montante des Parisiens envahit et submerge littéralement les environs de Paris, & principalement — peuple démocratique, va ! — les endroits royaux comme Versailles, Saint-Cloud, Meudon ; le dimanche & le lundi, les deux recluses ne bougeaient pas du cottage. Ursule allait & venait silencieusement, comme une ombre, dans les quatre pièces du rez-de-chaussée, son département exclusif ; Louise, cantonnée au premier étage, dans l'une des pièces qui regardaient la vallée de la Seine, cousait, lisait ou rêvait, & l'heure du repos arrivait sans que l'une ou l'autre des deux femmes eût été seulement entrevue par les passants ou par les voisins.

Mais, les autres jours de la semaine, chaque matin, Louise Cœurderoy sortait, la tête recouverte d'une faille de soie noire sous laquelle son visage disparaissait presque tout entier quand il le fallait. La vieille Ursule la suivait à diftance respectueuse, toujours la même, pour faire bien comprendre aux gens qui les rencontraient la diftance sociale, ou morale, qui la séparait de sa maîtresse — ou qui séparait sa maîtresse d'elle. Elle avait sa fierté aussi, la vieille Ursule !

En quittant le cottage, Louise marchait vite, sans se soucier de l'allure grave et compassée d'Ursule. Elle traversait l'avenue, s'engageait dans une viette ménagée entre deux propriétés & aboutissant à l'avenue circulaire, &, du même pas rapide, remontait vers le bois où elle entrait par la *Porte du Bel-Air,* dont le garde, presque toujours sur sa porte à cette heure-là, lui ôtait respectueusement, comme à une dame, sa petite casquette de drap vert illuftrée d'un cor de chasse, & sans que les chiens du chenil à claire-voie donnant sur la route aboyassent comme ils en avaient l'assourdissante habitude. Une fois dans la forêt silencieuse, hormis ses chansons d'oiseaux & ses bruissements d'insectes, Louise ralentissait son pas, s'assurait que la vieille Ursule la suivait bien, & prenait au hasard un sentier — qui était presque toujours le même & qui la conduisait presque toujours soit à l'étang des Fonceaux, soit à l'étang de Villebon, les deux endroits les plus pittoresques peut-être de cette pittoresque forêt de Meudon dont

11.

le seul défaut eſt de n'être pas à vingt lieues de Paris.

Voilà quel était le désert dans lequel Madeleine repentante s'était réfugiée pour expier ses péchés — & rêver à une foule de choses.

CHAPITRE XVI

OU L'ARTICLE 340 DU CODE PÉNAL, APRÈS AVOIR
MONTRÉ LE BOUT DE SON NEZ, FINIT PAR
MONTRER LES TALONS

Un vendredi de la fin de juin, un matin, au moment où Louise mettait sa faille & s'apprêtait à descendre pour sortir avec Ursule, la porte du rez-de-chaussée tourna sans bruit sur ses gonds, & Georges Le Mayeur entra sous le veftibule.

— *Elle* va sortir, dit le vieil Holbein d'une voix qui ne voulait pas être entendue & en indiquant du gefte au visiteur une petite pièce qui servait de parloir.

— C'eft bien ! répondit Georges, qui avait l'air préoccupé. Dites-lui que je suis ici & demandez-lui si elle confent à me recevoir...

La vieille Ursule fit un mouvement pour se
diriger vers l'escalier ; puis, se ravisant :

— *Elle* eſt sortie il y a deux jours, dit-elle,
toujours à voix basse. Sans doute, elle eſt allée
à Paris, car elle s'eſt habillée... Partie à midi,
revenue à sept heures du soir, exténuée, très-
pâle, très-agitée...

— C'eſt bien, mère Ursule ! c'eſt bien ! je ne
vous en demande pas tant ! répondit Georges
avec impatience. Allez, je vous prie, la prévenir
de mon arrivée.

— Elle a reçu deux lettres, qu'elle a relues
plusieurs fois, ajouta l'incorrigible Ursule, qui
tenait à s'acquitter consciencieusement des
fonctions inquisitoriales qu'elle s'était imposées.

— Elles sont de moi, mère Ursule. Faites ce
que je vous dis, maintenant.

L'ordre était formel. La vieille Ursule, qui
poussait jusqu'au fanatisme, jusqu'à l'aveugle-
ment, son dévouement pour l'homme qui l'avait
tirée de la misère, — la mère Ursule obéit. Bientôt son pas pesant fit crier les marches de l'escalier qui conduisait au premier étage.

— Je descends, mère Ursule, ne montez pas !
dit d'une voix douce Louise, qui voulait éviter
une fatigue à la vieille femme, un peu essoufflée
par l'âge.

Georges avait dit à Ursule de monter : elle
montait. Quand Georges n'était pas là, Louise

était sa maîtresse; mais lorsqu'il arrivait, lui seul était le maître...

— Monsieur Georges est en bas, dit-elle brusquement à Louise, en arrivant au haut de l'escalier.

— Geor... Monsieur Georges ?... répondit Louise, émue. Mais qu'il monte !... qu'il vienne !... Il est chez lui, ici...

La vieille Ursule redescendit : Georges, qui avait entendu, monta.

Louise se tenait debout, embarrassée comme une pensionnaire devant un *monsieur*. En redevenant honnête, elle était redevenue timide.

— Georges... murmura-t-elle en lui tendant la main avec hésitation, car elle craignait qu'il ne la refusât comme il l'avait fait à sa précédente visite.

Elle craignait juste. Georges Le Mayeur n'eut pas l'air de remarquer ce mouvement, & il fit quelques pas dans la chambre, en affectant de regarder tout, excepté celle qui ne regardait que lui.

— Ah! murmura Louise, douloureusement blessée de la persistance que mettait Le Mayeur à éviter tout contact trop direct avec elle.

— Vous ne m'attendiez pas ce matin, reprit-il; je vous avais écrit, en effet, que je ne viendrais que ce soir, par le train de cinq heures, mes affaires devant me retenir toute la journée à

Paris... Mais j'ai devancé l'heure, parce que les événements me devancent aussi, eux; des événements terribles, une catastrophe, madame!...

— Oh! mon Dieu! Georg... Monsieur... Qu'y a-t-il donc? s'écria Louise en pâlissant.

— Il y a, madame, que votre mari se remarie! répondit brutalement Le Mayeur.

Il aimait mieux se débarrasser tout d'un coup de ce fardeau, au risque d'en écraser la femme sur le cœur de laquelle il le rejetait. Sans doute elle allait bondir, protefter énergiquement, aller, courir, voler, pour empêcher ce mariage, une folie, un crime puni par la Loi avec la dernière sévérité, — de la peine de mort autrefois, aujourd'hui des travaux forcés à perpétuité. Mais contre son attente & à sa grande ftupéfaction, Louise ne bondit pas, ne protefta pas, ne cria pas.

— Le malheureux! se contenta-t-elle de dire d'une voix où il y avait plus de pitié pour le fou que de courroux contre le criminel.

— Voilà comment vous accueillez une nouvelle qui vous supprime, puisqu'en se remariant, Jean vous considère comme morte! s'écria Le Mayeur, scandalisé du calme relatif de Louise. Le malheureux! le malheureux! ajouta-t-il en se promenant avec agitation à travers la chambre. Oui, sans doute, le malheureux! Mais la malheureuse aussi, la malheureuse, savez-vous

quelle elle eſt ?... Ah ! ce n'eſt pas vous !... Je
ne me soucie pas plus de vous, en cette affaire,
que vous ne vous en souciez vous-même... La
malheureuse, madame, c'eſt Marie, cette innocente enfant que son père va déshonorer à son
tour comme vous l'avez déshonoré, lui !...

— Marie ! s'écria Louise en chancelant. Ah !
mon Dieu ! comme vous me punissez !... Marie !
ma fille ! déshonorée !... Ah ! ne sortirai-je donc
jamais de cette fange de honte où je me débats !... Marie ! Mais tout cela n'eſt pas vrai,
Georges !... Vous ne dites cela que pour m'é-
prouver... Je comprends... Vous doutez de ma
sincérité... Vous ne croyez pas à la possibilité
de mon retour au bien, à l'honnêteté..... je n'ose
pas ajouter à la vertu... Ce mot-là, en passant
sur mes lèvres impures, s'y souille comme tant
d'autres mots vulgaires... Ah ! Georges ! ne pro-
longez pas cette douloureuse épreuve... Je suis
sincère, je vous le jure... je vous le prouverai...
plus tard... par ma tendresse pour Marie...
quand elle me sera rendue... Mais ne soyez pas
trop cruel... ne me frappez pas trop fort... je
suis femme & je pourrais en mourir... & je ne
veux pas mourir avant d'avoir été pardonnée &
dessouillée par les baisers de mon enfant !...
Georges, je vous en supplie, cette affreuse nouvelle n'eſt pas vraie, n'eſt-ce pas ?

— Elle eſt vraie, répondit plus doucement

Le Mayeur, touché par cette explosion de sincérité.

— Ah ! mon Dieu ! mon Dieu ! murmura Louise accablée, anéantie, en se cachant le visage de ses deux mains pour que Le Mayeur ne la vît pas pleurer.

— Cœurderoy m'avait averti de cela chez lui, il y a cinq ou six semaines, reprit Le Mayeur. Mais je n'avais pas cru à cette improvisation de la folie... Sa fille venait d'avoir une crise... Il venait de vous rencontrer... vous savez où... car si vous ne l'avez pas reconnu tout d'abord, il vous avait bien reconnue, lui !... Il avait la tête perdue, l'esprit noyé de visions siniſtres, le cœur abîmé de douleur... J'avais évoqué votre souvenir, j'avais cité votre nom, j'avais atteſté vos droits d'épouse pour éclairer, en la désabusant, une pauvre fille qui aime Jean & qui, depuis six ans, prodigue à Marie toutes les tendresses d'une mère... Jean intervint alors pour abuser de nouveau celle que je voulais avertir des périls de sa situation... Il jura à la Borgnotte qu'il l'épouserait.

— La Borgnotte ? demanda Louise, qui suivait toute pantelante ce récit désolant. La Borgnotte ? C'eſt bien cette fille jeune, fraîche, à l'air doux & bon, que j'ai rencontrée avant-hier sur le boulevard Rochechouart, conduisant une enfant blonde par la main ?

— Vous êtes allée à Paris, malgré la promesse que vous m'aviez faite, sans que je vous la demandasse, de n'y plus remettre les pieds avant l'heure ?...

— Oui... je vous en demande pardon, Georges... mais je n'ai pu résister au besoin de voir Marie, ne fût-ce qu'à la dérobée... J'ai été à Paris... J'ai rôdé, voilée, toute la journée, dans le voisinage de la cité des Bains... Madame Gédéon m'avait dépeint la femme que vous appelez la Borgnotte... Quant à Marie, j'avais son signalement dans mon cœur... je l'aurais reconnue entre mille, maintenant que je voyais clair, opérée par vous, Georges... Après quatre heures d'attente... quatre heures !... la Borgnotte descendit l'escalier de la Cité, avec Marie, avec ma fille... Mon cœur sauta dans ma poitrine... Je voulus crier... je voulus m'élancer... mes pieds étaient cloués au sol, mes lèvres semblaient closes à jamais : mon cri s'arrêta dans ma gorge... La Borgnotte & Marie s'en vinrent de mon côté... j'eus peur... je me reculai... Elles passèrent près de moi, à me toucher... Ah ! tout mon sang ne fit qu'un tour !... Je n'y pus résister... je me penchai vers Marie, je la pris dans mes bras, & je la serrai avec énergie contre mon cœur, sans oser poser mes lèvres sur son front virginal... Georges ! Marie jeta un cri d'effroi & me repoussa... non pas comme on repousse une

étrangère, mais comme on chasse une ennemie...
Ah ! ces souffrances-là me seront comptées,
n'est-ce pas ?... Georges ! Georges ! Être haïe de
ma fille ! Parmi tous les châtiments auxquels je
pouvais m'attendre, celui-là était le seul auquel
je n'eusse jamais pensé !...

Il y eut un silence de quelques minutes, pendant lequel on n'entendit dans la chambre que
les sanglots de Louise Cœurderoy. Georges
n'essayait pas de les arrêter, ne trouvant en lui
nulle parole assez puissante pour cela. A quoi
bon, d'ailleurs ? Les larmes sont la soupape de
dégagement de l'âme en ébullition de douleur :
sans elles la poitrine éclaterait.

Georges était ému plus qu'il ne voulait le
laisser paraître, il se sentait pour Louise plus de
pitié qu'il n'en voulait laisser voir, &, malgré le
reste de défiance qu'il conservait à son égard, il
était forcé de s'avouer qu'elle méritait, sinon de
l'estime, du moins de l'admiration. Toutes les
femmes flétries comme elle par la passion n'auraient pas su, comme elle, se réhabiliter par la
maternité ! Toutes ne l'auraient pas su, parce
que toute ne l'auraient pas pu, — parce que
toutes, plutôt, ne l'auraient pas voulu ! Le lit
de la honte est si moelleux, on y enfonce si
profondément, on s'y trouve si bien, que, pour
en sortir, il faut être doué d'un rare ressort de
volonté !

Devant ce que Louise avait fait deux jours auparavant, & en songeant surtout à la douleur
qu'elle avait dû ressentir, la roideur de Le
Mayeur se détendit, sa parole se fit moins dure,
son regard se fit moins froid. Certes, il n'était
plus, il ne pouvait plus être pour Louise ce
qu'il avait été pour Impéria : un amant. Il s'y
refusait, il chassait ce souvenir avec horreur;
son amour était mort, bien mort, il le lui avait
dit parce que c'était vrai, — parce qu'il en eft de
certains amours comme de certains arbres, du
cyprès par exemple : une fois coupés, ils ne re-
poussent plus. Georges avait coupé le sien! Mais
il avait en lui de nobles inftincts, de chevaleres-
ques sentiments, — & le premier de tous, l'é-
quité : il ne se reconnaissait plus le droit d'être
sévère, lui homme, après cette impitoyable sévérité d'une enfant!...

— Écoutez-moi jusqu'au bout, madame, je
vous en prie, reprit-il doucement. Le temps s'é-
coule, le mal s'aggrave...

— Je vous écoute, monsieur, répondit humblement Louise en essuyant ses yeux sans cesse
mouillés de nouvelles larmes.

— Le mariage de Jean avec la Borgnotte,
quoique la chose fût la plus folle du monde, était
donc projeté, ajouta Le Mayeur; mais il n'était
pas encore fait, il ne pouvait pas se faire... J'a-
vais essayé plusieurs fois de voir Jean, afin de

juger une bonne fois de la sanité ou de l'insanité
de son esprit & d'agir en conséquence, car l'a-
mitié a des droits impérieux, & Jean était mon
ami d'enfance... Mais il semblait me fuir... J'allais chez lui sans le rencontrer... Je lui écrivis
plusieurs lettres : il ne répondit à aucune...
Prévenir la Borgnotte ? j'y avais songé d'abord,
comme au moyen le plus court & le plus sûr...
mais c'était aussi un moyen déloyal... Et puis,
cette fille eſt d'une simplicité d'esprit qui n'a
d'égale que la richesse de son cœur... Elle adore
Jean, elle ne voit que par ses yeux & n'entend
que par ses oreilles ; Jean avait promis, Jean
tiendrait... Il fallait renoncer à la convaincre...
j'y renonçai... Hier j'avais adressé une dernière
lettre à Jean... Même silence que pour les autres... Ce matin, de bonne heure, je me rends
chez lui, résolu à le voir, à lui parler, à m'expliquer avec lui : il était parti avec la Borgnotte,
avec Marie, avec d'autres personnes encore,
pour aller se marier... Où ? je l'ignorais... je
l'ignore... mais on peut le savoir... on peut encore tout empêcher... votre présence eſt nécessaire, madame...

— Partons, monsieur ! dit résolûment Louise.

— Je vous remercie, Louise, répondit Le
Mayeur.

Comme ils descendaient, la vieille Ursule
montait.

— Monsieur Georges, dit-elle à Le Mayeur, le fils du concierge de la rue de Douai, à qui vous aviez recommandé en partant de venir ici vous apporter les lettres qui pourraient arriver en votre absence, m'a remis celle-ci pour vous.

Georges prit la lettre & la mit dans sa poche.

— Lisez-la, monsieur, je vous en prie, dit Louise, vous êtes chez vous, vos affaires doivent passer avant les miennes. Cette lettre, d'ailleurs, nous intéresse peut-être tous les deux... Vous en attendiez une de... quelqu'un chez qui vous êtes allé ce matin...

— Puisque vous m'y autorisez, madame... répondit Le Mayeur en reprenant la lettre & en en rompant le cachet. Elle est de Jean! ajouta-t-il en apercevant la signature.

Louise se tut, attendant qu'il plût à Le Mayeur de lui faire connaître le contenu, ou seulement la substance de cette importante missive.

« *Tu es venu plusieurs fois chez moi, vieux Georges, écrivait Jean, & chaque fois tu as trouvé visage de bois. Je vais t'expliquer tout cela.*

« *Je t'ai parlé de la Borgnotte, de sa toquade favorite, obstinée, fatidique, la ritournelle de sa pensée, ou plutôt sa pensée unique.*

Je t'ai dit aussi quelle est l'énorme, l'incroyable, l'épatante naïveté de cette enfant; si je n'avais pas pour elle l'affection que me commande la reconnaissance (elle aime Marie & Marie l'aime), je mettrais un autre mot à la place de naïveté, quelque chose comme bêtise. Elle ne croit pas précisément que les alouettes tombent toutes rôties du ciel, parce qu'elle sait parfaitement le contraire, ayant eu de fréquentes occasions d'acheter des mauviettes au marché Saint-Pierre & la peine de les faire revenir dans la casserole; mais elle prend pour articles de foi une foule de bourdes que je me plais, de temps en temps, à lui envoyer au nez. C'est ainsi, par exemple, qu'elle est convaincue que la colonne Vendôme est en bois fondu, *que l'Arc-de-Triomphe est un massepain cubique antédiluvien, que le canon du Palais-Royal est allumé chaque jour, à midi, par un colonel d'artillerie en retraite, que les Académiciens du bout du pont des Arts sont vraiment des* Immortels, *comme ils le prétendent, c'est-à-dire que ce sont toujours les mêmes quarante membres de la fondation, Godeau, Gombault, Chapelain, Conrart (au* silence prudent*), Serizay, Malleville, etc., conservés, par le procédé Gannal, sous les noms de duc de Broglie, Ernest Legouvé, Silvestre de Sacy (dit* Uftazade*), Désiré Nisard,* *duc de Noailles, Montalembert, etc. Je te fais grâce du reste.*

« *Ces prémisses (pardon, vieux Georges, mais le voisinage des* Immortels, *vois-tu...) ces prémisses, l'une* majeure & *l'autre* mineure, *étaient nécessaires : ils t'expliquent ce qui, dans ma résolution de l'autre jour & dans ma conduite d'aujourd'hui, aurait pu te paraître inexplicable. La simplicité d'esprit de la Borgnotte étant donnée, & sa toquade aussi, tu devines maintenant le résultat. J'ai acheté à cette chère bête une robe de noce, je me suis fait faire un* habit *à* manger du rôti, *j'ai retenu quelques amis des deux sexes, que j'ai avertis du rôle à jouer, &, parmi eux, un cabotin à qui j'ai confié le plus scabreux, &... nous partons! nous sommes partis! Quand la pauvre Borgnotte reviendra ce soir au domicile* conjugal, *elle se croira bel & bien* madame Cœurderoy & *sera toujours aussi* Trépignette Fourdinois *que par le passé, & cela suffira à son bonheur & à mon repos. Il y a, à* Paris, *des milliers d'honnêtes gens qui ne sont pas mariés autrement. D'ailleurs, quelle différence y a-t-il, je te prie, entre une femme qui se sait épousée pour de bon & une femme qui le croit? Aucune, sinon que, parfois, la première abuse de son droit pour manquer à son devoir, & que la seconde fait son devoir comme si elle*

en avait le droit. Personne n'éclairera la Bor-
gnotte sur la farce sacrilége d'aujourd'hui,
puisque demain nous changerons d'amis en
changeant de quartier, &, n'étant pas éclai-
rée, la chère bête restera dans les ténèbres
opaques qui font sa joie & qui assurent ma
tranquillité. Quand je mourrai, tout se dé-
couvrira, mais j'aurai eu soin de préparer un
cataplasme d'écus pour calmer les élancements
de la déception que ne manquera pas d'éprou-
ver la Borgnotte; elle me maudira, mais,
outre que je ne serai plus là, mon exécuteur
testamentaire, toi, y sera, & la priera de me
pardonner en lui faisant accepter les petites
rentes dont je puis disposer.

« *J'aurais bien voulu t'avoir avec moi au-*
jourd'hui, cher vieux Georges; mais j'ai eu
peur de tes reproches, de tes justes & sévères
admonitions, &, comme un capon, j'ai fui. Je
te reverrai demain, je te le promets.

« *Ton*

« JEAN CŒURDEROY. »

Après cette lecture, Le Mayeur respira comme
un homme à qui on ôte un lourd poids de dessus
la poitrine, — l'article 340 du Code pénal.

— Madame, dit-il à Louise qui interrogeait

anxieusement sa physionomie ; le mal eſt moins grand que nous ne l'avions craint d'abord, tout n'eſt pas encore perdu... Espérons !

— Ainsi, cette lettre ?... demanda Louise.

— Cette lettre me rassure un peu... Mais il faut que je vous quitte... que je retourne à Paris... J'ai des renseignements à prendre... Je reviendrai... Jusqu'à mon retour, soyez calme... Point de préoccupations folles, pas de craintes exagérées, je vous en prie !...

— J'ai confiance en vous, Georges : j'attendrai en silence ! répondit doucement Louise.

Le Mayeur reprit son chapeau, qu'en entrant il avait posé sur un meuble, s'inclina gravement devant celle qui avait été Impéria, & se retira.

Louise reſta quelques inſtants sur le seuil de la chambre, écoutant le bruit de ses pas. Quand il fut parti, elle vint s'accouder à la fenêtre qui donnait sur la vallée de la Seine, & son regard erra çà & là, rêveur. Bientôt un sifflement aigu retentit, une aigrette de fumée blanche s'éleva dans l'air : c'était le train de Versailles, en arrêt à Bellevue, qui se remettait en marche vers Paris.

Louise ferma brusquement la fenêtre.

12

CHAPITRE XVII

Le ciel était bleu, l'air était doux, le soleil resplendissait dans la plaine, les horizons verts appelaient les amoureux & les rêveurs.

Une tapissière chargée de voyageurs plus bruyants les uns que les autres, hommes & femmes, suivait la route qui, des Moulineaux, monte vers Meudon. Quand elle passa sous le viaduc, un bruit de tonnerre s'y répercuta aux cris d'effroi des « dames » de la joyeuse compagnie : c'était le train de Versailles qui leur roulait ainsi sur la tête.

— Sommes-nous bientôt arrivés? demanda une voix : je meurs de faim, moi, d'abord.

— Tiens, Chiffonnette, voilà pour te rassasier! répondit quelqu'un.

Et l'on entendit le bruit d'un baiser.

— Du Rouvre! Du Rouvre! Tu oublies l'article premier de notre programme! dit une troisième voix. Il a été convenu que l'on se conduirait décemment, à cause de la petite... C'est dur, je le sais bien, mais c'est comme cela! C'était à prendre ou à laisser...

— Voyons, voyons, mon cher Cœur-royal, ne te fâche pas, je serai sage... Cela me changera, et ces dames aussi... Un pauvre petit baiser de rien du tout... innocent comme l'enfant qui vient de naître... La joue de Chiffonnette l'a déjà oublié... il ne faut plus y penser...

— C'est bon! c'est bon! bavard! Est-il loquace, ce Du Rouvre! est-il loquace! Ah! celui qui t'a coupé le filet peut se vanter de n'avoir pas volé ses cent sous, non!

— Ce n'est pas comme toi... quelquefois... n'est-ce pas, tite Héloïse? Car tu es diantrement muette quand tu veux!...

— Cela vaut mieux que de dire des bêtises...

— Ah! des bêtises!

— Comme c'est beau, cher petit père! dit une voix d'enfant.

— Tu es contente, ma chérie?

— Oui, petit père... Et toi?

— Content comme un roi !

— Dont tu as le cœur, d'où ton nom ! reprit Sigismond du Rouvre. Emmener ainsi une douzaine de personnes, cocher compris, dans une tapissière de première catégorie, les abreuver jusqu'à plus soif & les nourrir jusqu'à plus faim, c'eſt beau, c'eſt grand, c'eſt généreux ! J'en parlerai dans ma prochaine chronique de la *Casquette de Loutre,* je te le promets...

— Il faut toujours qu'il parle, cet être-là ! s'écria Héloïse.

— C'eſt encore une façon d'agir, ma belle ! &, puisque l'autre m'eſt interdite, sous peine d'exclusion de votre sein, je me rattrape sur celle-là...

— Serons-nous bientôt arrivés, conducteur ? demanda Chiffonnette à l'homme qui était placé *en lapin* sur le devant de la tapissière.

— Tout à l'heure, ma petite dame, répondit l'homme...

— Votre canasson ne va pas ! C'eſt un cheval du genre écrevisse, ça ! au lieu d'aller en avant, il va en arrière...

— Dam ! c'eſt qu'il eſt bigrement chargé, sans vous commander... Et puis, vous ne remarquez pas que la route monte...

— Alors, descendons ! cela nous dégourdira les fuseaux ! En avant, les jolis danseurs !

Chiffonnette sauta de la voiture sur la route,

& bientôt chacun l'imita, les femmes d'abord, les hommes ensuite. Les femmes, c'étaient Chiffonnette, Héloïse, Rosalba & la Borgnotte. Les hommes, c'étaient Sigismond du Rouvre, Henry de La Barthelasse, Duperron de Sablonville & Jean Cœurderoy qui venait le dernier avec sa chère petite Marie. Tous & toutes étaient *endimanchés* de façon à n'être pas reconnus, — les femmes surtout, qui avaient toutes l'air d'ouvrières honnêtes en tenue de noce.

— Qui m'aime me suive ! cria Chiffonnette en s'élançant en avant avec la folâtrerie d'une jeune biche.

Henry de La Barthelasse courut après elle, & Sigismond du Rouvre après Henry de La Barthelasse.

— Henry ! Henry ! laissez-m'en un peu ! ne prenez pas tout ! criait le chroniqueur de la *Casquette de Loutre* en s'essoufflant à rejoindre le jeune couple, plus ingambe que lui.

Mais les deux jeunes gens couraient mieux que lui, & bientôt on n'entendit plus que ce dernier couplet d'une chanson que Chiffonnette avait commencée dans la tapissière :

> Votre amant m'envoie vous dire
> Que vous ne l'oubliez pas.
> — J'en ai oublié bien d'autres,
> J'oublierai bien celui- à...
> La violett' se double, double,
> La violett' se doublera...

La Borgnotte marchait pensive — & heureuse. Elle avait le sein gonflé d'un bonheur
nouveau pour elle, qui l'étouffait dans son corset. Elle était heureuse d'avoir réalisé un de ses
rêves les plus caressés, — le seul rêve de sa vie
modefte, la seule clarté ambitieuse de son existence obscure. Elle était heureuse, & cependant,
par moments, elle sentait venir de son cœur à
ses yeux une larme furtive, myftérieuse, incom-
préhensible. Souffrait-elle donc ? Elle eût été fort
embarrassée de répondre, si on le lui eût demandé.

Nul n'y songeait, d'ailleurs. Chacun, en ce
jour de fête, ne s'occupait que de soi, ne songeait qu'à sa propre joie. Du Rouvre, à qui
Chiffonnette venait de glisser entre les doigts au
profit d'Henry de La Barthelasse, s'était rejeté
sur Héloïse, qui lui brûlait à chaque inftant la
politesse pour cueillir toutes les fleurettes qu'elle
apercevait. Alexandre Duperron de Sablonville
parlait de collaboration à Rosalba, en lui faisant
valoir avec une certaine chaleur de geftes & de
paroles les avantages qu'elle en pourrait retirer
— comme charcuteries. Jean Cœurderoy, tout
en donnant le bras à la Borgnotte, & en causant
affeétueusement avec elle, n'avait véritablement
d'yeux & d'oreilles que pour la petite Marie, qui
lui donnait la main. Quant au conduéteur de la
tapissière, il était tout entier à son « canasson, »

qui était fatigué & qu'il avait intérêt à ménager — parce qu'il lui appartenait.

On avait dépassé le chemin des vignes & l'on avait atteint la propriété du général Jacqueminot. En se tournant tout à coup du côté de la Borgnotte, Cœurderoy remarqua inftantanément trois choses : la première, que la Borgnotte avait l'air mélancolique ; la seconde, que ses cheveux noirs étaient privés de tout ornement ; la troisième, qu'il y avait sur le mur du parc, en face de lui, une magnifique glycine de la Chine, dont les grappes violacées pendillaient à hauteur d'homme.

— C'eft l'absence de toute fleur d'oranger qui l'attrifte, cette chère bête ! pensa-t-il.

Et détachant doucement sa main de la main de Marie & son bras du bras de Trépignette, il courut vers la glycine, monta sur une borne qui se trouvait fort à propos là, cueillit une belle grappe & revint.

— Dans le pays des mandarins, dit-il gaiement en accrochant la fleur cueillie dans les cheveux de la Borgnotte, heureuse de cette marque de tendresse ; dans le pays des mandarins, c'eft la fleur d'oranger des mandarines... Cela sent aussi bon, c'eft aussi joli, & cela coûte aussi cher... Es-tu satisfaite, maintenant, grosse bébête ? ajouta-t-il en embrassant cordialement Trépignette.

— Ce n'eſt pas de jeu, cela ! cria Du Rouvre.
Tu donnes toi-même un coup de canif dans ton
règlement ! Si tu embrasses ta femme, je vais
embrasser les femmes, moi.

— Sa femme ! murmura la Borgnotte en frissonnant d'aise. Etre sa femme ! Je suis sa
femme !...

Ce qu'il y a dans un seul mot, le saura-t-on
jamais? Les nouvelles mariées ont une manière
d'entendre celui-là qui n'eſt pas celle de tout le
monde. Il semble que leurs oreilles charmées,
enivrées, y trouvent une musique, un nombre,
une éloquence, que jamais ne soupçonneraient
des oreilles ordinaires. C'eſt comme lorsqu'elles
disent « mon mari ! » il semble qu'elles en aient
plein la bouche. Plus tard elles entendent & pro-
noncent comme tout le monde, — avec la même
indifférence...

Pour l'inſtant, la Borgnotte était charmée,
enivrée. Si elle eût osé, elle eût supplié Sigismond du Rouvre de répéter sa phrase.

Comme ils arrivaient devant l'abreuvoir, on
vit revenir Chiffonnette rouge comme un coque-
licot, elle dont les joues ne brillaient pas d'ordinaire par leur carmin.

— On ne connaît pas les sources du Nil, lui
cria Du Rouvre, mais on connaît celles du ci-
nabre... Le tien vient de derrière les saules où

tu t'étais réfugiée pour être vue, Galathée parisienne, de ton berger provençal.

> J'en ai oublié bien d'autres,
> J'oublierai bien celui-là...
> La violett' se double, double,
> La violett' se doublera...

La Musette d'Henry Mürger n'était que de la Saint-Jean auprès de toi, Chiffonnette!... Quand quitteras-tu la Provence pour Paris, voyons?...

— Tu m'ennuies! répondit Chiffonnette en riant, afin de dissimuler sa passagère émotion.

— Je gage que tu n'as plus faim, reprit Du Rouvre.

— Plus faim que jamais, au contraire!

— Ah! c'eft vrai! je l'oubliais... cela creuse!...

— Du Rouvre, vous êtes un gros monftre!...

— Nous y sommes, mes enfants, nous y sommes! cria Cœurderoy en désignant une maison qui formait l'encoignure de la rue des Princes & de la rue Terre-Neuve, & sur laquelle on lisait, en majuscules dues à quelque Davignon du pays :

DUMOULIN-PICARD

Pâtissier-Restaurateur

SALON DE CENT-VINGT COUVERTS

— Sommes-nous au complet ? ajouta-t-il en comptant de l'œil ses invités.

— Voilà ! voilà ! dit Héloïse en apparaissant, rouge aussi, les bras obftrués par une gerbe de fleurs multicolores.

— C'eft bien, cela, ma belle ! lui répondit Cœurderoy. Il n'y a pas de bonnes fêtes sans fleurs & sans soleil. Nous laisserons le soleil dehors & nous ferons entrer les fleurs avec nous chez Dumoulin-Picard... Montagnot, ajouta-t-il en s'adressant au propriétaire de la tapissière, allez remiser votre cheval et votre voiture & revenez déjeuner... Entrez, mes agneaux, entrez !

La Borgnotte, qui se trouvait en tête de la compagnie, entra la première dans le reftaurant. Après elle, derrière elle, entrèrent Duperron & Rosalba, dont les projets de collaboration allaient leur train, Chiffonnette & La Barthelasse qui avaient déjà écrit leur petit scénario, Héloïse qui portait sa gerbe de fleurs, & Du Rouvre qui ne portait rien. Jean fermait la marche.

Quand tout son monde eut fini de défiler, il se décida à entrer, &, souriant d'un sourire étrange, il murmura :

— Le citoyen Anaxagoras Chaumette & son ami Anacharsis Clootz seraient contents aujourd'hui, eux qui voulaient qu'on se mariât en plein soleil, par une belle matinée de printemps, avec les arbres pour témoins & les oiseaux pour officiants !

CHAPITRE XVIII

OU LES VOIX DU CŒUR SE TAISENT DEVANT LES CRIS
DE L'ESTOMAC, ET OU, CEUX-CI S'ÉTANT ENFIN
TUS, LES AUTRES RECOMMENCENT A SE
FAIRE ENTENDRE — TROP FORT

La maison Dumoulin-Picard s'était signalée.
Le repas que Cœurderoy lui avait commandé
— & recommandé — la veille, par lettre, était
un véritable repas de noce. Non-seulement rien
n'y manquait, mais tout y abondait, les mets &
les vins, les pièces de résiſtance & les morceaux
délicats, la chère masculine & la chère féminine.
Peut-être Cœurderoy avait-il songé à faire plaisir
à ses hôtes; en tout cas, il avait songé à faire
plaisir à sa fille.

La table avait été dressée au premier étage,
dans le salon de « 120 couverts, » dont les fenêtres, toutes grandes ouvertes, donnaient sur

les bâtiments de la mairie de Meudon. Chacun s'était placé où il avait voulu, celui-ci à côté de celle-là, Henry de La Barthelasse à l'une des extrémités de la table, entre Héloïse & Chiffonnette, Duperron de Sablonville à l'autre extrémité, ayant à côté de lui Rosalba, Cœurderoy au milieu, ayant Marie à sa droite & la Borgnotte à sa gauche, & Sigismond du Rouvre en face de lui, seul — pour l'instant, du moins.

Ce n'était ni un déjeuner, ni un dîner : il était trop tard pour l'un & trop tôt pour l'autre. C'était un repas, &, comme chacun paraissait armé d'un formidable appétit, on se jeta avec empressement sur les premiers plats. Les fourchettes sonnèrent l'hallali & la curée commença...

Spectacle digne d'intérêt & d'admiration ! Le ventre triomphait du cœur ! La faim *tombait* l'amour ! La femme était supplantée par une dinde truffée !

— Tu nous gâtes, Cœurderoy ! s'écria Du Rouvre entre deux bouchées. Jamais nous ne voudrons plus, maintenant, goûter à la cuisine de la mère Gédéon ! Et, si nous ne voulons plus goûter à la cuisine de la mère Gédéon, nous perdrons forcément le goût du pain, puisque c'est notre Providence, Joséphine !... Donne-moi quelques rondelles de ce mérinos du Périgord égaré dans les flancs de cette volaille du Maine...

Très-bien! assez!... trop!... trop, te dis-je! tu ne remarques donc pas que je fais cavalier seul dans ton bal?...

— La truffe n'est pas ce qu'un vain peuple pense, ami Du Rouvre! répondit Cœurderoy en riant.

— Un pied de plus & cela ferait un alexandrin! reprit le journaliste, qui ajouta aussitôt, en disparaissant sous la table: A propos de pied, j'oublie la jambe de Trépignette, moi!

Au bout d'un instant il reparut, tenant à la main un long ruban bleu qu'il agitait triomphalement.

— La jarretière de la mariée, messieurs! la jarretière de la mariée!... Nous allons nous décorer de l'ordre de la Jarretière... Honni soit qui mal y pense!

La Borgnotte rougit des pieds à la tête, — comme jamais peut-être elle n'avait eu occasion de rougir. Elle savait confusément, par tradition populaire, — comme pour les cérémonies légale & religieuse du mariage, — que la jarretière de la mariée jouait un grand rôle en ce jour solennel, &, depuis qu'elle était assise, elle s'attendait à quelque chose. A cause des inquiétudes vagues que cette attente lui causait, elle aurait voulu que cette habitude nuptiale n'existât pas. D'un autre côté, puisqu'elle existait, elle

13

n'était pas fâchée de la subir, elle eût même été fâchée de ne pas en être la victime : cela lui prouvait mieux ainsi qu'elle était mariée & bien mariée.

On s'était précipité sur le ruban que Du Rouvre avait si adroitement enlevé, on l'avait partagé en plusieurs morceaux, que les femmes avaient attachés à leur corsage & les hommes à leur boutonnière, — ceux-ci en regrettant qu'au lieu d'être bleu il ne fût pas rouge. C'est si agréable pour la vanité humaine d'avoir l'air d'être décoré, — même seulement pendant une journée, & avec des fragments de jarretière !

En revenant à sa place, Henry de La Barthelasse se pencha vers Chiffonnette de façon à lui effleurer le cou de ses lèvres & lui dit à voix basse, mais pleine d'une tendre sonorité :

— Je t'aime, Chiffonnette ! Cela n'est peut-être pas vrai, mais cela m'amuse de me le faire croire...

— Henry, vous êtes un vilain moqueur ! répondit vivement Chiffonnette.

Et, se levant pour échapper à son émotion, elle vint vers la pauvre Borgnotte ahurie de bonheur, lui fit une humble révérence, & lui chanta la chanson suivante, qu'elle avait entendue dans son village natal & qu'elle avait retenue d'un bout à l'autre :

Rossignolet des bois,
Rossignolet sauvage,
Rossignolet d'amour
Qui chante nuit & jour.

Il dit en son jargon,
Dans son joli langage :
Filles, mariez-vous,
Le mariage est doux !

— Bravo ! Chiffonnette ! cria Du Rouvre, qui
ne mangeait plus parce qu'il n'avait plus faim,
mais qui buvait toujours, quoiqu'il n'eût plus
soif. Bravo, ma fille ! Tu ne chantes pas encore
comme madame Ugalde, ni comme madame
Lauters, ni comme madame Miolan... mais
cela viendra... si tu suis les leçons d'un autre
professeur que La Barthelasse... A votre santé,
mes enfants !

Chiffonnette, un inftant interrompue, reprit
en faisant une nouvelle révérence à la Borgnotte :

Nous sommes v'nus ce soir
Du fond de nos bocages
Vous faire compliment
De votre mariage,
A monsieur votre époux
Aussi bien comme à vous ! ..

Vous voilà donc liée,
Madam' la mariée,
Avec un lien d'or
Qui ne rompt qu'à la mort ..

— J'aime le « fil d'or! » reprit Du Rouvre. Le « fil d'or » me plaît. On se sert souvent de ce trope dans les poésies ruftiques... Il paraît que la vie ne tient qu'à ce fil-là... La mienne ne s'en eft pas encore aperçu...

— Eft-il loquace, ce folliculaire, eft-il loquace! dit Héloïse en allumant une cigarette au cigare que venait d'allumer Duperron de Sablon-ville.

Chiffonnette reprit :

> Avez-vous bien compris
> C' que vous a dit le prêtre :
> A dit la vérité
> Sur c' qu'il vous fallait être :
> Fidèle à votre époux
> Et l'aimer comme vous...

— Ah! voilà le chiendent! murmura Du Rouvre en dodelinant de la tête. Fidèle à son époux, l'épouse? jamais!

— A la porte, le commentateur! s'écria Du-perron.

— Oh! à la porte! à la porte! A la demi-porte, mes agneaux! murmura Du Rouvre, qui se grisait de minute en minute.

— Reprends, Chiffonne, reprends : n'écoute pas cet échotier de bas étage!

Chiffonnette, à qui ces interruptions succes-

sives permettaient de reprendre haleine, chanta
le sixième couplet de sa chanson ruſtique :

> Quand on dit son époux,
> Souvent on dit son maître ;
> Ils n'sont pas toujours doux
> Comme ils ont promis d'être,
> Car doux ils ont promis
> D'être toute leur vie !...
>
> Vous n'irez plus au bal,
> Madam' la mariée ;
> Vous n'irez plus au bal,
> A nos jeux d'assemblée :
> Vous gard'rez la maison
> Tandis que nous irons !
>
> Quand vous aurez chez vous
> Des bœufs, aussi des *vaques*,
> Des brebis, des moutons,
> Du lait & du fromage,
> Faudra, soir & matin,
> Veiller à tout ce train...

— Ta chanson, interrompit Rosalba qui
éprouvait le besoin de placer son mot ; ta chanson, Chiffonnette, ne me paraît pas parfaitement
appropriée à la personne devant qui tu la chantes... Madame Cœurderoy n'eſt pas fermière,
elle eſt Parisienne...

— Elle n'eſt pas encore fermière, mais elle le
sera bientôt, répondit Jean en adressant à la
Borgnotte un amical sourire.

— Madame va se retirer dans ses terres ? demanda Héloïse.

— Dans *sa* ou dans *ses?* demanda Rosalba.

— Dans *sa*, dans *ses*, ou dans *la !* murmura Du Rouvre.

— Il nous donne envie de danser, ce chroniqueur de troisième catégorie! reprit Héloïse. Où sont les crincrins?... Moi, je pincerais bien ici un léger rigodon!... En place! messieurs! en place!...

— Tout à l'heure, Héloïse! dit la Borgnotte, suppliante, car elle voulait la chanson traditionnelle comme elle avait voulu la jarretière traditionnelle. Tout à l'heure! laisse Chiffonnette finir sa romance...

— Oh! romance! tu vas me le payer, Trépignette! Romance! elle appelle ça une romance! Pourquoi pas une guitare?...

— Que jamais—on habitée — de la Chine—oise—eau de Paradis-Poissonnière — ou aujourd'hui — pour tout le monde...

— Oh! assez! assez! Du Rouvre, assez! cria-t-on de tous les côtés. Assez! assez! On a chassé pour moins les Bourbons de France & les Stuarts d'Angleterre... Un mot de plus & nous te faisons reconduire de brigade en brigade à la frontière!

— Chiffonnette, achève ta chanson, je t'en prie, dit Cœurderoy. Je te le demande au nom de Trépignette & de Marie...

— Trépignette! Il m'appelle Trépignette ou la

Borgnotte ; mais il ne m'a pas encore appelée sa femme ! murmura la pauvre « chère bête » avec un soupir.

— Il n'y a plus que deux couplets, répondit Chiffonnette.

— Voyons les couplets !

— Il me faut, pour les chanter, un bouquet & un gâteau... Donne-moi ton bouquet, Héloïse.

— Voilà, ma belle ! dit Héloïse en lui tendant le bouquet qu'elle avait cueilli le long du chemin, depuis les Moulineaux jusqu'à la rue des Princes.

— Et voilà le gâteau ! ajouta Cœurderoy en lui tendant un saint-honoré que la servante du restaurateur venait d'apporter.

Chiffonnette offrit d'abord le saint-honoré à la Borgnotte, en lui chantant :

> Recevez ce gâteau
> Que ma main vous présente ;
> Il est fait de façon
> A vous faire comprendre
> Qu'il faut, pour se nourrir,
> Travailler & souffrir...

— Une singulière morale ! murmura Du Rouvre. Heureusement, ça se mange !

— Le couplet du bouquet, maintenant ! reprit Chiffonnette.

> Recevez ce bouquet
> Que ma main vous présente;
> Il est fait de façon
> A vous faire comprendre...

— Tu l'as déjà dit! interrompit le chroniqueur en bégayant un peu sous l'influence de
l'ivresse.

— Ah! c'est intolérable! s'écria Duperron de
Sablonville. Garçon! appela-t-il, garçon! mettez un peu de cendre sur monsieur, emportez-le
sur une pelle & déposez-le violemment au coin
de la borne.

— Oh! de la borne! de la borne! de la demi-
borne!...

— Reprends ton couplet, ma belle.

Chiffonnette, que les interruptions n'intimi-
daient pas, acheva ainsi sa chanson rustique :

> Il est fait de façon
> A vous faire comprendre
> Que tous les vains honneurs
> Passent comme les fleurs!

— N, i, ni, c'est fini! ajouta-t-elle en embrassant la Borgnotte, qui lui rendit son embrassade
à pleines joues, de franc cœur.

— A qui le tour, maintenant? demanda Héloïse.

— Parbleu! à la mariée! dit Duperron.

— Oui! oui! à la mariée! la chanson de la mariée! cria-t-on de toutes parts.

La Borgnotte rougit de nouveau, & plus fort que jamais. L'honneur qu'on lui faisait l'embarrassait comme une injure. Elle balbutia quelques mots, se leva, voulant obéir, & se rassit, ne sachant comment s'y prendre pour satisfaire ses invités.

— Avoue que tu ne sais rien chanter, chère bête? lui dit affectueusement Cœurderoy, qui la voyait désolée de son impuissance. Il n'y a pas de mal à cela, la Borgnotte! Tu ne sais rien, ne chante rien!... Oui, je comprends... tes devoirs de mariée, n'est-ce pas? Sans doute, sans doute; mais les mariées ont d'autres devoirs, ma mie, &, en faveur de ceux-là, on est disposé à ne pas exiger les autres... Voyons! je vais chanter pour toi, moi, me le permets-tu?

— Ah! Jean! que tu es bon! murmura la Borgnotte, qui était sur le point de pleurer, & dont ces bonnes paroles de son ami arrêtèrent aussitôt les larmes.

— La parole est à M. Jean Cœurderoy! dit Sigismond du Rouvre, en se rapprochant sous prétexte d'entendre mieux le chanteur, mais en réalité pour être plus près d'Héloïse qui, depuis quelques instants, le regardait avec des yeux radoucis.

Cœurderoy ne chantait jamais, mais il aurait

13.

pu chanter quelquefois, car sa voix avait le *charme* si elle n'avait pas la méthode & la justesse des voix disciplinées par l'étude. Comme tous les gens qui n'ont pas de vanité puérile, il ne songea ni à se faire prier, ni à faire « des manières. » Il savait une vieille complainte de l'Ile-de-France, la *Complainte de Jean Renaud* : il l'entonna d'une voix claire, sans être interrompu comme l'avait été Chiffonnette.

— Voici ce que c'eſt, dit-il.

Et il chanta :

> Quand Jean Renaud d'la guerr' revint,
> Il s'en revint triſte & chagrin.
> — Bonjour, ma mèr'. — Bonjour, mon fils ;
> Ta femme eſt accouchée d'un p'tit...

> — Allez, ma mère, allez devant,
> Fait's-moi dresser un bon lit blanc ;
> Mais faites-le dresser si bas
> Que ma femme ne l'entend'pas !

> Un bon lit blanc fut préparé
> Pour y coucher ce fatigué,
> Et quand ce fut vers le minuit,
> Jean Renaud a rendu l'esprit.

> — Ah ! dites-moi, mère, m'amie,
> Ce que j'entends sonner ici ?
> — Ma fille, c'sont des processions
> Qui sortent pour les Rogations.

> — Ah ! dites moi, mère, m'amie,
> Ce que j'entends cogner ici ?
> — Ma fille, c'eſt le charpentier
> Qui raccommode le plancher.

— Ah! dites-moi, mère, m'amie,
Ce que j'entends chanter ici :
— Ma fille, c'eft la procession
Qui fait le tour de la maison.

— Ah! dites-moi, mère, m'amie,
Quell' robe prendrai-je aujourd'hui?
— Quittez le rose, quittez le gris :
Prenez le noir, pour mieux choisir.

— Mais dites-moi, mere, m'amie,
Qu'avez-vous à pleurer ainsi?
— Ma fill', je ne puis le cacher,
C'eft Jean Renaud qu'eft décédé!

— Mère, dites au fossoyeux
Qu'il fasse la fosse pour deux,
Et que l'espace y soit si grand
Qu'on y renferme aussi l'enfant!...

Des applaudissements venus du dehors écla-
tèrent en même temps que les sanglots de la
Borgnotte, qui s'était intéressée à l'hiftoire de
Jean Renaud.

— Voilà Trépignette qui croit que c'eft arrivé! dit en riant Rosalba, tout en rendant à
Duperron le baiser que celui-ci avait voulu la
forcer d'accepter.

— Cœurderoy, tu as des admirateurs dans ce
village! dit La Barthelasse, en imitant Duperron sur les lèvres de Chiffonnette.

— Le fait eft qu'on m'applaudit beaucoup plus
dehors que dedans! répondit Cœurderoy en
riant. Ce village, ajouta-t-il, a sans doute été
bâti par les Romains...

— Sous le règne de M. Auguſte...

— Parfait, La Barthelasse, parfait !

— Faisons des largesses aux battoirs ! Jetons notre vaiſſelle sur leur tête !... Gare dessous !

C'était Du Rouvre qui venait d'ouvrir le feu en jetant dans la rue, au hasard, les reliefs du feſtin de noces. Des hurrahs prolongés, moitié joyeux & moitié grognons, prouvèrent que les projeċtiles étaient arrivés plus ou moins adroitement à leur adresse.

— Si j'avais une poêle & des louis, ajouta le chroniqueur de la *Casquette de Loutre,* je servirais volontiers à ces manants des beignets de ma façon ! Je réaliserais à la lettre la vieille métaphore de l'or qui brûle les doigts de ceux qui le ramassent sans l'avoir gagné... La poêle, je la trouverais bien à la cuisine de M. Dumoulin-Picard... Ce sont les beignets qui seraient plus difficiles à trouver ici... n'eſt-ce pas, Cœurderoy ?...

Cœurderoy, depuis un inſtant, était préoccupé des progrès de l'ébriété chez ses convives, & il commençait à comprendre que la place de la petite Marie n'était pas là. Non pas que la chère enfant comprît la moindre chose à ce qu'on disait & faiſait devant elle (l'innocence a ses priviléges) ; mais cela choquait son père de la voir, neige immaculée, au milieu de toutes ces flammes : cela le choquait & le courrouçait — contre lui-même.

— La Borgnotte, dit-il vivement à « sa femme, » prends Marie avec toi, & allez faire un tour à l'entrée de la forêt... Je vous donne une heure... Quand vous serez revenues, mes agnelles, nous repartirons pour Paris...

Aux premiers mots de Cœurderoy, la Borgnotte s'était levée & avait compris.

— Viens, mignonne, dit-elle doucement à Marie en la prenant par la main ; petit père veut que nous allions courir un peu dans les bois...

— Sans lui ? demanda l'enfant.

— Il nous rejoindra ; n'est-ce pas, Jean ?

— Oui... va... cher ange ! va !... répondit Cœurderoy en enlevant de terre sa fille & en amenant son jeune front à la hauteur de ses lèvres.

— Si tu ne viens pas, méchant petit père, tu verras ! dit l'enfant d'un petit air grondeur en le menaçant de sa petite main.

— Je vais avec toi, Trépignette ; j'ai besoin de prendre l'air ! s'écria Chiffonnette en s'échappant des bras trop audacieux d'Henry de La Barthelasse, & en courant vers la porte, que venait d'ouvrir la Borgnotte.

— Eh bien ! eh bien ! Tu t'en vas & tu nous quittes ! tu nous quittes & tu t'en vas ! dit Du Rouvre, en se précipitant à sa poursuite & en venant se cogner le nez contre la porte, refermée malicieusement par elle. Tu me payeras cela,

Galathée! ajouta-t-il en regagnant sa place, en
face de Cœurderoy, qu'il vit pensif & à qui il
demanda, éprouvant le besoin de demander
quelque chose :

— Voyons, bonhomme, es-tu heureux?

— Heureux? répondit Jean en souriant mé-
lancoliquement. Heureux? je n'en sais rien...
Demande cela aux autres... S'ils envient mon
sort, c'eſt qu'il eſt enviable, & alors je n'aurai
pas le droit de me plaindre... S'ils ne m'envient
rien, c'eſt que mon sort n'eſt pas digne d'envie...

— Je t'envie quelque chose, moi, philosophe :
c'eſt ta sobriété! Je voudrais n'avoir pas plus bu
que toi — afin de pouvoir boire encore, présentement!... Je n'ai plus soif! c'eſt ce qui me chiffonne... ette! Pourtant, il faut boire! nous sommes ici pour cela!... Héloïse! verse-moi un verre
de cette liqueur si capiteuse que diſtillent tes
yeux, tes coquins d'yeux, tes bijoux d'yeux... un
verre de *Parfait Amour,* qualité surfine, mon
Hébé!...

— Du Rouvre! Du Rouvre! dit Héloïse, il
fait gras dans ta conversation : la langue y
glisse!...

CHAPITRE XIX

OU L'ON ENTEND LE CHANT DU CYGNE D'UNE PAUVRE
PETITE GRUE COMME IL N'Y EN A PAS BEAUCOUP, ET
COMME IL EN FAUDRAIT AU MOINS QUELQUES-UNES,
POUR N'EN PAS LAISSER PERDRE L'ESPÈCE

La timidité naturelle de la Borgnotte, accrue
ce jour-là de son émotion de nouvelle mariée &
aussi de l'embarras que lui causaient sa « belle
robe » & ses beaux attifets de noces, — sa timidité eut un nouvel assaut à subir, lorsqu'elle fut
dans la rue du village & qu'elle se trouva au
milieu des paysans goguenards attroupés sous les
fenêtres du restaurant Dumoulin par les « largesses » de Sigismond Du Rouvre. Cependant,
comme c'était une personne décente, & que sa
rougeur n'avait rien que d'honorable, les rires
ne furent pas trop grossiers sur son passage &
les plaisanteries trop obscènes. Je ne dis pas cela

pour la Borgnotte, qui portait un robe de soie
grise significative; mais, en général, les nouvelles
épousées, qu'on devrait le plus épargner, à qui
on devrait le plus ménager toutes les paroles &
tous les geftes qui pourraient alarmer leur pudeur, sont précisément les femmes que l'on ac-
cable le plus volontiers d'allusions transparentes
comme des photographies prohibées. Il semble
vraiment qu'en ce jour-là, solennel à tant de titres, où la jeune fille perd ses ailes, comme la
fourmi, & où tout doit effaroucher sa virginité
défaillante, les goujats soient heureux de lui ar-
racher de leurs mains brutales les derniers voi-
les qui la protégent encore & que la main délicate du mari, seule, doit faire tomber le soir de
ses épaules frissonnantes. Et, par goujats, je
n'entends pas seulement les maçons, mais bien
tous les gens, vêtus de blouses ou d'habits, qui
se croient autorisés à souiller de leurs équivoques la robe blanche des nouvelles épousées.

Les rires des Meudonnais ne furent donc pas
trop grossiers, leurs plaisanteries ne furent donc
pas trop obscènes, — probablement parce que la
Borgnotte, comme l'indiquaient la couleur de ses
vêtements & l'absence de toute fleur d'oranger,
devait avoir, pour eux, les oreilles aguerries &
la pudeur cuirassée. S'ils avaient su à quelle
âme virginale ils avaient affaire en ce moment,
peut-être eussent-ils ri plus fort & plaisanté plus

lourdement, afin de la faire souffrir davantage. Mais ils ne savaient pas, & la Borgnotte passa.

D'ailleurs, le petit ange qu'elle avait à son côté, la blonde & douce Marie, la protégeait en la couvrant de ses ailes déjà à demi déployées pour le grand départ. Les hommes les plus grossiers se plaisent bien à faire rougir les femmes, mais ils hésitent à faire pâlir les enfants ; ils sentent instinctivement que ce serait là une lâcheté moins excusable que l'autre, parce que beaucoup d'entre eux sont pères.

Marie était céleste, avec sa robe blanche, vaporeuse, comme tissée des fils de la Vierge, & qui flottait autour d'elle comme un nuage argenté, — avec ses blonds cheveux bouclés auxquels un ruban de soie bleue servait de nimbe, — avec ses beaux yeux céruléens, limpides & profonds comme un lac, — avec son ineffable sourire d'où semblait couler du miel à chaque parole qui sortait de sa bouche, — enfin avec son visage pâlot, d'une expression véritablement séraphique, & qu'on ne pouvait contempler sans se sentir attendri de pitié, en devinant qu'il n'était que le visage d'une ombre destinée à passer vite parmi les vivants. Marie, en effet, n'était qu'un rayon de soleil projeté dans la vie de Jean Cœurderoy pour l'éclairer & la réchauffer, — & les rayons de soleil ne s'éternisent pas à la place qu'ils ont éclairée & réchauffée !

La Borgnotte & Marie traversèrent les groupes sans encombre. Quant à Chiffonnette, on *l'attrapa*, à cause de son air évaporé, à cause de ses cheveux frisés à l'enfant qui flottaient derrière sa tête comme le drapeau de la mairie — du XIIIᵉ arrondissement, — enfin à cause de sa toilette en désarroi & de ses allures générales qui juraient avec celles de la Borgnotte comme une tulipe à côté d'un bleuet ; mais Chiffonnette avait bec & ongles : elle s'en servit pour se frayer un chemin à travers la foule moqueuse, qui fut bien forcée de la laisser tranquille.

— Sont-ils impertinents, ces... fonds de pantalons terreux ! dit-elle lorsqu'elle eut rejoint Trépignette & Marie, déjà presque à l'extrémité de la rue des Princes, c'eſt-à-dire du village.

— Que t'ont-ils donc fait, Chiffonnette ? demanda la Borgnotte inquiète.

— Oh ! que tu es bête ! répondit la grisette en riant de l'intérêt que la Borgnotte semblait prendre à son aventure. Ils ne m'ont rien fait : ils m'ont seulement ennuyée en me regardant de plus près que je ne voulais le leur permettre, voilà tout !... Entre nous, ma petite, il n'y a pas là de quoi fouetter un chat !... S'il fallait se fâcher toutes les fois qu'un homme vous manque de respeſt, on aurait vraiment trop à faire... Mais il y a homme & homme... Les paysans... c'eſt des paysans, quoi ! Tandis qu'Henry...

c'eſt un homme! Tu me comprends bien, n'eſt-
ce pas?

— J'essaye, répondit naïvement la Borgnotte.

Au moment où elles passaient devant le café
Poupard, la dernière maison du village, l'omnibus du chemin de fer s'y arrêtait, plusieurs
voyageurs en descendaient, &, parmi les voyageurs, Bonaventure Victoriet & le cabotin Anatole.

— Ah! ce n'eſt pas bien! murmura Chiffonnette en entraînant rapidement la Borgnotte vers
le bois, afin qu'elle ne reconnût pas la *Serviette
de Cythère* & le comédien de Montmartre. Ce
n'eſt pas bien... Ils n'auraient pas dû venir nous
retrouver... après l'hiſtoire de ce matin... Si la
pauvre Trépignette les avait aperçus, tout aurait
été perdu!... Non, ce n'eſt pas bien!...

La Borgnotte n'avait rien vu. Elle marchait
en avant, sur la route qui mène à la forêt, tenant par la main la petite Marie qui sautait de
joie d'être en plein air, sous le ciel bleu, sur
l'herbe verte.

— Tu es contente d'être avec moi, mignonne
aimée? disait-elle à l'enfant, en se penchant sur
elle & en lui baisant les cheveux.

— Oh! oui, maman Borgnotte! oui! répondait l'enfant, en baisant à son tour la main de sa
conductrice.

On avait dépassé la maison du garde, on avait

laissé à gauche le chemin des Vertugadins, qui
monte vers le village de Fleury, & on longeait le
mur du haras qui aboutit à l'étang de Trivaux.

— Ma mignonne chérie, reprit la Borgnotte
avec douceur, si tu veux me faire bien plaisir
désormais, tu m'appelleras maman Cœurderoy
au lieu de m'appeler maman Borgnotte...

— Pourquoi cela? demanda l'enfant.

— Parce qu'aujourd'hui je suis ta petite maman Cœurderoy! répondit Trépignette en se
rengorgeant.

— Quoi! s'écria Marie avec chagrin, tu n'es
plus ma petite maman Borgnotte?

— Non! je suis ta petite maman Cœurderoy...
parce que je suis la femme de ton père, Jean
Cœurderoy... sa femme légitime... & ta mère
légitime... tandis qu'auparavant je n'étais que...

— Tu n'étais que?... demanda l'enfant, voyant
que la Borgnotte hésitait.

— Tu vas dire des bêtises... tais-toi! murmura rapidement Chiffonnette à l'oreille de cette
dernière, qui en resta tout interdite.

Marie attendait toujours une réponse.

— Tu ne m'aimeras donc plus de la même façon? reprit-elle, en s'arrêtant tout court & en
forçant la Borgnotte à s'arrêter comme elle.

— Je t'en aimerai mieux, au contraire! répondit avec effusion Trépignette, que cette nouvelle

queſtion sortait d'embarras. Je t'en aimerai mieux... & nous serons toutes deux bien heureuses, va, ma mignonne! bien heureuses!... D'abord, nous allons quitter Paris... Jean me l'a dit... Il l'a répété tantôt encore... Je serai fermière... C'était dans ma deſtinée d'être fermière... j'aime tant les bêtes!... Nous aurons une vache... peut-être deux... pour avoir du lait & faire du beurre & du fromage... Nous aurons un âne, un bourricot, pour porter nos provisions au marché... & aussi pour te porter, mignonne, quand tu seras fatiguée... Nous aurons des poules, beaucoup de poules... afin d'avoir des œufs... C'eſt très-bon, les œufs frais, pour les petites personnes comme toi... car tu es une mauviette, chère mignonne... il te faut des soins particuliers... une nourriture légère & saine... A Paris, on n'a rien de ce qu'il faut... tandis qu'à la campagne on a tout ce qu'on veut & en abondance... Ah! comme nous serons heureuses!... Je me vois déjà, d'ici, dans la cour de ma ferme, donnant le grain aux poulets, ou dans le verger, tournant mon rouet, filant mon lin pour avoir de bonne toile à chemises... Jean en a besoin... On fera venir les tiennes de la ville... les plus fines... Tu verras! tu verras! mignonne!...

— Et moi, je n'en serai pas? demanda Chiffonnette en souriant de ce rêve de Perrette.

— Toi... toi ? répondit la Borgnotte, embarrassée de nouveau.

— Oui, moi ?... J'en voudrais bien un petit morceau de ce bonheur-là ! Eſt-ce qu'il n'y aura pàs un petit coin pour moi dans votre paradis ?

— Dam ! Chiffonnette... c'eſt que... je t'aime bien... sans doute... mais... enfin... pour demeurer avec nous... il faut... il faut...

— Il faut, tirelifaut, quoi, grosse bête ?

— Je suis madame Cœurderoy, n'eſt-ce pas ? Eh bien ! il faudrait que tu fusses madame de La Barthelasse... ou madame...

— Ou madame n'importe qui, ou n'importe quoi, Chose ou Machin ?... Ah ! il te faut des madames ?... Il y aura donc un salon dans ta chaumière ?... Excusez ! Tu renies déjà tes camarades ?... Parce qu'on eſt demoiselle de la petite vertu, comme l'encre de Guyot, on n'eſt pas digne de frayer avec madame la fermière !... Comme ça nous change, pourtant, le mariage !... Chez les hommes, ça ne paraît pas... S'ils n'avaient pas le coſtume de croque-mort qu'on a adopté pour cette cérémonie (où l'on enterre en effet bien des choses, sans compter sa gaieté), on ne s'apercevrait pas qu'ils ont quelque chose de plus ou de moins... on ne dirait pas s'ils sont mariés ou garçons... Tandis que chez nous, ça paraît tout de suite, non pas dans le coſtume, mais sur le visage, dans les allures, dans l'air,

dans la façon de parler, dans tout... Aussitôt
que nous ne sommes plus garçons, nous deve-
nons .pincées, guindées, collet monté, bé-
gueules! Rien que dans la façon de nous asseoir
on devine que nous sommes mariées... C'est dé-
goûtant! Et si je m'étais attendue à quelque
chose, vrai! ce n'était pas à cela, de ta part surtout, ma belle! car enfin, ma pauvre Borgnotte...

Chiffonnette se mordit les lèvres & s'arrêta.

— J'allais être cruelle! murmura-t-elle. Parce
que cette grue fait sa tête, ce n'est pas une raison pour que je lui crève le cœur...

La Borgnotte sauta au cou de son amie &
l'embrassa.

— Pardonne-moi, Chiffon! pardonne-moi!
lui dit-elle. Je ne voulais pas te faire de la peine,
non! Tu es une bonne fille, une bonne amie...
Tu m'as consolée quand j'avais le cœur gros...
Tu m'as prêté de l'argent quand Jean avait oublié de m'en donner... Tu as été dévouée... Tu
es meilleure que moi...Je voudrais ravaler ce que
j'ai dit... Ce n'est pas à cause de toi que je disais
cela... c'était à cause de Marie... tu comprends?... Pardonne-moi, Chiffonnette!...
Quand je serai fermière, viens chez moi, viens
chez nous... tu seras toujours la bien accueil-
lie... il y aura toujours pour toi une place à
notre table comme il y en a une dans mon

cœur... Petite table & petit cœur, Chiffon, mais assez grands pour te loger, toi qui tiens si peu de place quand tu veux !... Joins-toi à moi, Marie, pour obtenir mon pardon de Chiffonnette, que j'ai offensée sans le vouloir !

— Grosse bonne bête ! répondit Chiffonnette, désarmée par cet élan. Eft-ce qu'on peut t'en vouloir de quelque chose ? Tu ne sais pas plus ce que tu dis que ce que tu fais... Tu es bonne comme du bon pain... Une vraie bête à bon Dieu !... Je t'adore à cause de cela ! On te ferait croire, non-seulement que les vessies sont des lanternes, mais encore que les lanternes sont des vessies ! Une simple innocente ! Embrassons-nous & que cela soit fini !...

— Je ne le ferai plus, Chiffon, murmura la Borgnotte, un peu humiliée, au fond, d'être traitée en enfant devant une enfant, & croyant effacer chez celle-ci la mauvaise impression qu'elle avait pu en recevoir, en exagérant à dessein son enfantillage.

— Jouons à courir, cela vaudra mieux ! reprit Chiffonnette en s'élançant dans le premier sentier qui se présenta devant elle.

— Oui ! oui ! jouons à courir ! cria Marie en courant après Chiffonnette & en chantant :

> Prom'nons-nous dans les bois
> Pendant qu'le loup n'y eft pas !. .
> Loup, y es-tu ?...

La Borgnotte les suivit, rêveuse.

Le sentier qu'avait pris Chiffonnette longeait le mur du parc du château, laissant à sa gauche l'étang de Trivaux. Il montait, puis descendait en serpentant à travers les buissons, de sorte que tantôt la Borgnotte cessait d'apercevoir Marie, tantôt elle la revoyait, courant toujours & poussant de petits cris de jeune faon.

— Pas si vite, Marie! pas si vite! criait· la Borgnotte, en essayant de rattraper les deux fugitives.

Marie courait toujours & Chiffonnette aussi, — à ce point que la Borgnotte dut s'arrêter, épuisée, à l'ombre d'un bouquet de noisetiers. Elle s'assit, inquiète d'abord, puis bientôt rassurée par les éclats de rire joyeux qui lui arrivaient aux oreilles comme une cascade de perles. Puisque Marie riait, il n'y avait pas à prendre souci de son absence.

Quand elle fut suffisamment reposée, la Borgnotte reprit sa marche dans la direction des éclats de rire qui l'amenèrent bientôt en face de l'étang de Villebon.

L'étang de Villebon, aujourd'hui enclos par un haut treillage & compris, avec ses attenances, dans la réserve de chasse du prince Napoléon, était, il y a quelques années, accessible aux promeneurs & aux baigneurs. Les baigneurs le préféraient aux trois ou quatre autres étangs de la

14

forêt : à celui du haras, parce qu'il leur était
interdit de s'y baigner ; à l'étang de Trivaux,
parce qu'il y avait plus de boue que d'eau ; à
celui des Fonceaux, parce qu'il avait autant de
joncs que de boue. L'étang de Villebon était
vaste, l'eau en était claire & profonde, principalement aux approches de la vanne d'épuisement.
Les promeneurs le préféraient aux autres, non
pas à cause de la limpidité & de la profondeur
de son eau, mais uniquement parce qu'il était
dans une situation très-pittoresque. A gauche,
la route, ombreuse ; sur les côtés, des rideaux
d'arbres épais ; au fond, en amphithéâtre, une
bruyère semée de bouleaux, où il était agréable
de faire sa sieste au bruit des battoirs des lavan-
dières & des sifflements gaillards des merles.

Lorsqu'elle fut arrivé là, Trépignette appela à
plusieurs reprises Marie d'abord, puis Chiffonnette, sans que l'une ou l'autre lui répondît. Ses
appréhensions, un instant calmées, lui revinrent
avec plus de force, — avec d'autant plus de force
que le jour déclinait & que dans une heure il
allait faire nuit. Elle appela d'une voix éplorée,
comme une poule ses poussins à l'approche d'un
orage, &, tout en appelant, s'engagea fiévreusement dans un petit sentier qui contournait l'é-
tang, du côté du déversoir.

— Marie ! Marie ! répétait-elle avec anxiété,
en songeant aux justes reproches que Jean n'eût

pas manqué de lui adresser, s'il était survenu tout à coup, lui demandant ce qu'elle avait fait de sa fille.

Elle arriva ainsi jusqu'au sommet de la bruyère.

— Marie ! cria-t-elle une dernière fois, affolée de peur, n'ayant plus de sang dans les veines ni de salive dans la bouche.

Un frémissement eut lieu derrière un buisson, & Marie apparut, empourprée par l'émotion :

— Maman Borgnotte! maman Borgnotte! dit-elle en se précipitant dans ses bras.

— Ah! méchante enfant! murmura la Borgnotte en la couvrant de caresses passionnées. Comme ton petit cœur bat, mignonne !... ajouta-t-elle.

Le cœur de Marie battait, en effet, comme celui d'un oiseau sous la main de l'oiseleur.

— La dame ! la vilaine dame ! murmura l'enfant avec effroi en se cachant la tête dans le giron de la Borgnotte qui, pour se remettre de cet assaut, s'était assise sur la bruyère.

— Qu'as-tu, mignonne? demanda cette dernière, ne comprenant rien à cet effroi & à cette exclamation.

Au moment où, ne recevant aucune réponse, elle levait machinalement les yeux pour essayer

de découvrir la cause de l'épeurement de la petite
fille, elle tressaillit en apercevant, debout devant
elle, pâle d'une pâleur haineuse, la femme qui,
quelques jours auparavant, avait voulu embrasser Marie sur le boulevard Rochechouart.

CHAPITRE XX

OU L'ON VOIT SE JOUER POUR LA SECONDE FOIS LA
TRAGI-COMÉDIE DE L'ENFANT AUX DEUX MÈRES,
CONNUE DEPUIS 2,836 ANS SOUS LE TITRE
DU JUGEMENT DE SALOMON

Le soleil descendait — ou la terre montait, car enfin, puisqu'il est convenu, depuis Galilée, que la terre tourne, &, depuis Copernic, que le soleil ne bouge pas de la place où le grand Architecte des francs-maçons l'a accroché, je ne vois pas pourquoi on persiste à employer une expression fausse; le soleil descendait lentement à l'horizon, derrière les bouleaux de la bruyère, & ses rayons mourants frisaient la surface de l'étang & la sablaient de poudre d'or. Dans les profondeurs de la forêt, les clairières s'allumaient en frissonnant sous le vent du soir. Çà & là, dans les fourrés, sous les arbres, les bruissements d'ailes des oi-

seaux retardataires, vagabonds de l'amour ou
de la fantaisie, qui regagnaient leurs ramures
protectrices. Sous les herbes, dans les genêts,
parmi les mousses, des bourdonnements confus,
un immense murmure. Au loin, la sonnerie de
retraite du grillon. De temps en temps, la note
ſtridulée de l'engoulevent.

Debout sur la bruyère, siniſtrement pâle &
horriblement belle ainsi, Louise regardait, ou
plutôt foudroyait de son regard aigu comme une
flèche la pauvre Borgnotte terrifiée par cette
apparition & par cette attitude menaçante.
Malgré le changement qui s'était fait dans sa
physionomie qui, de suppliante qu'elle était trois
ou quatre jours auparavant, était devenue si
haineuse, elle l'avait reconnue pour la dame
voilée du boulevard Rochechouart. Mais pourquoi l'autre jour cette tendresse convulsive, cette
passion sanglotante à propos de Marie, & pourquoi aujourd'hui ces flamboiements de haine &
ces airs de menace ? La pauvre Borgnotte n'essayait même pas de comprendre : elle était ſtupé-
fiée par l'étonnement & par la terreur !

— Rendez-moi cette enfant ! Elle eſt à moi !
Je la veux !

Ces trois phrases retentirent dans le silence
comme trois détonations. La Borgnotte chancela,
atteinte en pleine poitrine.

L'enfant, la tête toujours cachée dans les plis

de la robe de Trépignette, avait tressailli au
son de cette voix coupante comme une lame d'a-
cier.

— Maman Borgnotte ! murmura-t-elle en
l'étreignant nerveusement de ses petites mains
tremblantes. Maman Borgnotte, sauve-moi !
sauve-moi ! J'ai peur !

Louise entendit. Elle fit quelques pas brefs &
saccadés & se rapprocha de Trépignette qui la
regarda venir, effarée, n'osant fuir.

— Vous m'avez entendue ? reprit-elle en étendant le bras sur Marie.

La Borgnotte ne répondit pas. Elle avait la
langue collée au palais comme les jambes clouées
au sol.

— Marie ! appela Louise de sa voix la plus
dure.

L'enfant tressaillit de nouveau, mais ne répondit pas plus que n'avait répondu la Borgnotte.

Louise fit encore quelques pas, de façon à être
souffle à souffle avec sa rivale épouvantée.

— De gré ou de force, je l'aurai ! dit-elle en
abaissant la main sur l'épaule de l'enfant qui, à
ce contact, poussa un cri déchirant qui se répercuta sur l'étang.

Louise eut un rire amer & douloureux : ce
cri de sa fille lui déchirait l'âme en lui soufflé-
tant la joue. Un instant elle hésita & fut sur

le point de reculer, de s'en aller, de s'enfuir, épouvantée à son tour par ce reniement, — un châtiment mérité ! C'était le côté honnête de sa nature qui lui conseillait cette retraite, c'était le sentiment de son indignité comme mère & de son abjection comme femme ; mais le côté mauvais l'emporta, la lie impure de sa vie de courtisane remonta à la surface & submergea, en les asphyxiant, les bonnes inspirations de son cœur. Elle oublia qu'elle était mère pour ne plus être que femme ; elle cessa d'être attriftée pour se sentir plus complétement offensée : elle voulut reprendre sa fille comme elle aurait voulu reprendre un amant à une rivale préférée.

— Folle ! dit-elle en éclaboussant de son ricanement le visage de la pauvre Borgnotte. Folle ! Folle ! Folle ! Mais vous ne devinez donc pas qui je suis, pour me regarder ainsi effarée, comme si je parlais une autre langue que la vôtre ?... Mais vous ne comprenez donc pas que si j'appelle Marie ma fille, c'eft que je suis la femme de Jean Cœurderoy, dont vous n'êtes que la concubine, vous !

Deux grosses larmes — deux grosses perles — coulèrent le long des joues affreusement pâles de la Borgnotte qui, en ce moment, souffrait martyre & passion comme elle n'avait jamais souffert de sa vie, la pauvre chère fille, & comme elle ne devait plus jamais souffrir. Cet outrage,

elle l'eût essuyé héroïquement ; cette boue amère,
elle l'eût bue sans se plaindre, — heureuse de
souffrir pour son cher Jean. Mais cette révélation inattendue, brutale comme un coup de couteau, qui lui entrait là, en plein cœur, le jour où
elle avait cru enfin réalisé le seul rêve de sa vie !
C'était trop ! Ses mains dont elle avait fait jusque-là une ceinture défensive à la jeune fille, se
détendirent machinalement, mollement, comme
ceux d'une morte. Ses yeux, jusque-là démesurément agrandis par la ftupeur, maintenant
noyés de larmes, se refermèrent : elle tomba
tout de son long sur la bruyère.

— Maman Borgnotte ! maman Borgnotte !
cria Marie.

— Ta seule maman, c'eft moi, Marie ! lui dit
Louise avec une rage sourde, en s'abattant sur
elle comme sur une proie que personne ne protégeait plus & qui ne pouvait pas se défendre
elle-même. Tu viendras, maintenant ! ajouta-
t-elle, en prenant l'enfant par le bras & en l'entraînant.

— Madame ! vous me faites mal ! je vous
hais ! Laissez-moi auprès de ma chère maman
morte ! Je vous hais ! Maman Borgnotte ! dé-
fends-moi contre la méchante dame ! maman
Borgnotte ! maman Borgnotte !...

La Borgnotte, à cet appel désespéré, à ces cris
déchirants de l'enfant, sortit de sa torpeur & se

redressa électriquement sur ses pieds. Louise entraînait sa fille, ou plutôt elle la traînait, car Marie était tombée à genoux &, de la seule main qu'elle eût de libre, elle essayait de se retenir à une touffe de genêts verts qui s'était trouvée fort heureusement à sa portée.

— Chère petite maman Borgnotte! cria une dernière fois l'enfant, épuisée par cette lutte, en jetant un regard plein de prière sur Trépignette, immobile à quelques pas d'elle.

— Il n'y plus de maman Borgnotte! répondit Louise d'une voix que la haine faisait vibrer plus fortement encore. Il n'y a plus de maman Borgnotte! il n'y a désormais qu'une maman Louise Cœurderoy, que tu le veuilles ou non, que tu l'aimes ou non! Allons!

Et elle l'entraîna.

La Borgnotte, toujours immobile, se décida enfin à se mouvoir. Mais, au lieu de se diriger du côté de Marie pour la disputer à sa mère, elle descendit rapidement vers l'étang, à l'endroit où il était le plus profond & où elle se jeta résolûment...

En ce moment, un homme tout haletant, couvert de poussière & de sueur, sortit de la route de Villebon & s'élança vers l'étang. C'était Jean Cœurderoy. Du même regard, rapide comme un éclair, il aperçut devant lui sa maîtresse qui disparaissait sous l'eau, &, en face de lui, sur l'autre rive, à mi-chemin de la bruyère, sa fille qui allait disparaître, volée par sa mère, dans les profondeurs de la forêt.

Un cri rauque — un rugissement plutôt qu'un accent humain — sortit de sa poitrine qui anhélait comme un soufflet de forge.

— Marie! La Borgnotte! Marie!

Ses deux plus chères affections sombraient devant ses yeux, les deux seules créatures qu'il aimât au monde s'engloutissaient devant lui, l'une dans la mort, l'autre dans quelque chose de pis! Laquelle secourir la première? laquelle sauver? vers laquelle se précipiter? Ah! dans ces cas suprêmes où la réflexion serait criminelle, puisqu'elle prendrait des minutes plus précieuses que des années, on ne réfléchit pas : on agit, on obéit à l'inspiration dominante du cœur ou de l'esprit, du tempérament ou du caractère, de la peur ou du courage, de l'égoïsme ou du dévouement. Entre ces deux créatures qui lui étaient chères, pour lesquelles il était disposé à faire le sacrifice de sa vie, Jean n'hésita pas longtemps : il s'élança au secours de Marie.

Comme il passait en courant sur l'étroit sentier qui borde l'étang du côté de la vanne, la Borgnotte reparut un instant à la surface de l'eau, la chevelure emmêlée d'herbes vertes, le visage pâle de la pâleur des morts, & son dernier regard, en ce moment d'une expression dé-

chirante, se tourna vers lui & l'enveloppa tout
entier comme pour mieux emporter son image
adorée au fond des ténèbres éternelles... Si Jean
eût vu cette pauvre chère tête en proie aux af-
fres du désespoir bien plus qu'à celles de la mort,
s'il eût recueilli ce dernier regard si plein de
chaud amour & de doux reproche, peut-être se
fût-il arrêté, peut-être se fût-il jeté dans l'étang,
peut-être la Borgnotte eût-elle été sauvée. Mais
il ne vit rien, mais il ne s'arrêta pas, &, pendant qu'il escaladait en deux enjambées furieu-
ses la bruyère au haut de laquelle il avait aperçu
Marie, emportée par Louise comme un agneau
par une lionne affamée, la Borgnotte disparaissait lentement sous l'eau — pour ne plus repa-
raître.

Bientôt l'on n'entendit plus rien, que le bra-
mement lointain des daims, &, par instants,
comme un glas, le cri plaintif de la fressaie. La
nuit était venue, une nuit claire & sereine. Les
étoiles s'allumaient une à une au ciel pour la
veillée des anges, & chacune d'elles, en s'allumant, projetait sa blonde lueur sur l'étang immobile & sombre. On eût dit des larmes d'or
tombées des yeux de quelque séraphin compa-
tissant, attendri par la fin tragique de la pauvre
Borgnotte...

Une belle nuit pour les amoureux & pour les
poëtes!

CHAPITRE XXI

Cœurderoy courait follement, se reprochant
le temps — une seconde à peine! — qu'il avait
perdu à délibérer avec lui-même sur le parti qu'il
avait à prendre, sur le choix qu'il avait à faire
entre la Borgnotte mourante & Marie enlevée.
Il courait, maudissant la lenteur de ses jambes,
— des ailes pourtant! — & proférant les plus
horribles menaces contre la ravisseuse de sa fille.
Mais Louise avait une avance considérable sur
lui & elle courait aussi d'une course folle. En
outre, la nuit la favorisait de son ombre, & les
sentiers de la forêt lui étaient familiers, surtout
ceux qui conduisaient de la porte du Bel-Air à
l'étang de Villebon.

En arrivant au sommet de la bruyère, &

15

après avoir interrogé d'une rapide coup d'œil les cinq ou six routes herbues auxquelles elle servait, pour ainsi dire, de carrefour, Jean poussa un hurlement de blasphème : la robe blanche de l'enfant, qui l'avait guidé jusque-là, s'était évanouie comme une fumée.

— Arrête-toi, marâtre d'enfer ! cria-t-il d'une voix qui résonna dans le silence comme un coup de tonnerre.

Louise l'entendit, & la terreur lui donnant de nouvelles forces, elle prit l'enfant dans ses bras, en lui tournant la bouche contre sa poitrine pour étouffer ses cris, & sa fuite, quoique alourdie par ce fardeau, recommença avec ardeur.

— Ah ! vipère ! je t'écraserai ! ajouta Jean en s'engageant dans le premier sentier qui s'offrit à lui, avec l'impétuosité désespérée d'un sanglier poursuivi par les chiens, brisant tout sur son passage, bondissant sur les hautes herbes, traversant les halliers épineux sans en sentir les épines qui lui déchiraient les mains & lui rayaient de rouge le visage.

Comme il débouchait, haletant, sur l'avenue bordée de hautes futaies qui aboutit à la grille du Bel-Air, il lui sembla voir flotter à quelque distance de lui une forme blanche, indécise. Un soupir de joie s'échappa bruyamment de sa poitrine : il avait enfin retrouvé sa fille ! Il vola sur ses traces. Mais Louise ne marchait pas, elle volait aussi, & l'avance qu'elle avait au départ sur son mari, elle l'avait encore à l'arrivée, & Jean avait beau redoubler de vitesse, elle le sentait derrière elle & ne voulait pas être atteinte.

— Marie ! me voilà ! cria Cœurderoy.

Comme il s'élançait dans un bond suprême, les bras étendus pour ressaisir la chère victime que son bourreau emportait, il se heurta à quelqu'un, une femme ou un homme, qui marchait devant lui, & tomba en le faisant tomber.

— A l'assassin ! au meurtre ! murmura une voix de femme, de vieille femme, épouvantée.

C'était la vieille Ursule, qui rentrait après deux heures de recherches vaines.

Cœurderoy, en tombant, avait poussé un sourd grognement de rage. Il se releva aussitôt, sans songer à relever aussi la pauvre créature qui lui devait sa chute & à qui il devait la sienne, & reprit de plus belle sa poursuite effrénée.

Il sortit du bois & s'engagea sur le chemin déclive qui, de la porte du Bel-Air, conduit à la rue des Capucins, en faisant un coude à gauche & en longeant, à droite, les murs du parc réservé & les bâtiments de la gendarmerie. Au moment où il désespérait presque d'atteindre Louise, celle-ci, à son tour, épuisée, hors d'haleine, & succombant sous son précieux fardeau, tomba de toute sa hauteur sur le pavé de la route.

En deux bonds puissants, le suprême effort de ses forces épuisées aussi, Cœurderoy fut auprès d'elle.

— Marie! chère aimée! cria-t-il en se baissant sur le corps évanoui de sa femme & en lui arrachant brutalement l'enfant, évanouie comme elle. Du sang! ajouta-t-il en apercevant une large tache rouge sur la robe blanche de Marie. Du sang! tu l'as tuée, misérable?... Tu as tué ma fille, vipère!...

Fou de douleur & de colère, il leva le pied au-dessus de la tête de Louise & il allait l'écraser de son talon : il s'arrêta. Le sang qui tachait la robe de Marie, c'était le sang de Louise qui, en tombant, s'était blessée.

Cœurderoy recula, &, reportant ses regards sur l'enfant :

— Marie! parle-moi, ma chérie! dit-il d'une voix suppliante en remarquant que les yeux de sa fille étaient clos & que son visage avait la pâleur & l'immobilité du sommeil éternel. Marie! c'eſt moi! ton père Jean! ton vieux Jean! ne m'entends-tu plus? Es-tu m...

Il n'osa pas prononcer le mot, qui l'épouvantait.

Marie n'était pas morte, cependant, car son cœur battait.

— Ah! je te sauverai! je te sauverai! murmura-t-il en l'emportant, farouche, dans ses bras, et en sautant par-dessus le corps de Louise, qui barrait la route.

Quand il fut dans l'avenue du Château, il songea d'abord à regagner le village de Meudon pour aller requérir l'assistance d'un médecin, &, en conséquence de cette résolution, il descendit en courant la rue Terre-Neuve. Mais, en passant devant le restaurant Dumoulin-Picard, dont le premier étage était illuminé comme un jour de fête publique, & d'où partaient par les fenêtres les fusées d'une gaieté qu'alimentait le champagne, il se ravisa & continua sa route vers Paris. Cœurderoy n'avait pas une grande confiance dans la médecine, il en avait une moins grande encore dans les médecins; d'ailleurs, il savait de quel mal était malade sa chère petite Marie, il la traitait, la soignait & la guérissait lui-même — avec son amour, la panacée souveraine. Il marchait droit devant lui, portant son cher fardeau dans ses bras, comme saint Christophe le sien sur ses épaules, heureux de la fatigue que cela ajoutait à celle qu'il avait gagnée à courir dans la forêt.

Aux Moulineaux, il rencontra un fiacre qui revenait de Sèvres à vide. Il le prit & se fit conduire chez lui, à Montmartre, non sans pester à chaque pas contre la lenteur désolante de ce vé hicule, non sans mettre à chaque inflant la tête à la portière pour supplier ou menacer le cocher, selon qu'il croyait la menace ou la prière plus efficace. Une fois à la barrière des Martyrs, il respira : il était enfin chez lui !

Marie dormait toujours — comme dorment les morts. Jean la monta avec précaution dans sa chambre, la déshabilla doucement, maternellement, & la coucha dans son petit lit virginal, non sans l'avoir baisée au front. Toute la nuit, quoiqu'il fût brisé d'âme & de corps, il refta agenouillé devant le lit, épiant anxieusement le réveil de sa fille. L'aube blanchissante le surprit dans cette attitude : Marie dormait toujours. A midi, Marie dormait encore. Vers le soir, l'inquiétude s'empara de Jean; bien qu'il eût été fréquemment témoin de ce phénomène léthargique, & que, d'ailleurs, le pouls de l'enfant continuât à battre, faiblement il eft vrai, il craignit que cette fois l'accès fût plus grave & l'issue funefte : il trembla sérieusement pour la vie de son enfant, & ne voulant pas quitter le chevet de sa chère malade, il appela la Borgnotte pour qu'elle allât chercher un médecin. On a beau ne pas croire à la médecine, ni à Dieu : quand le péril presse & que la mort menace, on n'en demande pas moins le médecin & le prêtre.

La Borgnotte ne vint pas...

Jean l'appela de nouveau, — avec impatience.

La Borgnotte était une créature si dévouée que si, du fond de sa tombe humide, elle avait pu entendre la voix de son maître, elle se fût relevée, la plaie au flanc, le couteau au cœur, & fût accouru, humble & soumise, prête à lécher la main qui l'avait frappée. Mais la pauvre Borgnotte ne pouvait plus rien entendre des bruits de la terre, elle ne vint pas, & Jean se rappela en frissonnant la scène terrible de la veille.

— Ah! murmura-t-il accablé en détournant la tête de peur de rencontrer les yeux reprocheurs de sa fille.

Il n'appela plus.

Dans la soirée, on frappa à la porte : il n'entendit pas. On frappa de nouveau : il entendit, mais ne se dérangea pas, occupé qu'il était à épier le retour à la vie de son enfant.

Le clef était sur la porte : la personne qui avait frappé entra.

C'était Chiffonnette.

— Mon pauvre Jean... dit-elle.

Puis elle s'arrêta en apercevant Cœurderoy agenouillé & sanglotant au chevet du lit.

La veille, en jouant dans les bois avec Marie, elle avait rencontré Louise qui s'était avancée vers l'enfant avec des sourires dans les yeux & des caresses dans la voix ; mais Marie avait eu peur & s'était enfuie. Chiffonnette, ne pouvant la rejoindre, s'était empressée d'aller prévenir Cœurderoy. On sait le reste, mais Chiffonnette ne le savait pas, & c'était pour le savoir qu'elle venait voir Jean.

— Où donc est la Borgnotte? reprit-elle doucement.

Cœurderoy se retourna à moitié du côté où partait la voix, mais sans lui répondre. Il avait l'œil hagard & le visage convulsé. Chiffonnette n'osa pas répéter sa question. Elle n'osa même pas rester seule dans cette chambre avec Jean, qu'elle croyait devenu subitement fou ; elle sortit à reculons, sans bruit, & s'empressa d'aller conter l'aventure chez la mère Gédéon, où l'on conclut qu'il fallait envoyer un médecin aux deux malades, le père & la fille.

M. Gédéon alla en chercher un qu'il accompagna chez Cœurderoy, voulant juger par ses yeux du plus ou moins de gravité de cette double situation. Le médecin examina l'enfant & le père & s'en alla en hochant la tête.

— Eh bien, monsieur le docteur? lui demanda M. Gédéon sur l'escalier.

— Eh bien! mon garçon, répondit le médecin, le père n'est peut-être pas tout à fait fou, ni la fille tout à fait morte ; mais cela ne peut tarder pour l'une comme pour l'autre. Je n'ai rien

·à faire là, ni moi ni personne, excepté peut-être un commissaire de police...

M. Gédéon, attristé, retourna annoncer cette mauvaise nouvelle à sa femme, qui s'empressa de l'annoncer à ses pensionnaires des deux sexes.

— Mals où eft donc passée la Borgnotte dans tout cela? tel fut le cri général.

Ceux que cela intéressait, ou plutôt qui s'intéressaient à cela, surent à quoi s'en tenir le lendemain matin, en lisant dans la *Gazette des Tribunaux,* à la rubrique *Faits divers,* les lignes que voici :

« Ce matin, vers six heures, des femmes de journée au service du propriétaire de l'Ermitage de Villebon, en arrivant pour laver du linge dans l'étang où elles ont l'habitude de se rendre, ont aperçu à fleur d'eau le cadavre d'une femme, jeune encore, vêtue d'une robe de soie grise & dont la mort ne paraissait pas remonter à plus d'une douzaine d'heures. Elles se sont empressées d'aller porter à Meudon la nouvelle de cette lugubre découverte; le corps a été retiré de l'eau, placé sur une civière & transporté dans la salle basse de la mairie, en attendant la décision de l'adminiftration supérieure, immédiatement prévenue.

« Eft-ce un suicide? Eft-ce un crime? La victime eft jeune, elle a un visage intéressant, que la mort semble avoir respecté; ses vêtements indiquent qu'elle appartenait à la classe aisée; un porte-

monnaie, contenant une quarantaine de francs en
or, trouvé intaĉt dans la poche de sa robe, dit assez
que s'il y a eu crime, en tous cas le vol n'en a pas
été le mobile. D'un autre côté, un reſtaurateur de
la rue des Princes, M. Dumoulin-Picard, qui a
assiſté au transport du cadavre de l'étang de Villebon à la mairie, a déclaré le reconnaître positive-
ment pour celui d'une dame qui était venue dîner
chez lui la veille avec son mari, sa fille & des amis,
tous de Paris. Selon le récit de M. Picard-Dumou-
lin, cette jeune dame serait descendue vers les six
heures du soir, en plein jour par conséquent, avec
sa fille & une dame de ses amies, & toutes trois se
seraient dirigées vers la' forêt d'où bientôt la seconde dame serait revenue, seule & dans un état
d'agitation singulier. Assurément tout cela cache
un myſtère qui ne tardera pas à être éclairci, nous
n'en doutons pas. »

Puis, quelques lignes plus bas, d'autres lignes
que le rédaĉteur de la feuille judiciaire n'avait
pas songé à rapprocher des précédentes, quoique leur connexité fût évidente :

« On nous écrit de Versailles : — Hier, à la
brune, une dame qui habite l'avenue du Château,
à Bellevue, a été viĉtime d'une attaque audacieuse,
commise à deux pas de la caserne de la gendarmerie & de la maison du garde de la porte du Bel-Air.
Relevée sans connaissance & baignant dans son
sang par des habitants de la rue des Capucins qui

étaient accourus en entendant crier : *A l'assassin !*
elle a déclaré qu'un homme, dont les intentions ne
sauraient être douteuses, après l'avoir suivie &
poursuivie dans le bois où elle était allée se promener avec sa domestique, l'avait enfin atteinte &
renversée à l'endroit où on l'avait trouvée évanouie,
& qu'il s'était enfui aux cris qu'elle avait poussés
& qu'il supposait avec raison avoir été entendus.
La justice informe. »

Enfin la *Casquette de loutre* du même jour
contenait l'entre-filet suivant :

« Une rencontre à l'épée a eu lieu ce matin, dans
l'île de Croissy, entre un de nos plus jeunes poëtes,
M. Henry de La B***, & un homme qui s'est acquis
dans la chiromancie, sous le nom italien d'A*** qui,
paraît-il, n'est pas son nom véritable, une réputation pour ainsi dire européenne. Au premier enga-
gement, qui a eu lieu avec la plus grande vivacité
de part & d'autre, M. A*** a reçu en pleine poitrine
un coup droit qui l'a mis sur-le-champ hors de
combat; on l'a transporté à Bougival, dans la maison Souvent, où un médecin, aussitôt appelé, a
déclaré la blessure extrêmement grave, sinon mortelle. Les témoins de M. Henry de La B*** étaient
MM. Sigismond du R***, notre collaborateur, &
Alexandre D*** de S***, vaucevilliste ; ceux de
M. A*** étaient deux sous-officiers qu'il avait pris
en passant à Rueil. »

CHAPITRE XXII

OU L'ON VOIT UN ATHÉE DEMANDER A DIEU DE REFAIRE
POUR LUI CE QUE JÉSUS FIT AUTREFOIS POUR
JAÏRE, ET UN COMMISSAIRE DE POLICE CONFONDRE
« CRIME » AVEC « REMORDS »

Le médecin amené par M. Gédéon dans le petit logement de la Cité des Bains avait — par hasard — prophétisé jufte : Cœurderoy était fou parce que sa fille était morte.

Elle était morte, la pauvre chère enfant, et son père eût pu dire à quel moment précis son âme de colombe avait brisé les frêles barreaux de sa cage charnelle & s'était envolée vers l'éternelle lumière, vers l'éternelle béatitude, vers l'éternel repos ! Pendant trois jours & trois nuits, depuis le moment où il l'avait ramenée de Meudon jusqu'à celui où il avait compris, tout en refusant d'y croire cependant, que tout était fini, Jean n'avait pas quitté le chevet de Marie, ses yeux n'avaient pas cessé d'être rivés sur ce pâle visage marqué de la fatale craie rouge par l'Invisible Main ! Il avait avidement épié, anxieusement interrogé chaque souffle, chaque pli, chaque contraction, le moindre indice enfin qui lui permît d'espérer, & la douce enfant s'était obftinée dans son immobilité désespérante, non pas morte encore, mais non plus vivante.

Pendant ces trois longs jours, pendant ces trois plus longues nuits, Jean avait souffert de souffrances innommées, de douleurs surhumaines, telles que n'en saurait inventer l'imagination du bourreau le plus artifte. Il avait senti entrer dans son cœur paternel les pointes les plus aiguës, qui l'avaient déchiré sans relâche & mis en lambeaux, — & il n'avait pas osé se plaindre, pleurer trop haut, sangloter, crier, de peur d'être entendu de celle qui ne devait plus jamais l'entendre.

— Oh ! mon enfant mon enfant ! avait-il cent fois murmuré en mordant chaque fois les draps pour étouffer ses sanglots.

Si elle avait ouvert ses chers yeux de myosotis, au moins ! Leur doux & bon regard fût tombé comme une rosée sur le cœur brûlé d'angoisses de ce pauvre homme que le ciel châtiait si cruellement à cette heure de l'impiété de sa vie passée. Mais non ! les yeux reftaient clos, les

lèvres reftaient muettes, rien ne venait dire
Espère ! à celui qui avait tant besoin d'espérer !

Il y eut un moment où Jean, à bout d'espérances, se releva, révolté. Mais son regard, en
quittant le visage de sa fille, s'arrêta sur la
Vierge en ivoire placée au fond de l'alcôve : il
retomba à genoux, &, courbant la tête, humi-
liant son orgueil, se faisant humble pour se faire
mieux écouter de Celle à qui il s'adressait, il
murmura :

— O vous qui avez été mère & qui êtes
reftée sainte ! divine martyre aux sept glaives !
au nom de votre fils, sauvez ma fille ! Marie,
mère de Dieu, sauvez Marie, fille de Jean !...

Cette courte prière faite avec une ferveur
rare, il reporta lentement ses regards vers l'u-
nique objet de leur sollicitude, & il poussa un
cri de joie, immédiatement suivi d'un cri de douleur : Marie avait ouvert les yeux & les avait
aussitôt refermés ! Ce n'avait été qu'un éclair,
— l'adieu d'une âme...

Marie était morte, bien morte !

Jean frissonna en proie à une terreur folle.
Son corps trembla, ses dents claquèrent, il éten-
dit les mains comme pour retenir quelque
chose qui lui échappait ; des paroles sans suite,
comme un bégayement d'enfant, sortirent de ses

lèvres, puis, après, de sa gorge secouée par une sorte de râle, des sanglots convulsifs, abondants. Le pauvre 'homme criait & pleurait à la fois, &, de temps en temps même, s'arrêtant brusquement, il riait... Mais, pour quiconque l'eût entendu, ce rire eût été plus douloureux que ses sanglots.

Quelques voisins entendirent, &, comme ils savaient ou devinaient une partie de la vérité, ils entrèrent, s'avancèrent sur la pointe des pieds dans la *chambre de l'enfant*, & reculèrent épouvantés...

Jean tenait sa fille étroitement serrée contre sa poitrine, ses lèvres étroitement collées à celles du'cher cadavre déjà froid auquel il essayait d'insuffler la chaleur & la vie.

On l'appela : il ne répondit pas. Un voisin, plus hardi ou plus dévoué que les autres, s'approcha de lui, lui mit bien doucement la main sur l'épaule pour attirer son attention & n'y réussit pas. Bientôt, cependant, Jean fit un mouvement &, sans cesser d'étreindre de ses bras le corps de son enfant, il descella sa bouche ardente de ses petites lèvres froides & se mit à chanter d'une voix à fendre l'âme, en la berçant comme une nourrice fait de son nourrisson, quelques fragments de la *Complainte de Jean Renaud*, — des vers sans suite, comme ses pensées :

Quand Jean Renaud d'la guerr' revint,
Il s'en revint triste & chagrin.
— Bonjour, ma mèr'... — Bonjour, mon fils !...
. . . .
Jean Renaud a rendu l'esprit...
. . . .
Mère, dites au fossoyeux
Qu'il fasse la fosse pour deux,
Et que l'espace y soit si grand
Qu'on y mett' le père & l'enfant !...
. . . .
Bonjour, ma mèr'... — Bonjour, mon fils...
. . . .
Pourquoi les homm's ont-ils des p'tits ?...

— Pauvre M. Jean ! murmurèrent les voisins en se retirant. Il ne peut pas rester ainsi avec le cadavre de sa fille... Il faut l'emmener...

— Oui, répondit quelqu'un ; mais, pour l'emmener, il faut le pouvoir... Il n'y a que le commissaire de police...

Et les voisins se retirèrent.

Le lendemain matin, le commissaire de police se présenta, en effet, suivi de deux agents & des voisins compatissants de la veille, & s'avança au milieu de la chambre. Cœurderoy était toujours dans la même position, berçant toujours dans ses bras, en chantant à voix basse & triste sa lugubre complainte, le cadavre de son enfant dont les jambes & la tête ballottaient à chaque mouvement de son père. C'était horrible

à voir, & cette chanson monotone faisait mal à
entendre. Le commissaire était ému ; mais il
avait un devoir à remplir, & il fallut bien se décider à troubler cette douleur, au risque de
l'augmenter.

— Au nom de la loi, monsieur, dit-il à Jean,
je vous arrête comme auteur ou complice du
meurtre de la fille Annette Fourdinois, votre
maîtresse, & d'une tentative de meurtre sur la
personne de la dame Louise Cœurderoy, votre
femme...

Jean avait relevé la tête & aperçu le commissaire de police & ses agents qui l'entouraient
significativement. En entendant l'étrange accusation que formulait contre lui le magiſtrat, il
le regarda, les yeux démesurément agrandis,
comme pour mieux comprendre.

— Annette ?... Louise ?... Meurtre ?... ré-
péta-t-il.

— Oui, reprit le commissaire, madame
Louise Cœurderoy a été trouvée, il y a quatre
jours, baignant dans son sang, à deux pas de
la forêt de Meudon, dans le voisinage de la
porte du Bel-Air, & c'eſt vous qu'elle accuse
de cet attentat... Vous auriez voulu la tuer,
prétend-elle...

— La tuer? répéta Jean en passant la main
sur son front comme pour en chasser les nuages
& ressaisir le fil de ses idées. La tuer?... Ah !

oui... je me souviens !... Eſt-ce qu'elle serait morte ? demanda-t-il avec une sorte de joie farouche.

— Non, grâce au ciel ! elle eſt sauvée.

— Ah ! tant pis ! murmura Jean en redevenant sombre.

Le commissaire de police soubresauta, indigné.

— Emmenez cet homme ! ordonna-t-il à ses agents, qui se disposèrent à obéir.

Jean se recula en grondant comme un dogue à qui on veut prendre un os. Il tenait sa fille entre ses bras, contre sa poitrine frémissante.

— Mais si ce crime a avorté, par la protection spéciale de la Providence, ajouta le commissaire, il en eſt un autre dont vous aurez à rendre un compte plus sévère à la juſtice ; le meurtre d'Annette Fourdinois, trouvée il y a trois jours dans l'étang de Villebon où la rumeur publique, qui eſt la voix de Dieu, vous accuse de l'avoir précipitée...

— La Borgnotte ?... Ah !... s'écria Cœurde-roy en tressaillant sous l'aiguillon du remords. Pauvre chère hoſtie ! murmura-t-il avec un pâle sourire dont personne ne pouvait comprendre la poignante signification. Oui ! c'eſt moi qui ai été ton bourreau !... Je t'ai tuée, chère bête aimée ! Cœur d'ange ! c'eſt moi qui t'ai crevé de mes mains impies !...

— Vous l'avouez donc ? s'écria le commissaire de police triomphant. Il l'avoue, le misérable ! Agents, emparez-vous de lui ! Garrottez-
le ! ne craignez rien... Je réponds de tout !...
Ah ! il avoue, le brigand ! Eh bien ! son affaire
est claire !...

Les agents s'avancèrent, l'un devant, l'autre
derrière, rapidement, habilement, en hommes
habitués à ces sortes d'expéditions. Cœurderoy
rugit, &, serrant plus frénétiquement encore sa
fille contre sa poitrine, l'œil hagard, les lèvres
frémissantes, il s'élança pour se frayer un chemin vers la fenêtre entr'ouverte... Mais il n'alla
pas loin : quatre poignets vigoureux s'abattirent
sur lui, quatre étaux, & le clouèrent au sol. Il
écuma, il blasphéma, il mordit, — mais il fut
terrassé, vaincu, garrotté.

— Marie ! Marie ! râla-t-il désespérément,
comme on l'emportait, en essayant d'apercevoir
une dernière fois le cher cadavre qu'on lui avait
arraché & qu'un voisin avait pieusement dé-
posé sur le lit en désordre.

— Oui ! hurle, gredin ! hurle à ton aise ! disaient les agents en serrant plus étroitement encore les cordes dont ils l'avaient *ficelé* pour se
mettre à l'abri des « éclaboussures. »

— Pauvre Jean ! murmura Chiffonnette qui
se trouvait parmi les curieux attirés là par le
bruit de l'arrestation. Pauvre Borgnotte ! Pau-

vre petite Marie! ajouta-t-elle en s'avançant au milieu du logement, maintenant désert, & en venant s'agenouiller en pleurant au pied du lit de la morte.

CHAPITRE XXIII

OU JEAN CŒURDEROY DEVIENT LE LION DE PARIS, — UN
LION EN CAGE

Il faut tous les mois aux Parisiens de la Décadence une émotion de Cour d'Assises nouvelle. Les drames de la Gaîté, de l'Ambigu,
de la Porte-Saint-Martin, ne leur suffisent pas;
c'eft du petit lait, fade, écœurant : cela ne vaut
pas le vitriol des drames réels. Au théâtre d'ailleurs, à la fin de la pièce, le traître, le bouc émis-
saire chargé de toutes les iniquités qu'il a plu à
M. Bouchardy ou à M. Dennery d'accumuler,
s'en va tranquillement, bourgeoisement, par la
rue de Bondy, les deux mains dans ses poches,
le cigare à la bouche, impuni, — & prêt à
recommencer le lendemain avec la même impunité : cela n'eft pas assez *arrivé !* Tandis qu'au
Palais-de-Juftice, cela se passe tout autrement.

La pièce y eſt souvent, y eſt toujours plus inté-
ressante, plus *corsée ;* l'aƈeur y a une tête mieux
grimée par le cynisme ou l'épouvante, &, après
le dernier aƈe, au moment où la toile tombe, sa
tête tombe aussi — *pour de vrai :* il ne rejoue
plus son rôle le lendemain, ni les jours suivants !

Les Parisiens de la Décadence sont si friands
de ces speƈacles barbares, ils sont si affamés
de ces émotions où le bourreau fait l'office de
belluaire, où le sable du cirque se rougit de vrai
sang, que, si les gladiateurs & les bêtes féroces
venaient à manquer, ils seraient capables de descendre en amateurs dans l'arène & de s'impro-
viser assassins. Mais, par bonheur pour eux —
& par malheur pour l'Humanité sans cesse outragée & attriſtée par ces crimes — les criminels ne manquent jamais; quand on croit qu'il
n'y en a plus, il y en a encore; Poncet succède à
Dumollard, & Serreau à Poncet; l'*Abbaye de
Monte-à-Regret* ne chôme pas faute de moines :
il y en a toujours un sur la planche — à bas-
cule.

Quand on apprit par la ville & par les fau-
bourgs le double meurtre de la forêt de Meudon, une femme noyée, une autre femme as-
sommée, on frissonna, — &, dans le frisson des
Parisiens & des Parisiennes, il y eut autant de
plaisir secret que de terreur avouée. Encore un

crime! où donc se ré'ugier pour mettre sa vie à
l'abri du couteau?... Encore un criminel! enfin
cela va nous changer des bergerades musquées
d'Arsène Houssaye & des idylles ariſtocratiques
de Louis Énault!...

Et quand on sut que le meurtrier était enfin
arrêté, on respira : l'aĉteur ne manquant plus
au drame, le drame allait pouvoir se jouer, au
lieu de reſter dans les cartons du Direĉteur de
la Police. On ne se contenta pas de cette nouvelle, rassurante à tant de titres pourtant : on
exigea des détails que les journaux judiciaires
s'empressèrent de donner, &, après les journaux judiciaires, les autres journaux parisiens,
désireux de plaire à leurs leĉteurs en leur ser-
vant une littérature de leur goût. Ce fut ainsi
qu'on apprit que l'assassin s'appelait Jean Cœurderoy, qu'il avait trente-cinq ans, qu'il était né
à Paris, qu'il était un peu chauve, qu'il avait la
barbe rouge & les yeux verts, — particularités
que relevèrent avec soin les gens qui croient à
l'influence des milieux & à celle de la couleur du
poil & des yeux. Né à Paris: milieu corrompu,
école du vice, gymnase du crime. Calvitie précoce: signe de passions ardentes. Barbe rousse :
signe de méchanceté. Yeux verts : signe de
duplicité, de félinerie, — les yeux des chats,
ces tigres réduits par le procédé-Collas... Et
puis, comme *great attraĉtion,* il y avait en-

core le myſtère entourant la vie du meurtrier
qui, quoique pauvre, semblait appartenir par
son éducation aux classes élevées de la société.
Les lecteurs plébéiens se réjouissaient d'avance
à la pensée du châtiment qui allait frapper ce
criminel diſtingué en pleine nuque, comme un
criminel vulgaire, & prouver ainsi que toutes
les têtes sont égales devant le couperet de Char-
lot... Les lecteurs plébéiens se réjouissaient ---
& les lecteurs bourgeois avaient des haut-de-
cœur en songeant qu'un des leurs, un homme
de leur monde, avait pu oublier à ce point ce
qu'il leur devait & se devait à lui-même...
L'affaire Cœurderoy promettait, comme on
voit.

Une seule chose chiffonnait le public des deux
camps & des deux sexes, les plébéiens & les
bourgeois, les petits & les grands, les hommes
& les femmes : l'accusé persiſtait à se renfermer
dans un mutisme absolu. Ne pas se défendre
était sa manière de se défendre, — manière assurément fort originale, mais encore plus em-
barrassante pour la Juſtice qui a besoin d'être
aidée par le coupable lui-même dans la recherche de sa culpabilité, & qui ne peut se décider à
le frapper que lorsqu'il a avoué qu'il méritait
de l'être. Or, Jean Cœurderoy reſtait muet
comme la tombe où était déjà une de ses vicſti-
mes ; à tout ce qu'on lui disait, à tout ce qu'on

lui demandait, il répondait par une attitude farouche, par des regards de sauvage lié au poteau de ses vainqueurs. C'eſt dans ces moments-là & à propos de ces criminels endurcis-là que certaines bonnes âmes, impatientes d'apprendre ce qu'on refuse de leur dire, marmottent entre leurs dents : « Ah! si Louis XVI n'avait pas aboli la torture!... »

Si Louis XVI n'avait pas aboli la torture, il serait encore sur le trône — à cent douze ans, — n'eſt-ce pas, bonnes âmes? C'eſt cette première concession-là, faite aux goûts sanguinaires de son peuple, qui l'a fatalement conduit à faire les autres — jusqu'à celle de sa tête !

Mais, la torture étant abolie depuis le roi-ſerrurier, on ne pouvait appliquer à l'assassin de la Borgnotte d'autre queſtion que des questions, & comme on ne les lui épargnait pas, certes, il devait beaucoup souffrir. Jean souffrait en effet, — mais d'autre chose, d'une seule chose, non pas de se voir emprisonné, sous le coup d'une accusation capitale, mais seulement, exclusivement, & horriblement, de la mort de son enfant & de celle de la Borgnotte, se reprochant à chaque minute de n'avoir pas voulu sauver l'une & de n'avoir pas su sauver l'autre. Mortes toutes deux, les deux seules créatures qu'il aimât & dont il fût aimé; mortes par lui & pour lui! Cette pensée lui déchirait le cœur &

lui brûlait l'esprit : il se sentait en horreur à
lui-même, &, s'il eût eu les mains libres au
lieu de les avoir enchaînées, il se fût châtié cruellement & résolûment, afin d'en finir avec ses
remords en en finissant avec la vie... Pauvre
homme ! qui se reprochait comme un crime de
n'avoir été ni assez père, ni assez amant, & qui
pourtant avait usé ses entrailles à force d'a-
mour !...

Malgré le silence obftiné de Cœurderoy, son
procès s'inftruisait lentement, & le jour du débat solennel en cour d'assises approchait. De
nombreux témoins avaient été entendus, qui
tous avaient confirmé l'accusation, Cœurderoy
dédaignait de se défendre, mais les preuves ne
dédaignaient pas de s'accumuler, terribles, contre lui. Les dépositions étaient nombreuses,
toutes étaient accablantes ; elle ne concluaient
pas, mais on concluait pour elles. Ainsi, le restaurateur de Meudon avait déclaré que Jean
s'était échappé comme un fou, vers sept heures
du soir, de la salle où il riait avec ses amis, &
s'était dirigé vers la forêt, d'où il n'était pas revenu. D'un autre côté, la jeune fille qui était
venue l'avertir, Chiffonnette, avait été activе-
ment recherchée par la police, & il avait bien
fallu qu'elle vînt dire ce qu'elle savait, — & ce
qu'elle savait était d'une gravité extrême, surtout en présence du silence de Cœurderoy. Puis

il y avait deux ou trois habitants de la rue des
Princes, des promeneurs que Jean n'avait pas
rencontrés, mais qui affirmaient avoir rencontré Jean, les vêtements en désordre, le visage
livide, fuyant comme fuit Caïn dans le tableau
de Girodet-Trioson. Enfin un concours acca-
blant de circonftances accusatrices !

Paris attendait avec impatience la première
représentation de *Jean Cœurderoy*, drame à
grand spectacle, myftérieux & sanglant à la façon des lugubres fantaisies de Caignez & Pixé-
récourt, qui devait être prochainement joué en
Cour d'Assises. Paris attendait, & ceux qui, par
leurs relations d'amitié ou de parenté, tenaient
à une robe noire ou rouge quelconque, intri-
guaient auprès d'elle afin d'obtenir une entrée,
ftalle ou tabouret, pour ce grand jour. Grâce
aux indiscrétions des avocats ftagiaires, ces
échotiers de la Basoche, on était au courant
des péripéties préliminaires de l'affaire, — le
prologue du drame, joué dans les coulisses du
Palais-de-Juftice ; on savait ce qui se disait ou
faisait, soit dans la cellule de Mazas, où avait
été écroué Jean, soit dans le cabinet du juge
d'inftruction, où il avait été appelé plusieurs
fois, & la dernière fois aussi inutilement que
la première, puisqu'il avait toujours refusé de
répondre, — mutisme qui, par parenthèse, ag-
gravait pour tout le monde son crime & éloignait

de lui toute commisération. « Il ne veut pas parler de peur de se compromettre davantage. C'eſt un malin ! » déclaraient les échotiers de la Basoche. Et le public de répéter : « C'eſt un malin ! » *Malin*, ici, signifiait *gredin :* même rime & même raison, — toutes deux fort riches. Quelques gens sensés, clairsemés, proteſtaient cependant contre cette interprétation de la façon la plus simple & la plus logique, en disant : « S'il n'a rien à avouer, pourquoi parlerait-il?... » Mais les avocats ſtagiaires n'entendaient pas de cette oreille-là, eux, & ils répliquaient : « Même quand on n'a rien à dire, on doit toujours dire quelque chose. » Une tradition de la Basoche !

C'eſt ainsi qu'on apprit successivement que le juge d'inſtruction saisi de l'affaire Cœurderoy avait fait son rapport à la Chambre du Conseil, que les pièces d'inſtruction & de conviction, avec les procès-verbaux y annexés, avaient été transmises au procureur impérial, qui les avait transmises à son tour au procureur général, lequel avait ordonné le renvoi aux assises du prévenu, devenu accusé, & qu'enfin la cause, inscrite au rôle, allait être appelée !

Paris tressaillit d'aise à cette nouvelle. Le rideau allait se lever sur *Jean Cœurderoy, ou l'Assassin du bois de Meudon !*

CHAPITRE XXIV

OU LE LION EST AMENÉ DE SA CAGE DANS LE CIRQUE
PAR TROIS BELLUAIRES DE LA GARDE MUNICIPALE,
ET COMMENT LA CHRÉTIENNE QUI DEVAIT LE
COMBATTRE SE DÉCIDE A LE SAUVER

C'était un samedi. Il pleuvait à torrents, avec
un vent à décorner tous les George Dandin de
la capitale. Un temps à rester chez soi, auprès
du feu, les pieds sur les chenets, écoutant gronder l'orage & siffler la tempête, & riant des pauvres diables forcés, à cette heure-là, de barboter
comme des canards dans la boue spéciale dont
on doit l'invention à l'Écossais Mac-Adam &
dont nous devons l'importation à je ne sais plus
quel ingénieur anglomane. « Il pleut, disait Pé-
thion il y a soixante-dix ans ; il pleut : le peuple ne se battra pas aujourd'hui. » Il pleut,
aurait-on pu dire le jour du procès de Cœurde-

16.

roy, il pleut : personne ne viendra au Palais-de-Juftice.

Ceux qui auraient dit cela auraient prouvé qu'ils ne connaissaient pas les Parisiens — & encore moins les Parisiennes. Quelque temps qu'il fasse, vent ou grêle, glace ou neige, soleil ou pluie, ils sortent quand ils ont résolu de sortir pour s'amuser ou se procurer une émotion : le temps ne fait rien à l'affaire ! D'ailleurs, les Parisiens & les Parisiennes qui, par faveur spéciale, avaient obtenu une place à la Cour d'assises, ce jour-là, n'appartenaient pas au petit monde, à cette classe de petites gens qui s'imaginent que les pieds ont été donnés à l'homme pour marcher : ils avaient tous leurs voitures, carrosses, fiacres ou remises, qui, longtemps avant l'ouverture de l'audience, les amenaient rue de la Barillerie, devant le monument de Jacques de Brosse.

A onze heures moins un quart du matin, les portes de la Cour d'assises furent ouvertes au public privilégié muni de billets & au public populaire muni seulement de patience, — le premier plus nombreux que le second, déjà excessif. Il y a toujours foule devant les cages des lions, & les voyous sont aussi *sportsmen* que les belles dames & les beaux messieurs, — plus friands même de ce *sport* sauvage. Et, à ce propos, on me permettra de regretter, avec

tous les bons esprits, cette publicité donnée aux
débats judiciaires, ces portes grandes ouvertes
quand elles devraient être au contraire hermé-
tiquement closes. Ce n'eſt pas seulement dans
les affaires de viol que le huis clos devrait être
ordonné, — car le vol & le meurtre outragent
autant, davantage souvent, la morale publique
& les bonnes mœurs. Les *purs,* qui suspeċtent
la Juſtice parce qu'elle eſt représentée par des
juges, c'eſt-à-dire des hommes, vont crier : « Le
grand jour ! la lumière ! l'examen ! le con-
trôle ! » Moi, qui ai le respeċt des juges parce
que je respeċte la Juſtice, & qui sais quels dangers entraîne avec soi la publicité, quels périls
graves courent la Pudeur & la Moralité des spectateurs appelés à ces représentations tragiques,
je m'écrie : « L'ombre, plutôt ! Les ténèbres sur
ces myſtères ! La nuit sur ces hontes ! » Les
Lacédémoniens, peuple sage, fouettaient leurs
enfants devant l'autel de Diane pour les accoutu-
mer à la douleur ; mais ils se seraient bien gar-
dés de les envoyer à la Cour d'assises pour
y apprendre, avec l'argot du bagne, les chemins
qu'on prend pour le mériter !...

Donc, publicité à part, à onze heures moins
un quart, les portes de la salle furent ouvertes,
& le public entra & se plaça comme il put, assis
les uns, debout les autres, & tous pressés &
oppressés, se marchant sur les pieds, jouant des

coudes, confondant les haleines, concentrant les regards dans une même attente : celle de l'accusé.

Avant lui arriva la cour ; après la cour vinrent les jurés ; après les jurés parut l'avocat de Jean Cœurderoy, — une des gloires du barreau moderne, Mᵉ L***, dont l'entrée excita des rumeurs en sens contraire...

Comme Jean Cœurderoy, fidèle à son syſtème de mutisme, n'avait pas voulu même ouvrir la bouche pour désigner le défenseur de son choix, le président était sur le point de lui nommer un avocat d'office, lorsque était intervenu le célèbre Mᵉ L***, séduit par l'étrangeté de cette affaire, alléché par l'éclat nouveau qu'elle pouvait faire jaillir sur son nom — déjà fort reluisant.

Mᵉ L*** avait gagné ses éperons dans un procès criminel encore présent à toutes les mémoires, bien que les personnages, la victime & l'héroïne en soient morts et enterrés depuis longtemps. Sa réputation, née ce jour-là, n'avait pas cessé depuis de grandir, &, en ce moment, elle était d'une belle taille. Quand les jeunes avocats, dans leurs conférences, avaient prononcé le nom de L***, ils croyaient avoir tout dit, — &, en effet, ils avaient beaucoup dit en peu de lettres. Mᵉ L*** aimait sa noble profession de défenseur de la veuve et de l'orphelin, il l'exerçait en artiſte, presque fanati-

quement, plaidant pour plaider, parlant pour
parler, — se grisant avec sa salive, tantôt amère,
& tantôt sucrée. Comme madame de Staël qui
aurait si volontiers noyé tous ses amis pour
avoir le plaisir de les pêcher à la ligne, il les
eût accusés, lui, des crimes les plus invraisem-
blables, pour avoir la gloire de les faire acquitter.

Et, de fait, six fois au moins sur dix, Mᵉ L***
avait le bonheur de sauver ses clients, — bien
plus heureux que lui, puisqu'ils conservaient
sur leurs épaules une tête qu'ils considéraient
comme précieuse & que, au contraire, le procureur impérial avait jugée digne d'être jetée
au panier de Sanson. Puissance de l'éloquence !
Myſtères de l'art du bien dire ! Mᵉ L*** parlait
bien & il parlait longtemps, & si parfois il était
prolixe, diffus, déclamatoire, le plus souvent
aussi il trouvait, comme Périclès, des mots
saisissants, aigus, entraînants, lumineux, —
éclairs pour la conscience des jurés, qui en
étaient éblouis, — flammes pour le cœur de
l'accusé, qui en était réchauffé, —aiguillon pour
l'esprit des speêtateurs, qui, de cette façon, ne
pouvaient plus les oublier, non plus que celui
qui les avait trouvés...

J'ai dit que son entrée dans la salle avait été
saluée par des rumeurs en sens contraire : on a
compris pourquoi. Du moment que l'éloquence

de M⁰ L*** pouvait sauver la tête de Cœurderoy, on ne la verrait pas tomber, & il y avait
dans l'ombre de la foule, des hommes à faces
bestiales, gibier de Cayenne — aller ou retour
— venus là uniquement pour prendre la mesure
du courage que l'accusé était deſtiné à montrer
sur l'échafaud. D'où, à côté des murmures ap-
probateurs, les grognements improbateurs...
Charmante humanité!

Cœurderoy tardait à paraître, mais enfin, à
onze heures, au milieu du silence général, il fut
introduit dans la salle d'audience & conduit à
son banc par trois gendarmes, un à droite, un
autre à gauche, & un troisième derrière lui,
pour réfréner toute velléité d'évasion ou de vio-
lences. Mais le pauvre Jean songeait bien à
cela, vraiment! Pâle, la barbe longue, les yeux
fixés obſtinément devant lui, agrandis par la
fièvre & par une sorte de folie contenue, il ressemblait plus à un somnambule qu'à un homme
terrifié par l'appareil toujours imposant de la
Juſtice.

— C'eſt pas un crâneur, tout de même! dit
un voyou à son voisin. Eſt-il pâle! Il en eſt
bleu comme du roquefort! Ça me rappelle celui
que j'ai vu tout à l'heure en venant dans la
boîte aux claqués... Va donc te faire enterrer,
mon homme, va donc!...

— Silence! cria la voix de l'huissier de service.

— Eſt-il ser...imple, cet huiſsier ! il crie plus fort que moi, avec son silence ! fit judicieusement observer le voyou.

Le président demanda à l'accusé, selon la formule ordinaire, ses nom, prénoms & qualités : Jean ne répondit rien, n'ayant rien entendu — parce qu'il n'avait rien écouté. Il regardait toujours vaguement devant lui, comme on regarde en rêve, sans voir.

L'un des gendarmes commis à sa garde, lui frappant doucement sur l'épaule, lui dit d'une voix douce aussi :

— L'ami, M. le président vous fait celui de vous demander vos qualités, prénoms & nom...

Cœurderoy tressaillit : il venait d'apercevoir et de reconnaître, sur une table placée aux pieds de la cour, à quelques pas de lui, parmi *les pièces à conviction,* une robe de soie gris-perle, un bonnet de blonde garni de rubans de taffetas blanc & une paire de bottines de taffetas gris, — le tout maculé de boue & de sang.

— Pauvre Borgnotte ! murmura-t-il douloureusement.

C'était la première parole qui lui échappait depuis son arreſtation. Rip van Winkles, ce personnage singulier du conte de Washington Irving, avait dormi pendant tout le temps de la guerre de l'Indépendance & ne s'était réveillé qu'après la conſtitution des États-Unis, — dix ans. Jean Cœurderoy semblait avoir dormi depuis deux mois & demi, — dix semaines. Après ce souvenir consacré à la Borgnotte, il tourna les yeux vers le fond de la salle, étonné de ce qu'il voyait, ne s'expliquant pas sa présence ni celle de ce public curieux dont les mille regards se croisaient comme des épées avec les siens.

Le président profita de cette lueur d'attention pour répéter sa queſtion traditionnelle :

— Accusé, quels sont vos nom, prénoms & qualités ?

— Monsieur, murmura doucement Jean, à quel cimetière a-t-on conduit ma fille? Je vous en supplie, dites-le-moi !... A-t-on pris soin d'elle, la pauvre chère âme? Par ce vilain temps de brouillard, elle doit avoir froid dans sa petite bière !... Où eſt-elle, monsieur ?... Où l'a-t-on mise?... J'ai le droit de le savoir, puisque je suis son père !... Il faut bien que je le sache, pour aller pleurer sur elle... & lui demander pardon de l'avoir laissée mourir ainsi toute seule, sans partir avec elle...

— Ah! torototo! dit le voyou qui avait précédemment pris la parole pour exprimer son opinion sur l'attitude de l'accusé. Torototo! Toi, tu fais l'âne pour avoir du son ! Ah ! c'eſt moi, à la place des *jurys*, qui ne couperais pas dans ce pont-là, non !

— Accusé, reprit le président avec douceur,

je vous ai demandé vos nom, prénoms & qualités : il faut me répondre. Nous savons, qu'au
moment de votre arreftation, vous veniez de
perdre votre enfant, une petite fille, je crois...

— Oui, monsieur, un ange ! répondit Jean
en faisant tous ses efforts pour ne pas pleurer.

— Nous tenons compte de votre légitime
douleur, poursuivit le président ; mais nous
n'oublions pas, & il ne faut pas que vous l'ou-
bliiez vous-même, que vous êtes amené ici pour
répondre à une double accusation de meurtre...
Dans votre intérêt, je vous engage à sortir du
déplorable fyftème de défense dans lequel vous
avez cru devoir vous renfermer jusqu'ici & qui
a étrangement, fâcheusement entravé la marche
de votre affaire... Messieurs les jurés ne demandent qu'à être convaincus de votre innocence,
j'en suis certain ; mais il faut les aider vous-
même, il faut obéir aux exigences judiciaires,
vous prêter aux formalités obligatoires... Vous
avez refusé de parler jusqu'ici, & l'affaire a dû
s'inftruire sans vous... Si vous voulez que la
lumière se fasse sur le crime qu'on vous reproche, n'épaississez pas les ténèbres autour de
vous...

— En met-on de ces gants pour lui parler !
en met-on ! murmura l'orateur des voyous en
haussant les épaules. On voit bien qu'il s'agit
d'un habit !... Si c'était une blouse, on n'irait

17

pas par quatre chemins... Tu ne veux pas répondre ? Vlan ! retourne à Mazas, mon homme ! va te dérouiller la langue !... Oh ! la ! la ! De la bourrache, quoi !...

— Silence ! fit la voix aigrelette de l'huissier de service.

— Monsieur, répondit lentement Cœurderoy, je vous prie de m'excuser : je sors d'un rêve affreux, dont le réveil me semble plus horrible encore... Je ne suis pas fou, mais il s'en faut de peu que je ne le devienne... La perte de ma fille a entraîné la perte de ma raison... Je profite d'une lueur de lucidité pour comprendre... Je suis entre deux gendarmes, sur le banc des voleurs & des assassins, en face de jurés, en présence d'avocats, sous les regards de la foule... Il paraît que je suis coupable de quelque chose ?... Sans doute, sans doute, bien coupable ! plus coupable que vous ne le croyez, mais autrement que vous ne le supposez... Vous m'interrogez, je vais vous répondre... Je m'appelle Jean Cœurderoy, je suis né à Paris, j'ai trente-cinq ans & je suis licencié ès lettres... voilà ! Si vous avez d'autres questions à faire, hâtez-vous ; le souvenir de mon enfant mort m'obsède, me ronge le cœur & la cervelle ; je m'abîme dans ce souvenir !...

— Nous aurons d'autres questions à vous adresser, mais elles viendront à leur ordre, reprit le président. Pour l'inftant, vous allez entendre l'acte d'accusation qui vous concerne, & dont le greffier va donner lecture à haute voix.

Jean Cœurderoy, qui était refté jusque-là debout, se rassit, résigné, & se cacha la tête dans ses deux mains pendant que le greffier lisait le long procès-verbal, signé du procureur impérial, en conséquence duquel ledit Jean Cœurderoy était accusé :

1° D'avoir, en juin 1861, dans la commune de Meudon, volontairement & avec préméditation, commis un homicide sur la personne de la fille Annette Fourdinos, dite *la Borgnotte;*

2° De s'être, à la même époque & au même lieu, rendu coupable d'une tentative de meurtre sur la personne de la dame Louise Cœurderoy, sa femme, tentative qui n'avait manqué son effet que par suite de circonftances indépendantes de la volonté de son auteur :

Crimes prévus & punis par les articles 295, 296 & 302 du Code pénal.

Ce terrible article 302, effroi de tous les criminels, ne fit pas même sourciller Cœurderoy, perdu qu'il était dans un monde de pensées douloureuses. En cet inftant ses yeux étaient trop occupés à revoir les mille détails de son passé pour qu'il pût apercevoir au-dessus de sa tête le fil rouge au bout duquel pendait le siniſtre couperet de *Monsieur de Paris.*

On procéda alors à l'appel des témoins, que le public regarda avec assez d'indifférence défiler devant lui à mesure qu'ils entraient dans la salle qui leur était réservée. Ce n'était pas le garde champêtre de Meudon, les laveuses de l'ermitage de Villebon, les servantes du reſtaurant Dumoulin, qui pouvaient l'intéresser. C'eſt à peine si Chiffonnette, pourtant jeune, jolie, attrayante dans son petit coſtume de grisette d'opéra-comique, parvint à exciter quelques *Oh!* ou quelques *Ah!* On s'attendait à mieux ; on s'attendait à l'apparition de l'une des viĉtimes, « échappée par miracle au poignard de l'assassin, » — l'apparition de Banquo, avec son cercle rouge au cou : on attendait madame Cœurderoy, qui s'était portée partie civile, & que représentait à l'audience une autre célébrité, Mᵉ J. F᛭, le rival de Mᵉ L᛭!

— Pourvu qu'elle vienne ! murmurait-on fiévreusement.

Cela promettait d'être, en effet, un speĉtacle fort émouvant que celui de la viĉtime mise de nouveau en présence de son meurtrier, de la femme en présence du mari, l'une libre & l'autre prisonnier, — séparés seulement tous deux par une frêle barrière en bois ! Qu'allait dire la viĉtime? Quelle attitude allait avoir le bourreau?

Enfin, le nom de madame Louise Cœurderoy fut appelé par l'audiencier, &, au milieu du silence religieux de l'auditoire, on entendit résonner le frou-frou d'une robe de soie. C'était Impéria qui se présentait devant la Justice humaine en longs vêtements de deuil — qui lui allaient comme des vêtements de fête.

Un long frémissement parcourut toute la salle.

— Cela chauffe! dit le Gavroche du fond aux voyous ses voisins. Cela chauffe! Ouvrons nos ouïes... C'est une menesse chouettarde, tout de même! ajouta-t-il d'un air de connaisseur, au moment où Louise, arrivée au milieu du prétoire, relevait son voile comme Phryné devant l'Aréopage, mais moins nue que la célèbre courtisane qui servit de modèle à Praxitèle pour ses statues de Vénus.

— Silence! fit la voix acidulée de l'audiencier.

— Huissier, dit le président, veillez à ce que personne ne trouble l'audience & faites expulser les perturbateurs... Je rappellerai au public, à cette occasion, que toute marque d'approbation ou d'improbation est sévèrement interdite comme attentatoire au respect dû à la Justice. On oublie trop souvent qu'un tribunal n'est pas une salle de spectacle & qu'il se débat dans cette enceinte les intérêts les plus sacrés, ceux de la liberté & de la vie humaines.

Le silence ne tarda pas à se rétablir. Les murmures se turent, mais les yeux parlèrent pour les lèvres & ne se résignèrent à se taire que lorsque Louise eut disparu dans la salle des témoins. Elle n'était plus là depuis longtemps que les voyous du fond en chuchotaient encore entre eux avec admiration.

Après le départ de la femme, l'interrogatoire du mari commença. Jean n'avait pas aperçu Louise, il n'avait même pas entendu sa voix, lorsqu'elle s'était avancée au milieu du prétoire pour répondre à l'appel de son nom : il ne releva la tête, qu'il avait tenue jusque-là baissée, qu'à la voix du président, bienveillante sous sa fermeté. Quoiqu'il ne comprît pas exactement le sens des queſtions qu'on lui adressait, quelques solutions de continuité s'étant faites dans ses souvenirs, Cœurderoy y répondit de son mieux, lentement, avec des efforts évidents, avec des hésitations mal interprétées par la majorité du public. Comment interpréter autrement, d'ailleurs, ces réponses ambiguës, confuſes, embarrassées, énigmatiques, dans lesquelles, tout à la fois, il s'accusait d'un crime qu'il n'avait pas commis & se défendait d'avoir commis celui dont on l'accusait. A sa conscience il disait oui, au président il disait non : on devine l'imbroglio que cela devait amener ! Mais ce fut surtout lorsqu'on en arriva à la prétendue tenta-

tive de meurtre faite par lui sur sa femme, que
Cœurderoy devint incohérent.

— Je ne l'ai pas tuée, dit-il sourdement & en
s'animant par degrés au souffle de sa haine ; je
ne l'ai pas tuée & je le regrette ! Ma fille vivrait
peut-être encore ! J'aurais purgé la terre d'un
monſtre...

— Accusé, interrompit vivement le président,
je ne puis vous laisser plus longtemps continuer
sur ce ton ! Ce n'eſt pas assez d'avoir attenté à
la vie de votre femme, de la compagne que la
loi vous avait donné la mission de protéger,
vous l'outragez encore & vous nous outragez,
nous, vos juges & ses défenseurs, en manifes-
tant avec cet odieux cynisme le regret de n'avoir
pu mettre complétement à exécution votre abo-
minable dessein !...

— Monsieur... reprit Cœurderoy, étonné de
l'indignation du président.

— Taisez-vous ! s'écria le magiſtrat. Nous allons entendre les témoins... Messieurs les jurés
apprécieront...

La foule avait été diversement impressionnée
par l'interrogatoire de l'accusé. Les gens qui ne
s'en rapportent ni aux apparences ni aux mots
hésitaient à croire à la culpabilité de cet homme
dont le visage leur semblait plus ravagé par la
douleur que par l'épouvante du châtiment, &

dont la voix, d'ailleurs, lorsqu'il repoussait l'accusation qui pesait sur sa tête, avait une énergie sur la sincérité de laquelle il n'y avait pas à se méprendre. Les assassins, même les plus habiles, ont, malgré eux, sur eux, en eux, dans leurs yeux, dans leur voix, sur leurs lèvres, dans leurs geftes, dans les plis de leur face, dans les tressaillements de leurs muscles, un je ne sais quoi qui décèle le meurtre, — ce je ne sais quoi que porte avec lui le boucher, même lorsqu'il n'eft plus à l'abattoir, même lorsqu'il s'eft lavé les mains & débarbouillé le visage. Les actions violentes laissent toujours après elles une sorte de trépidation que le corps conserve à son insu pendant plus ou moins de temps, & qui eft comme la répercussion, la répétition affaiblie, de l'action elle-même. Quand on sait lire, on comprend.

Mais la majorité des spectateurs, composée de ces gens qui ne voient que l'épiderme des choses, que le vêtement des idées, & qui ne songent pas à regarder dessous, à approfondir, parce que cela sera un travail & que tout travail pour eux eft une fatigue, la majorité des spectateurs étaient convaincus de la parfaite culpabilité de Cœurderoy, — un pur coquin, suivant eux. Il y a longtemps que cela se passe ainsi, & que la foule voit avec ces lunettes, — depuis Jésus, dont elle réclama le supplice pour sauver Barrabas, qui lui semblait moins coupable...

L'audition des premiers témoins appelés à prêter serment & à déposer, leur donna raison. Plus il en venait là, ayant juré devant le Chrift de dire la vérité, toute la vérité, rien que la vérité, & plus les charges s'accumulaient contre l'accusé.

— Il n'en mène pas large en ce moment, la barbe rousse! murmura l'orateur des voyous pour qui la gredinerie de Cœurderoy ne faisait pas un pli.

— Le fait eft que je ne voudrais pas être à sa place! dit son voisin, qui était deftiné à venir s'y asseoir un jour ou l'autre.

— Silence! cria la voix sibilante de l'audiencier.

Madame Louise Cœurderoy, appelée par l'huissier, paraissait en scène pour la seconde fois, voile baissé d'abord, voile levé ensuite, éblouissante d'élégance, de grâce & de mélancolie, — non pas la Mélancolie d'Albert Durer, mais celle de Compte-Calixte, une adorable scabieuse !

Au moment où elle s'inclinait devant la Cour & devant les jurés, dont quelques-uns, fins connaisseurs, ne pouvaient s'empêcher de s'avouer entre eux que cela ferait une très-jolie veuve, un huissier s'approcha précipitamment

17.

d'elle & lui remit une lettre qu'on venait de lui
faire passer du fond de la salle comme très-im-
portante & très-pressée. Louise hésita à lire, &
peut-être, si elle en eût demandé la permission
au président, ne la lui eût-il pas accordée, car
enfin la Cour d'assises n'eſt pas un lieu où l'on
doive dépouiller sa correspondance; mais elle
avait reconnu l'écriture de cette lettre : elle en
brisa fiévreusement le cachet, l'ouvrit & lut ce
qui suit :

« *S'il en eſt temps encore, sauvez-le, ou je
vous perds! Je suis dans mon lit, mourant des
suites d'un coup d'épée que m'a donné l'un de
vos amants, mais j'ai encore la force d'écrire,
et si ce soir je n'apprends pas la mise en liberté de Jean, demain le procureur impérial
saura ce que j'ai été seul jusqu'ici à savoir.
Faites vite, dans votre intérêt : ne jetez pas
au bourreau, par un mensonge odieux, la tête
d'un honnête homme dont je suis l'ami, car, à
mon tour, je lui jetterais celle d'une drôlesse
dont j'ai été la victime et dont je veux cesser
d'être la dupe.*

« *Adieu! Si l'on maudissait les femmes, je
vous maudirais...*

« Georges. »

Louise n'avait pas lu cette lettre : elle l'avait

bue — littéralement, puisque deux minutes après il n'en reftait rien.

— Monsieur, dit-elle rapidement, comme une femme qui a hâte de décharger sa conscience du poids qui l'oppresse; monsieur, j'ai menti! Ce n'eft pas mon mari qui devrait être sur le banc des criminels, c'eft moi!... Je suis une misérable... Aveuglée par la jalousie, par la haine, j'ai osé... Ah! le ciel m'en punit cruellement... plus cruellement que vous ne pourriez le faire... Pardonnez-moi!... Et vous, Jean, ajouta-t-elle en se tournant vers Cœurderoy, pardonnez-moi aussi, pardonnez-moi surtout... J'ai été bien coupable, mais je me repens! Pardon! pardon! pardon!

Toute l'assiftance était dans la ftupeur, les juges, les jurés, les gendarmes, les huissiers, les avocats, la foule. Cela ne s'était jamais vu!

— Un crâne cinquième acte, tout de même! murmura l'orateur des voyous.

En entendant la voix de sa femme, Jean avait tressailli & relevé la tête, & son visage s'était décomposé sous l'effet d'une passion qu'il ne pouvait maîtriser. Un éclair sanglant avait brillé dans ses yeux; il avait fait un mouvement comme pour s'élancer... Le mépris l'avait retenu immobile à sa place.

Louise en avait trop dit ou elle n'en avait pas dit assez. Une fois sur la pente des aveux, il fallait s'y laisser glisser jusqu'au fond. Elle n'hésita pas; elle raconta la scène de l'étang de Villebon, dont elle avait été le seul témoin; elle s'accusa sans ménagement, donna une larme sincère à cette pauvre Borgnotte que ses méchantes paroles avaient poussée au suicide, &, venant à l'attentat dont elle s'était prétendue la victime, elle n'omit rien de ce qui pouvait faire éclater aux yeux de tous l'innocence de son mari, calomnié par elle, par elle déshonoré!

La foule l'écoutait, haletante. Quand elle eut fini, des sanglots éclatèrent sur divers points de la salle, & une dame eut une attaque de nerfs.

— Une fière canaille, cette petite dame-là! murmura le Gavroche en montrant le poing à Louise.

La Cour se consultait du regard.

Me L*** comprit qu'il serait inutile de tirer son éloquence hors du fourreau. Il dit quelques paroles, déclarant s'en rapporter à la sagesse de la Cour. De son côté, le procureur impérial, suffisamment édifié, déclara abandonner l'accusation. Les jurés n'eurent même pas à entrer dans la salle de leurs délibérations : l'affaire était jugée, le criminel disparaissant avec le crime.

Cœurderoy fut mis en liberté.

D'abord il n'entendit pas. L'air sombre, le sourire amer, il contemplait Louise, humblement prosternée à quelques pas de lui, & cette contemplation absorbait ses pensées. Un gendarme dut lui frapper sur l'épaule pour le réveiller de son mauvais rêve.

— Hé! l'ami! lui dit-il, vous êtes libre... vous pouvez vous en aller...

Et comme Jean ne s'en allait pas, le gendarme le poussa doucement par les épaules...

La foule s'écoula, vivement impressionnée par ce dénoûment inattendu qui allait faire le sujet de toutes les conversations parisiennes pendant un jour ou deux.

Lorsque Jean fut dehors, étourdi par le grand air, ahuri par le brouhaha que faisaient autour de lui des flots de curieux, il faillit tomber. Il marchait sombre, farouche, d'un pas saccadé qui répondait bien aux hésitations de son esprit.

— Venez, Jean, lui dit à l'oreille une voix de femme, je vais vous conduire sur la tombe de Marie.

Le visage de Cœurderoy s'éclaira d'un rayon de joie.

— Ah! merci! merci! murmura-t-il en embrassant Chiffonnette, qui le regardait d'un air de respectueuse pitié.

— Monsieur Jean, reprit timidement celle-ci, vous ne m'en voulez pas de ce que j'ai dit contre vous?

— Où est-ce? Vite! allons-y! répondit Jean en entraînant sa compagne interdite.

CHAPITRE XXV

Dans la soirée, après la fermeture du cimetière Montmartre, Cœurderoy rentra chez lui
en suivant les boulevards extérieurs, sans se
préoccuper des passants dont quelques-uns, le
reconnaissant, voulaient l'arrêter pour le féliciter de son acquittement. Le concierge de la Cité
des Bains accourut pour lui remettre sa clef &
lui serrer la main : il laissa la main, prit la clef
& monta à sa chambre.

Tout s'y trouvait dans le désordre le plus lamentable. Les traces de la lutte désespérée que
Jean avait soutenue contre les agents de police
se voyaient partout, sur les meubles, sur le lit,
aux chaises, aux rideaux. Un pillage !

Mais Jean n'attachait désormais nul prix à ces misères. Avec Marie, tout était mort pour lui : il n'y avait plus que des débris & des cendres autour de lui & en lui.

— Je n'ai plus rien à faire ! murmura-t-il avec une amertume profonde. Rien ! Rien, qu'à m'habiller chaque matin & à me déshabiller chaque soir, pour recommencer à chaque aube nouvelle & à chaque crépuscule nouveau le même jeu puéril qui ne vaut pas la chandelle qu'on dépense à le jouer... C'eſt bête & cela m'ennuie ! Un métier d'écureuil ! Pouah !... Quand on s'ennuie quelque part, on s'en va... Je vais m'en aller... Attends-moi, chère petite Marie... attends-moi !

Jean, qui s'était jeté en entrant sur le lit de sa fille, comme pour y retrouver les derniers parfums de ce beau lys desséché par le vent de la Mort, Jean se releva avec un geſte plein d'une sombre résolution.

Avant de quitter sa chambre, cependant, il voulut donner un adieu, un dernier souvenir à Le Mayeur, au compagnon de sa jeunesse. Il chercha de l'encre, &, n'en trouvant pas, il écrivit au crayon sur un morceau de papier ramassé par terre :

« *Cher vieux Georges,*

« *J'étais prisonnier des hommes ; les hommes*

m'ont rendu à la liberté. Les hommes sont
bien bons.

« Je suis prisonnier de la vie, je veux m'en
évader, je m'en évaderai cette nuit. Tu sais
ce que cela veut dire. Pas de phrases, des actes.
Ma fille est morte, je vais mourir.

« Avant de partir pour le pays de l'X, je te
fais mes adieux en te demandant pardon &
en t'accordant le mien. Me comprends-tu?
Oui, car tu as deviné que j'avais deviné. Impéria valait Louise, puisque Louise c'était
Impéria. Double coquine! Triple brute, moi!
Je n'ai eu que ce que je méritais... Voilà pourquoi je me suis refusé à te voir dans ces derniers temps... Ce n'était pas de la jalousie,
c'était autre chose qui y ressemblait — en
plus laid. J'aurais rougi de te faire rougir
devant moi, cher vieux compagnon de ma jeunesse! Pardonne-moi comme je te pardonne.

« T'ai-je dit le véritable motif de ma résolution d'aujourd'hui? Oui, peut-être; peut-
être non. En tous cas, le voici. Je méprise
Louise à l'égal de la dernière des créatures du
ruisseau, je la hais, j'en ai peur, je l'aime!
C'est d'une jolie honte, n'est-ce pas? Quel bel
artiste en infamies j'aurais fait, si j'avais
vécu encore un peu! Je ne connais qu'un pam-
phlétaire qui soit aussi lâche que moi... Mais
je suis un peu moins lâche que lui, puisque,

après m'avoir souffleté sur les deux joues, je
me châtie de tous ces outrages connus ou iné-
dits en me rayant du tableau des mortels en
exercice. Je me suis jugé & condamné à mort :
je sors pour me fusiller...

« *Pas au revoir, adieu ! Quand on s'eſt*
vus, il eſt inutile de se revoir. L'amitié a ceci
de beau qu'elle ne survit pas aux amis. A notre
rencontre dans la vallée de Josaphat, ton om-
bre passera à côté de la mienne sans la recon-
naître...

« *Je souffre beaucoup, beaucoup. J'ai le cœur*
en miettes... Le marteau à deux mains (Louise
& Georges) a frappé dessus avec trop de bruta-
lité... Je ne vous en veux pas, non ; mais je ne
me sens pas assez héroïque pour vous remer-
cier...

« *Va donc un de ces soirs au Palais-Royal,*
quand on donnera le Dompteur de pierrots, *du*
nommé Théodore ; tu riras comme un bossu.

« JEAN- CŒURDEROY. »

Puis il cacheta, mit l'adresse, &, en sortant,
sur le boulevard, jeta la lettre dans la première
boîte venue.

Il était tard. Il monta vers les moulins de
Montmartre de ce pas lourd, aveugle, de
l'homme qui a résolu de se tuer & que rien ni

personne ne pourra empêcher de le faire. Il
redescendit vers la rue de l'Abbaye, &, après
quelques secondes d'hésitation, s'engagea dans
la rue des Dames, qui longe le mur du cimetière du Nord, & qui, à cette heure-là, n'avait
plus d'autres passants que lui. Tout en marchant du même pas lourd dont j'ai parlé, il regardait avec attention à droite & à gauche : à
droite pour s'assurer qu'il n'était pas épié ; à
gauche, pour tâcher de reconnaître une brèche
au mur du cimetière, conftatée par lui quelques
mois auparavant.

Cette brèche exiftait en effet en face du Chemin des grandes carrières, mais à peine visible.
Ce fut la lanterne municipale qui lui servit de
point de repère. Il monta sur le chaperon du
mur, se pencha un peu pour écouter, &, n'entendant rien, sauta sur la terre glaise détrempée
par la pluie de la journée.

Le cimetière était silencieux, — mais de ce silence que rend plus profond & plus siniftre le
voisinage des tombes. On n'entendait absolument rien, pas même le murmure le plus affai-
bli de la respiration de Paris, ce monftre qui
fait tant de bruit pendant le jour. De temps en
temps, le clapotement d'une goutte de pluie
tombant d'une branche de cyprès sur la pierre,
ou le froussement d'ailes d'un oiseau subitement
réveillé. Un désert peuplé de morts !

Jean s'avança avec précaution, essayant de s'orienter dans l'obscurité des allées funéraires, seulement guidé par le miroitement des petites flaques d'eau & par l'éclat de certains monuments fraîchement sortis des mains du marbrier. Il s'avança lentement, l'oreille tendue, les yeux perçant le noir des sentiers, un peu inquiet sur le résultat de ses recherches. Quand il eut dépassé le cimetière juif, il respira bruyamment comme un homme qui aurait perdu une piste & qui la retrouverait tout à coup, au moment où il y compterait le moins. A partir de là, en effet, il marcha d'une allure plus sûre & d'un pas plus rapide. Bientôt, quittant brusquement la route carrossable, vers la droite, il s'engagea dans un lacis de petites ruelles d'un pied de large ménagées au milieu des tombes, — ces maisons qu'habitent des ombres, — & ne tarda pas à arriver à un endroit découvert, sans arbres, sans monuments, sans croix, sans entourages, & dont le sol paraissait fraîchement remué comme celui d'une tranchée : c'était la fosse commune. Un trou béant était là, attendant sa proie du lendemain, & s'il avait fait jour, on aurait pu voir sa proie de la veille mal digérée, c'est-à-dire un pan de la bière en sapin — la tête ou les pieds de quelque pauvre diable — que la pluie de la journée avait mis à découvert.

Jean remonta lentement la tranchée où s'é-chelonnaient par ordre les trépassés de la dernière semaine, puis ceux du dernier mois, puis ceux des mois précédents, & arriva à la tombe de Marie...

La tombe, c'eft-à-dire un petit entourage en bois peint en noir & une petite croix noire aussi, sur laquelle il y avait, grossièrement écrit au pinceau : « *Marie Cœurderoy, 1er juillet* 1861. *Requiescat in pace,* » la formule la plus simple & la plus banale, — mais plus éloquente dans sa banalité que beaucoup d'inscriptions pompeuses, injurieuses pour la vérité & pour la syntaxe. Cet entourage, qui avait bel & bien coûté une huitaine de francs, la chère enfant le devait à la pitié de Chiffonnette, ainsi que la couronne de fleurs artificielles, maintenant souillée de terre, & le petit Jésus de plâtre, maintenant verdi par l'humidité, qui conftituaient l'unique poésie & l'unique ornement de cette sépulture élémentaire.

— Marie ! murmura Cœurderoy en s'age-nouillant sur la glaise mouvante qui formait le sol naturel de cet endroit. Marie ! c'eft moi ! ton père ! ton vieux Jean ! Chère Marie ! Chère colombe envolée ! je ne te verrai donc plus ? Je ne t'entendrai donc plus ? Plus jamais ?... Que veux-tu qu'il devienne alors, ton vieux Jean ? A quoi veux-tu qu'il s'intéresse désormais dans la vie,

puisque tu es morte ? Il fait nuit & froid pour
moi, maintenant que tu t'es retirée de moi,
cher soleil !... Ah ! Marie ! Marie ! Marie ! tu
m'as quitté, toi aussi, comme l'autre, l'adul-
tère, la marâtre ! Tu m'as quitté ! Vous m'avez
quitté toutes deux, toutes deux cruelles à votre
façon, toi comme les anges qui punissent les
athées, elle comme les démons qui se vengent
des cœurs dévoués !... Ah ! que vous me faites
souffrir toutes deux !...

Il s'arrêta, la gorge envahie par les sanglots.
Quand il eut repris un peu de calme, il se releva
lentement & tira de sa poche une cordelette de
soie à laquelle il fit un nœud coulant & qu'il
se passa autour du cou. Puis il se retourna
pour s'assurer que l'arbre qu'il avait remarqué
le matin en cet endroit, un arbre défeuillé, des-
tiné à être abattu, y était bien encore. L'arbre
était toujours à sa place, attendant la cognée.
Jean allait en atteindre la maîtresse branche &
y fixer l'extrémité de sa corde, lorsqu'une pensée subite lui traversant l'esprit, il redescendit
en disant avec une sorte d'horreur :

— Ah ! pas devant elle ! pas devant elle ! la
chère âme ! Elle n'a jamais vu de mon visage
que ses sourires & ses risettes, je ne veux pas
qu'elle en voie les grimaces & les convulsions !...
Non ! non ! mauvais père ! pas devant elle ! pas
devant elle !... Oh !...

Et il s'enfuit, épouvanté, glissant sur le sol humide, se heurtant aux tombes, comme poursuivi par quelque Euménide vengeresse.

Toute la nuit, il erra ainsi dans les funèbres Tuileries, sous les cyprès & sous les pins, cherchant un arbre où accrocher sa guenille mortelle — & n'en trouvant pas. Une âpre nuit pour le corps, une nuit lugubre pour l'âme. La pluie avait recommencé à tomber, fine, pénétrante, glaciale, & comme, voulant mourir respectueusement, Cœurderoy avait posé son chapeau sur l'entourage de Marie, il avait maintenant la tête nue, l'eau, en tombant, semblait filtrer goutte à goutte dans son cerveau en ébullition — qu'elle ne tarda pas à éteindre.

Au matin, les oiseaux nichés sous les ramures s'éveillèrent &, secouant leurs ailes, entonnèrent leurs chansons accoutumées, aussi peu soucieux du voisinage que s'ils eussent été perchés sur les arbres du Luxembourg. Alphonse Daudet a parlé des rossignols du cimetière, comme un poëte qu'il est, sans en avoir entendu peut-être, mais devinant bien qu'on en doit entendre là comme dans le *Jardin des Roses* de son confrère persan Saadi : les rossignols ne dédaignent pas plus les cimetières que les autres endroits où ils sont assurés de l'impunité, où ils peuvent gazouiller en paix leurs licencieuses

chansons & bâtir sans crainte leurs nids éphé-
mères.

Les oiseaux chantèrent, le soleil jeta sa pourpre sur le crêpe de la nuit, puis, par-dessus sa
pourpre, sa robe lamée d'or qui balaya de ses
rayons traînants la fange des chemins, redeve-
nus propres & secs. Jean frissonna d'un frisson
étrange dans lequel il entrait une sorte de volupté grossière, — celle qu'on éprouve au sortir
d'une maladie ou d'un péril où l'on croyait
succomber... Les inſtincts de la Bête repre-
naient le dessus chez lui : aussitôt qu'il crut pouvoir le faire sans être remarqué, il s'échappa
du cimetière, gagna le boulevard extérieur &
cherche des yeux un cabaret, car il avait grand'-
soif & grand'faim...

— Demain... murmura-t-il, comme s'il eût
eu besoin d'une excuse envers lui-même. Demain... il sera encore temps...

Demain ! C'eſt l'excuse des impuissants, des
paresseux & des lâches.

CHAPITRE XXVI

OU L'ON VOIT QUE CŒURDEROY, APRÈS AVOIR ABANDONNÉ
SA PREMIÈRE MANIÈRE, QUI ÉTAIT LA BONNE, AVAIT
ADOPTÉ UNE SECONDE MANIÈRE, QUI NE
VALAIT PAS GRAND'CHOSE

A quelque temps de là, il y avait nombreuse réunion au *Rat-Mort*, — un café des environs de la place Pigalle, fréquenté par quelques artistes & quelques gens de lettres, mais plus spécialement adopté par des habitués du bal de la *Reine Blanche*, jolis petits messieurs & jolies petites dames, des Manon Lescaut & des Desgrieux à remuer à la pelle. Réunion toujours nombreuse, le soir surtout, & toujours bruyante, principalement vers onze heures, au moment où les têtes sont *montées* & les canettes *tombées*.

Au fond de la salle du billard, aux dernières tables les moins en vue du public, la consommation paraissait avoir été abondante, à en juger par les éclats de gaieté nerveuse, masculins & féminins, qui rebondissaient comme des volants d'argent sur des raquettes de cuivre. Il y avait là, pipe, cigare ou cigarette à la bouche, Adolphe Marcel, Pot-à-Tabac, Delphine, Sigismond du Rouvre, Juliette & Impéria, — celle-ci flanquée de deux rapins qui semblaient appartenir, par la violence de couleur de leur conversation, à l'école d'Eugène Delacroix.

Oui, Impéria elle-même, dans ce milieu galant & galantin, parmi ces aimables bohèmes de l'art & de l'amour! Saint-Simon, parlant de la subite élévation de quelqu'un, de Dubois, je crois, disait : *Il a été bombardé miniſtre*. Expression aussi juſte que pittoresque. On aurait pu dire d'Impéria qu'elle avait été précipitée lorette. Ce n'était pas une descente, échelon par échelon, du monde élégant & riche où elle avait vécu presque honorée & toujours adorée pendant quelques années, au monde interlope où elle était deſtinée désormais à vivre, en compagnie de drôlesses sans beauté & de drôles sans courtoisie; ce n'était pas une descente régulière, normale : c'était une dégringolade!

Elle était toujours belle à faire pousser des sonnets sur les lèvres d'un poëte amoureux; mais elle avait perdu l'exquisité, le charme souverain, la grâce de cette beauté qui, d'ariſtocra-

18

tique, était devenue — ou plutôt redevenue — plébéienne. Elle avait toujours ses beaux cheveux d'un blond cendré appelant le baiser, toujours ses beaux yeux noirs provocateurs, toujours ses belles lèvres rouges aphrodisiaques, toujours ses belles épaules appelant l'irrespect ; mais tout cela semblait un peu fané, mais il manquait à tout cela la poussière d'or qui manque aux ailes du papillon touchées, & la fleur légère qui manque aux fruits cueillis. Assurément un manant, & même un bourgeois, eût été fier d'avoir pour lui ce morceau de roi ; mais le roi, & même un simple marquis, eût dédaigné cette chère démocratisée. Voilà la nuance, — un abîme !

Impéria — je lui restitue son premier nom, puisqu'elle l'avait repris, — Impéria le savait bien, du reste. Elle avait constaté, avant tout le monde, cet effacement de son insolente beauté, & elle avait essayé d'y suppléer par un maquillage adroit qui lui donnait un charme factice aux lumières,—un regain d'irrésistibilité appréciable. Pour des yeux sains, peut-être eût-elle été affreuse sous sa poudre de riz, sous son blanc de perle & sous son rouge végétal ; mais, pour des yeux troublés par les généreuses fumées d'un bon repas, elle était charmante — comme un pastel.

Du Rouvre, qui était parvenu, à force de

madrigaux, à être l'éphémère Salomon de cette
« Reine de Saba, » & qui, à cause de cela, se
croyait le droit de la tutoyer comme il tutoyait
presque toutes les femmes, afin de les compromettre un peu à son profit lorsqu'elles pouvaient encore être compromises; Du Rouvre
était en train de manquer de respect à cette
divinité qui s'était amusée à lui demander son
secret, & qui, en punition de sa curiosité, avait
dû, le jour fini, jouer le rôle de Thétys pour cet
Apollon de brasserie, pour ce soleil de la *Casquette de Loutre*. Manquer de respect aux divinités, c'était sa façon de faire de la *copie* par-
lée, à ce libertin littéraire.

— Impéria, disait-il en se renversant imper-
tinemment sur le divan, Impéria, messieurs, n'a
jamais aimé personne que les huîtres dont elle
a fondu les perles dans le vinaigre de sa coquetterie & de sa dissipation ! Quand elle était petite,
sa mère la battait & elle pleurait ; aujourd'hui
qu'elle est grande, son amant la bat & elle rit !...
Mauvaise fille, mais belle fille !... Peu de cœur
& beaucoup de poitrine !... Préfère le coiffeur du
rez-de-chaussée au Chérubin du sixième étage !...
Ne sait pas aimer, mais sait compter !... Porte
une ombrelle, mais pas plus de parapluie que
Danaë, pour la même raison... Lisait Musset à
seize ans, en buvant de l'eau ; chante maintenant Nadaud en buvant du champagne... Un

monftre adorable! n'eft-ce pas, Impéria?...

— Du Rouvre, jamais vous n'avez été plus fondateur du *Journal des Savants* que ce soir! répondit Impéria en riant de toutes ces impertinences.

— Et toi, Impéria, ripofta Du Rouvre, jamais tu n'as été plus séduisamment maquillée! Tu ressembles à un Latour que je voudrais bien avoir dans ma galerie...

— Tu veux dire dans ta galère, forçat du petit journal!

— Nous avons chacun notre bagne, ma petite! Moi c'eft le journalisme, où je trime comme Timothée; toi, c'eft la galanterie, où tu trimes comme Rhodope. J'amasse des ennemis pour ma vieillesse, toi des pierres pour ta pyramide!... A propos, à quel caillou en es-tu? Voyons, soyons franche... Ton mari n'eft pas là... Il ne vient jamais ici, d'ailleurs... Et puis, s'il y venait, comme tu lui a mis, sirène, du coton dans les oreilles afin qu'il n'entendît rien, & une taie sur l'œil afin qu'il ne vît rien, il ne se scandaliserait pas de ta confession... Confesse-toi, Rhodope!

— Du Rouvre, interrompit vivement Impéria, il me semble qu'il avait été convenu qu'on ne parlerait jamais de Cœurderoy... Ses affaires ne regardent personne... Il fait ce qu'il veut... il en a le droit... Laissez-le tranquille...

— C'eft égal, Impéria, c'eft ton chef-d'œuvre,

le pauvre Cœurderoy ! D'un homme qu'il était tu
en as fait une brute ! Tous mes compliments !...
Il est ensorcelé à tout jamais, cela est sûr ! O
misère ! L'autre soir, à minuit, en remontant
chez moi, par une pluie battante, je l'ai aperçu,
rôdant sous tes fenêtres, les pieds dans la boue
& les yeux à l'entresol... Pauvre Jean ! Faut-il
que les femmes soient... Ah ! faut-il qu'elles le
soient !

— Du Rouvre, faisons un miftron, cela vaudra mieux, reprit Impéria, que cette conversation *ennuyait* & qui d'ailleurs avait envie de
jouer.

— Cela vaudra mieux que ma conversation,
belle impertinente, mais non que les vers rimés
à l'intention de Cœurderoy par le *pinxit* Julien,
ton ami de gauche, côté du cœur... Ils sont un
peu raides, mais comme ils sont spirituels, cela
rachète tout, même les fautes de prosodie...

— Pas de vers, Du Rouvre, pas de vers ! un
miftron !

— Ah ! il ne te manquait plus que cela, bre-
landière, pour être complète ! Miftronnons donc,
puisque cela te fait plaisir... Ce qui te va me
va !...

On apporta un tapis à la table où se trouvait
Impéria, & la partie de cartes commença sans
que, pour cela, le chroniqueur de la *Casquette
de Loutre* cessât de rire & de plaisanter...

18.

Au moment où le jeu était le plus animé, un homme entra dans le café. C'était Cœurderoy, vieilli de dix ans, presque méconnaissable.

Jean était venu quelquefois jadis au *Rat-Mort*, comme il avait été au *Paillasson doré*, pour se distraire, pour prendre langue afin d'enrichir ses vaudevilles de l'argot pittoresque de ces messieurs & de ces dames qui, comme tous les gens qui se corrompent, corrompaient aussi la langue par la même occasion. Il y était venu autrefois, mais depuis longtemps il n'y venait plus. Ce soir-là, le hasard seul, une habitude machinale de ses jambes, l'y avait conduit sans qu'il y songeât, sans qu'il le voulût.

Il entra, &, quoique en proie à une sorte de somnolence due à l'ingestion, à son dîner, de liquides capiteux, il reconnut tout de suite l'endroit où il s'était aventuré contre son gré. Néanmoins il s'assit à la première table qui lui parut libre, prit un journal & demanda une bouteille de pale-ale — pour s'achever.

— Cœurderoy! murmura Du Rouvre, étonné & gêné par cette apparition inattendue.

Du Rouvre était habile à manœuvrer sa barque à travers les écueils de la vie. Comme il tenait à rester bien avec tout le monde, il ne prenait presque jamais parti pour personne. Cette fois encore, désireux de ménager la chèvre de l'amour & le chou de l'amitié, il se leva sans

rien dire & s'en alla dans la salle du premier
étage, voir jouer aux échecs.

Cœurderoy ne l'avait pas aperçu.

Bientôt il se fit autour de celui-ci une sourde
rumeur dont il ne comprit pas d'abord la cause,
occupé qu'il était à lire un article où l'on parlait de sa dernière pièce, *le Dompteur de pierrots*, en termes désagréables pour son amour-
propre. On l'éreintait comme elle méritait de
l'être, car c'était une bouffonnerie indigne du
« fécond & spirituel Théodore, » de l'auteur
de tant de chefs-d'œuvre désopilants.

— Gâteux, va! murmura-t-il avec dépit en
rejetant le journal.

Il relevait la tête pour gourmander le garçon, qui ne l'avait pas encore servi, lorsqu'il
remarqua qu'il était l'objet spécial de la rumeur
qui bourdonnait depuis quelques inftants à ses
oreilles. Tous les regards étaient fixés sur lui.
On chuchotait en le défignant, non-seulement
de l'œil, mais du doigt, — première impertinence. Il eut un imperceptible mouvement de
contrariété, &, comme le garçon tardait à le
servir, il jugea qu'il ferait mieux de sortir.
D'ailleurs, dans un coin de la salle, il venait d'a-
percevoir Louise, continuant sa partie de mistron, & fumant une cigarette, en compagnie de
Pot-à-Tabac, de Delphine, d'Adolphe Marcel,
de Juliette, de Julien, & d'autres personnes du

même demi-monde. Louise l'avait aperçu aussi, & lui avait fait un petit signe d'intelligence, comme à un amant à qui on recommande la discrétion. Il se leva, & se dirigea vers la porte du café.

Trois ou quatre jeunes gens lui barrèrent le passage.

Cœurderoy se rassit & alluma sa pipe. En ce moment Julien, qui était à côté de Louise, riant avec elle & lui passant de temps en temps l'argent de sa mise quand elle perdait, abandonna cette place enviée par Pot-à-Tabac, s'en vint se planter avec insolence devant la table de Jean, &, tirant de sa poche un petit papier plié, le lui présenta en disant :

— Monsieur Cœurderoy, vous qui êtes poëte, ou qui l'avez été, ou qui le serez, dites-moi votre avis sur ces vers, je vous prie...

Les vers qu'il donnait à lire à Jean étaient une satire violente, outrageante, improvisée contre lui, au commencement de la soirée, par un Archiloque de brasserie qui, pour des raisons personnelles, en voulait à Louise de s'être réconciliée avec son mari.

Cœurderoy ne fit pas un mouvement, ne dérangea pas un pli de la gravité magiſtrale avec laquelle il fumait sa pipe.

Le jeune homme, voyant qu'il ne prenait pas

le papier, le déplia & le lui mit tout ouvert devant les yeux.

— Votre avis, monsieur, s'il vous plaît? lui dit-il d'une voix où perçait l'irritation.

— Mon avis? Eſt-ce une prière ou un commandement? demanda tranquillement Jean.

— Ce que vous voudrez!

— Diable! dit Jean avec une ombre de sourire. J'aime mieux que ce soit une prière. Voyons ces vers...

— Mais juſte! cria la voix d'Adolphe Marcel, qui se réjouissait de l'orage qui menaçait Cœurderoy.

Celui-ci lut une ſtrophe, dont chaque syllabe était, pour ainsi dire, une injure, &, ne se croyant pas bénévolement obligé de boire cette lie jusqu'à la dernière goutte, il rendit le papier à son auteur, sans que son visage témoignât la moindre émotion.

— Eh bien? demanda Julien au milieu du silence le plus profond.

— Eh bien? demanda Jean.

— Ces vers!...

— Eh bien! ces vers?...

— Votre opinion sur eux!

— Mon opinion sur eux?

— Oui!

— Comment voulez-vous qu'elle soit? indulgente ou sincère?

— Sincère !

— Alors, monsieur, votre poésie aurait plus besoin d'être soumise à un orthopédiste qu'à moi : elle boîte d'une façon affligeante... Vous avez remplacé les muscles par des chevilles... Vous n'êtes pas poëte, vous êtes menuisier...

— Insolent ! exclama Julien en pâlissant de colère.

— Insolent ! répétèrent des voix, hostiles comme les attitudes.

Jean haussa les épaules & continua philosophiquement à fumer.

— Nous vous avons appelé insolent ! s'écria le jeune poëte renvoyé à l'établissement du docteur Vincent Duval.

— On vous a appelé insolent ! s'écria — dans le lointain — la voix d'Adolphe Marcel.

— J'ai bien entendu, répondit Cœurderoy en souriant.

— Et cela ne vous émeut pas ?... s'écria le jeune homme, exaspéré de tant de sang-froid.

— Pas du tout.

— Vous êtes donc ?...

L'insulteur s'arrêta au moment de proférer la suprême injure.

— Non, répondit Cœurderoy, continuant à sourire.

— Vous êtes donc un lâche ?... exclama le jeune homme poussé à bout.

Une contraction légère de la face, un éclair dans le regard, puis Jean redevint immobile & calme. Seulement les bouffées de tabac qu'il tira de sa pipe furent plus épaisses & plus précipitées.

— Vous êtes donc un lâche ?.... répéta Julien.

— Est-ce qu'on fait de ces questions-là aux gens ? dit Cœurderoy, qui ajouta aussitôt : Quel âge avez-vous, mon ami ?

— J'ai l'âge qu'il faut pour châtier les misérables de ton espèce ! répondit Julien.

Et, aveuglé par la colère, fou de rage, il leva la main...

Sa main retomba dans un étau, — la main de Cœurderoy.

— Jeune homme, ne jouez pas avec ces choses-là ! dit ce dernier, qui était devenu un peu pâle.

— Mais, reprit son insulteur, vous ne comprenez donc pas que votre présence ici, dans ce café où nous venons avec nos maîtresses, les femmes des autres ailleurs, est un affront pour elles & pour nous ?... Vous ne comprenez pas, Georges Dandin ?... Faut-il donc qu'après vous avoir injurié comme vous méritez de l'être, nous soyons encore forcés de vous chasser pour nous débarrasser de vous ?...

— Oui ! oui ! à la porte, le gêneur ! s'écria la

galerie. A la porte, le...! Tu l'auras voulu, Georges Dandin! tu l'auras voulu!... A la porte!...

Un pâle sourire effleura les lèvres de Cœurderoy. Décidément, il buvait toute la lie, sans en perdre une goutte.

— Vous sentez-vous assez insulté, maintenant? reprit le jeune homme, arrivé au paroxysme de la colère. Voulez-vous vous battre avec l'un de nous?... Avec moi, tenez!

— Tu vas te taire un peu, Julien, cria Delphine. On n'entend que ton grelot! Cela nous empêche de jouer, Impéria & moi.

— Avec vous? demanda Cœurderoy.

— Oui, avec moi? J'en vaux bien un autre... Demandez plutôt à Impéria!... répondit méchamment le méchant poëte.

— Présomptueux enfant! murmura Cœurderoy avec une pitié méprisante. Cela a encore aux lèvres des gouttes de lait de sa nourrice & cela veut que je joue mon existence d'homme fait contre sa vie d'adolescent!... La vie n'est pas une chose bien précieuse, monsieur, mais elle vaut plus que vous ne l'estimez...

— Ainsi, rien ne pourra vous contraindre à vous battre avec moi ou avec quelqu'un des nôtres?

— Rien.

— Rien?...

— Rien !

— Pas même ceci ? dit Julien en saisissant une canette & en la lançant à la tête de Cœurderoy, qui la reçut dans la main.

— Maladroit ! dit-il de son pâle sourire.

Une seconde, une troisième canettes prirent le même chemin, lancées par le même bras enragé & reçues par la même main tranquille.

— Ah ! cela devient monotone, à la fin ! s'écria Jean, ennuyé, en se levant.

— Alors, pour varier, je vais t'en jeter deux ! hurla Julien en faisant suivre les trois précédentes canettes d'un mot.

Cœurderoy esquiva ce projectile avec la même adresse ; mais, comme l'agression menaçait de se changer en meurtre & qu'il ne voulait pas être assassiné bêtement dans un café, il se révolta & appela le maître du *Rat-Mort*, qui assistait à cette scène de violence les bras croisés & le sourire aux lèvres, en simple amateur.

— Monsieur Duplessis, lui cria-t-il, je vous somme de faire cesser ce scandale !

M. Duplessis ricana. Il se rappelait que, l'année précédente, Cœurderoy l'avait ridiculisé en le traitant de haut en bas devant ses garçons, & aussi qu'il avait adressé des fadeurs — écoutées — à sa dame de comptoir, une fort jolie brune.

En présence de ce ricanement et & des atti-

19

tudes menaçantes de la galerie, — muraille vivante hérissée de canettes, de cannes, de chopes, de queues de billard, qui se rapprochait de minute en minute de lui & allait bientôt l'écraser, — Jean comprit qu'il fallait en finir & opposer la violence à la violence.

— Place ! Place ! s'écria-t-il d'une voix tonnante, les yeux flamboyants, les lèvres contractées.

A ce moment, un projectile l'atteignit au front, son sang coula, une lueur rouge passa devant ses yeux, un sourd rugissement sortit de sa poitrine, & il se précipita sur la muraille vivante qui lui barrait le passage. Cela ne dura que quelques instants, mais cela fut terrible.....

— Impéria, murmura Du Rouvre à l'oreille de Louise, les sergents de ville emmènent Julien & Cœurderoy. Ils vont passer la nuit au violon... Te voilà deux fois veuve !...

— Le fait est qu'il est bien ennuyeux, ce Jean ! répondit Impéria d'un air de mauvaise humeur, en se levant & en attachant les brides de son chapeau-fanchon.

— Elle n'est pas veinarde, ce soir, Impéria, dit Delphine en se levant aussi. Elle a perdu au mifti trente-huit francs...

— Que tu lui a gagnés.

— Et avec lesquels je vous offre une soupe au Café des Variétés.

— Accepté !

— Allons, messieurs, il eſt minuit ! on ferme !
répétait la voix de M. Duplessis, l'aimable propriétaire du *Rat-Mort*.

CHAPITRE XXVII

OU CŒURDEROY, APRÈS AVOIR ABANDONNÉ SA SECONDE
MANIÈRE, QUI NE VALAIT PAS GRAND'CHOSE,
EN PREND UNE TROISIÈME ET DERNIÈRE
QUI VAUT ENCORE MOINS

Il faut faire fin, comme dit Brantôme.

Jean Cœurderoy, sur la pente où l'avaient placé la mort de sa fille & son regain d'amour pour sa femme, ne devait plus, ne pouvait plus s'arrêter. Sa tête & son cœur avaient reçu, des événements de sa vie, un douloureux coup de marteau qui les avait brisés en mille morceaux — dont quelques-uns étaient encore assez bons. Il vivait, poussé à vivre par je ne sais quel inſtinct machinal qui n'était pas le besoin de curiosité de Fontenelle. Il allait, âme en peine, ou plutôt corps sans âme, tiraillé à dià et à hu-haut par les appétits matériels — surexcités par une sobriété générale. La Bête avait vaincu la Belle.

On ne lui mâchait pas le mépris qu'il inspirait — surtout aux gens méprisables. Quand il passait dans la rue ou sur le boulevard, le visage troublé par l'ivresse, les vêtements souillés de poussière & quelquefois de boue, titubant, hébété, on le montrait du doigt en riant, — & quelques-uns même, parmi ses compagnons, anciens ou nouveaux, le poussaient afin de rire plus fort en le voyant tomber. Comme il manquait de respect envers lui-même, on se croyait autorisé à le traiter grossièrement, sans la moindre charité. Quand il avait amusé la galerie par les festonnements de son ébriété, par les zigzags de sa conversation & de sa démarche, on le congédiait brutalement, on le chassait — sans qu'il se fâchât. Sa femme elle-même rougissait de lui !

Cette abjection était horrible. Un seul homme peut-être l'eût empêchée — s'il eût vécu : Georges Le Mayeur. Mais Georges Le Mayeur était mort des suites du coup d'épée qu'il avait reçu de Henry de La Barthelasse, — & mort sans avoir revu une seule fois son ami d'enfance.

Cette abjection était complète.

De temps en temps cependant, Jean faisait un effort & sortait de sa léthargie. Ces jours-là, qui étaient rares & n'avaient jamais de lende-

main, il ne buvait pas, il ne mangeait pas,
comme le prêtre avant de servir la messe : il
allait au cimetière officier du souvenir sur la
tombe de Marie. Quiconque l'eût aperçu, ra-
sant les maisons, marchant d'un pas rapide le
long du boulevard extérieur, ne l'eût certainement pas reconnu. Il arrivait, &, dès la porte
du cimetière, il se découvrait, quel que fût le
temps, soleil ardent ou pluie glacée tombant
d'aplomb sur son crâne nu. Quand il était devant le petit entourage sous lequel dormait sa
fille, il s'agenouillait & priait une prière de sa
façon, courte mais éloquente ; puis, son oraison
faite, tout en reftant agenouillé, il arrachait les
orties qui avaient crû en abondance dans cet
enclos de trois pieds carrés. Avant de se relever, il rêvait, les yeux fixés sur le lit mortuaire
de son enfant, & souvent tombait une larme, —
goutte de pluie de son âme orageuse... Son
amour pour Marie persiftait à fleurir au milieu
des ruines de sa vie, comme le gui persifte à ver-
doyer sur un arbre mort.

Mais, je l'ai dit, ces jours-là étaient rares &
n'avaient pas de lendemain. Au sortir du cimetière, Jean reprenait ses habitudes, c'eft-à-dire
ses vices, & on l'eût bien étonné, le soir, en lui
disant où on l'avait rencontré le matin : il ne
s'en souvenait plus !

Un de ses confrères, L. T., vaudevillifte

comme lui, mais dont l'exiſtence bourgeoise &
réglée tranche singulièrement avec la sienne,
exaspéré par l'abjeſtion de cet homme qu'il a
connu si noble, a trouvé contre lui, l'autre semaine, une phrase terrible :

— Théodore? c'eſt un homme mort qui a oublié de se faire enterrer !...

FIN

P. S.

A JULES NORIAC

P. S.

A JULES NORIAC

---

15 mars 1866.

Il se passe tant de choses en si peu de temps dans notre Landerneau, où les amis de la veille deviennent souvent les ennemis du lendemain, où les confrères qui s'eftimaient se changent si vite en adversaires qui se déchirent, que j'éprouve le besoin de confirmer ici, à la dernière page de mon livre, les quelques lignes que je t'ai consacrées à la première, mon cher Noriac.

Les poft-scriptum, d'ailleurs, sont toujours intéressants, — parce qu'ils contiennent toujours la moelle de la lettre. Celui-ci sera pour moi une occasion, que je ne rencontrerais probablement pas ailleurs, de défendre mon œuvre tout en la critiquant.

Cette œuvre n'eſt pas bonne, tu le verras bien en la lisant; elle n'eſt pas bonne, mais elle eſt sincère — comme toutes celles que je signe de mon nom. Je ne suis pas un romancier dans l'acception ordinaire du mot. J'admire, sans pouvoir me décider à les imiter, mes confrères de la Société des Gens de lettres, Ponson du Terrail & Léopold Stapleaux : je ne saurai jamais, comme eux, faire mouvoir dans un volume un monde de personnages, — cette armée de Virgile, dont les soldats étaient si serrés que la plupart n'avaient pas assez de place pour se servir de leurs armes. C'eſt fâcheux, c'eſt regrettable, parce qu'il paraît qu'on gagne gros à fabriquer ce genre de roman, & que je ne serais pas fâché de gagner gros une fois dans ma vie, — pour voir en quoi cela consiſte, n'ayant été jusqu'ici qu'un littérateur congruaire ; c'eſt fâcheux, c'eſt regrettable, mais je n'y puis rien — que le regretter.

Je n'ai pas d'imagination, ou j'en ai si peu, si peu, que ce n'eſt pas la peine d'en parler : je n'ai que de la curiosité, celle qui porte à fureter dans tous les coins obscurs des choses pour en débusquer les myſtères qui s'y tiennent tapis comme des hulottes dans leurs trous, &, avec cette curiosité, cette autre qui porte à essayer de raconter ce qu'on a vu dans ces ténèbres.

C'eſt la curiosité qui m'a amené à raconter l'histoire d'un pauvre homme que nous connaissons tous pour l'avoir vu jadis, sombre & fier comme un Vélasquez, passer au milieu de nous sans nous

sourire & nous saluer, & pour le voir venir maintenant chaque jour, humble & déguenillé comme
un Callot, frapper à notre porte-monnaie toujours
ouvert — mais souvent vide, hélas ! Les vices me
poignent autant que Montaigne, pour la même
raison sans doute, quoique l'auteur des *Essais* ne
nous ait pas dit la sienne ; les vices me poignent,
parce qu'ils sont toujours douloureux à voir & à
avoir, parce que l'homme qui en est couvert comme
d'une lèpre en souffre autant que celui devant lequel il étale ses plaies, parce qu'il y a souvent un
pur acier sous la rouille mordace, une généreuse
liqueur sous la lie impure, une âme propre sous la
sanie hideuse, — il y a, ou il y a eu.

Une jambe cassée prouve une chute, la chute ne
prouve souvent qu'une maladresse. Que de gens,
dont l'honneur est en miettes, n'ont à se reprocher
que de n'avoir pas assez pris garde aux pierres
d'achoppement dont est pavée la vie ! Que de gens,
même, ne sont tombés au fond du puits de fange &
de misère que pour avoir trop regardé les étoiles !
Avant de rire des malheureux, des abrutis & des
pervers, avant de les condamner surtout, il serait
charitable de rechercher les causes de leur tristesse,
de leur abjection & de leur perversité : peut-être
arriverait-on ainsi à les excuser ou à les plaindre,
&, en tous cas, ce serait un pas de fait vers la
sainte bienveillance universelle recommandée par
l'apôtre — si vainement jusqu'ici.

C'est parce que j'ai été à même de connaître les
dessous de l'existence de Jean Cœurderoy, dit *Théo-*

dore, que j'ai essayé de les expliquer dans ce volume, où je n'ai rien eu à inventer.

Ai-je réussi ? On me le dira, ce critique par ses reproches, cet autre par son silence, toi par ta poignée de main fraternelle aussi éloquente qu'un article. Un livre n'eſt jamais parfait, — & les miens le sont moins que ceux du premier romancier venu : les éplucheurs jurés auront fort à faire avec celui-ci. Outre ses défauts ordinaires, inhérents à la nature même de mon esprit, on relèvera des imperfeétions pour ainsi dire voulues, — à l'imitation d'Edward Moore laissant dans ses *Fables* un grand nombre de fautes pour ne pas ôter aux « ariſtarques » le plaisir de les critiquer & à ses confrères la consolation de se moquer de lui.

On me demandera aussi ce que j'ai entendu prouver. On me l'a demandé plusieurs fois déjà à propos d'autres œuvres, & chaque fois, je te l'avoue, j'ai ouvert de grands yeux étonnés, ne comprenant pas. Il paraît qu'il y a des messieurs de lettres qui s'inſtallent devant leur table, avec tout ce qu'il faut pour écrire, en se disant d'un air important : « Prouvons quelque chose à l'Humanité ! » Moi, humble, qui crois que l'Humanité lisante peut bien se passer de preuves, je n'essaye pas de prouver la plus petite chose, pas même que les critiques sont des cirons périodiques qui grattent l'épiderme des bons ouvrages pour y faire naître des ampoules. (Cette impertinence n'eſt pas de moi, elle eſt de Linguet.) Je n'ai entendu prouver absolument rien en écrivant *Le grand & le petit trottoir;* les cirons, périodiques ou quotidiens, qui auront absolument besoin d'une conclusion, auront la bonté de s'en passer ou d'en tirer une eux-mêmes à mon profit — ou à mon préjudice. Un roman n'eft pas un syllogisme, & je n'ai jamais eu d'ailleurs l'humeur syllogisante, ne m'appelant ni Ariftote, ni saint Thomas d'Aquin, & ayant plus vagabondé dans le désert de Port-Royal que dans sa bibliothèque. Et puis, si je voulais m'essayer à ce jeu savant — & puéril — je serais capable de m'en tirer à mon avantage. Car enfin, mon livre eft aimable, n'eft-ce pas? Comme on peut ne pas apercevoir immédiatement la relation de ces deux idées, *livre* & *aimable,* je les compare à une troisième idée, celle de *bonté,* & je dis : « Tout ce qui eft aimable eft bon ; or, mon livre eft aimable, donc mon livre eft bon !... » Ce ne serait pas trop mal syllogiser pour un débutant...

Mais laissons là Ariftote & Port-Royal, la logique & les cirons, les preuves & les conclusions. Mon roman n'eft pas bon, il n'eft pas même aimable : il eft trifte. Je l'ai peint avec une sorte d'emportement, en haine de certaines choses & par mépris de certaines gens, en trempant mes brosses dans les couleurs violentes ou sombres, rouges comme le sang, noires comme la boue. Je l'ai peint à Paris, les yeux affligés de ce que je voyais, les oreilles déchirées par ce que j'entendais. Paris eft un vilain modèle pour les artiftes de mon tempérament : il les dévoie en les exaspérant. D'où les éclaboussures de colère qu'on remarquera fréquemment dans ce volume, ses incohérences, l'espèce d'ahurissement de certaines pages, — autant de taches. C'est une esquisse plutôt qu'un tableau, & encore une esquisse où tout n'est pas à sa place, où certaines figures ne sont pas d'ensemble, où certains plans ne sont pas assez accusés, — mais où j'ai voulu tout mettre, ce que j'avais vu & ce que j'avais entendu, ce qu'on m'avait dit & ce que j'avais deviné.

Cela constitue-t-il un roman ? Non, pas plus qu'une esquisse ne constitue un tableau. J'aime les esquisses & j'en mets partout ; mais toi, cher Noriac, qui finis si bien tes toiles & qui ne les laisses sortir de ton atelier que lorsqu'elles sont dignes du public de choix auquel tu t'adresses, aimeras-tu cette esquisse que mon éditeur a si richement encadrée ? C'est là tout ce que je désire savoir. Je ne fais pas fi de l'opinion des autres, même de la plus impartiale, même de la plus *grincheuse*, mais je n'ai souci que de la tienne.

J'irai te la demander un de ces quatre soirs, à l'heure où ta porte est fermée à tes confrères & ouverte seulement à tes amis, parmi lesquels

ALFRED DELVAU.

TABLE DES MATIÈRES

CONTENUES

DANS LE PRÉSENT VOLUME

Table 343

Paris. Impr. Poupart-Davyl et Comp., rue du Bac, 30.

CATALOGUE

DE LA

LIBRAIRIE A. FAURE

164, RUE DE RIVOLI, 164

A PARIS

MARS 1866

TABLE ALPHABÉTIQUE
DU CATALOGUE
DE LA LIBRAIRIE ACHILLE FAURE, 23, BOULEVARD SAINT-MARTIN.

ANONYMES.

L'Empereur à l'Institut. Une brochure in-8...... 1 fr.
Dieu pour tous, ou **La tolérance religieuse universelle.**
Une brochure in-8 .... 1 fr.
Vive le luxe! Réponse à M. Dupin. Une brochure in-8. 1 fr.
Plan de Paris (magnifique plan Furne), mis au courant de tous
les derniers changements.

En feuilles........................ 2 fr. 50
Cartonné.......................... 3 »
Cartonné et collé sur toile.......... 5 »

La France travestie, ou **la Géographie apprise en
riant.** *Carte drôlatique et mnémonique,* reproduisant en vers bur-
lesques la nomenclature exacte et complète des 92 départements de
France et d'Algérie et de leurs 385 préfectures et sous-préfectures.
1 joli volume in-18 raisin, orné d'un frontispice illustré... 1 fr.
Mémoires d'une biche anglaise. 1 charm. vol. orné du portrait de l'héroïne des Mémoires (ouvrage épuisé).
Une autre biche anglaise. Suite du volume précédent. 3 fr.
Mémoires d'une fille honnête, avec le portrait de l'auteur
gravé sur acier, par Staal. 1 vol...................... 3 fr.
Mémoires d'une biche russe. 1 vol............... 3 fr.
Voyage à la lune, d'après un manuscrit authentique projeté
d'un des volcans lunaires. 1 vol., avec une gravure...... 3 fr.

AMEZEUIL (Cᵗᵉ D')

Les Amours de contrebande. 1 vol.............. 3 fr.

ARNOULT (EUGÈNE D').

La Guerre de Pologne en 1863, précédée d'une préface
par ALFRED MICHIELS. 1 vol. in-18 jésus............... 1 fr.
Les Brigands de Rome. 1 vol................... 1 fr.

ASSOLANT (ALFRED).

Mémoires de Gaston Phébus. (*Sous presse.*)

ASTRIÉ.

Les Cimetières de Paris, guide topographique et artistique.
1 volume orné de 3 plans .... 2 fr.

BARBEY D'AUREVILLY.

Un Prêtre marié. 2 vol. in-18 jésus................ 6 fr.

Il a été tiré de ce livre quelques exemplaires papier de Hollande, au prix de 18 fr.

Une Vieille maîtresse. 1 vol........................ 3 fr.

Il a été tiré de ce livre quelques exemplaires grand papier, au prix de 6 fr.

BARNUM.

Les Blagues de l'univers. 1 vol.................... 3 fr.

BERGERAT (ÉMILE).

Une amie, comédie en 1 acte et en vers, représentée au Théâtre-Français... 1 fr.

BILLAUDEL.

La Perte d'un trésor. 1 vol....................... 1 fr.

La Mare aux oies. 1 vol.......................... 1 fr.

BLANC (CASIMIR).

Jeanne de Valbelle, roman de mœurs intimes d'un grand intérêt. 1 volume in-18 jésus, orné de 2 gravures sur bois.. 1 fr.

BLANQUET (ROSALIE).

La Cuisinière des ménages. 1 beau vol. cartonné... 3 fr.

BONHOURE.

Méthode de lecture. 1 vol. cart................... 0 fr. 50 c.

Premières lectures courantes. 1 vol. cart.... 0 fr. 70 c.

Premières lectures instructives. 1 vol. cart.. 0 fr. 90 c.

BRÉHAT (DE).

Un Mariage d'inclination. 1 vol................. 3 fr.

La Sorcière noire. 1 vol........................ 3 fr.

BRIDE (CHARLES).

L'Amateur photographe, *Guide usuel de photographie,* à l'usage des gens du monde; manuel essentiellement pratique, orné de nombreuses vignettes explicatives, et suivi d'un abrégé de chimie photographique........................... 3 fr.

BROT (ALPHONSE).

La Cousine du roi. 1 vol........................ 3 fr.

BROUCHOUD.

Les Origines du théâtre de Lyon. 1 vol. in-8, imprimé avec luxe... 5 fr.

BUSSY (DE).

Dictionnaire de l'art dramatique. 1 vol. .... 4 fr.

CAUVAIN (JULES) et ADRIEN ROBERT.

Les Proscrits de 93. 1 vol....................... 3 fr.

CHALIÈRE (Louis).

Ingenio. 1 vol. in-18................................. 1 fr.

CHARLES (Victor).

La Béguine de Bruges. 1 vol. in-32................ 1 fr.

CHASLES (Philarète).

En préparation : Ouvrage nouveau sur les questions actuelles de littérature, politique, religion, etc. Nouvelle édition des œuvres complètes.

CIMINO.

Les Conjurés, roman trad. de l'italien par M. Chenot. 2 vol 6. fr.

CLARETIE (Jules).

Les Ornières de la vie. 1 volume in-18 jésus, orné de deux vignettes sur bois.................................... 1 fr.
Un Assassin. 1 vol.................................... 3 fr.
Voyages d'un Parisien. 1 vol...................... 3 fr.

COMETTANT (Oscar).

En Vacances. 1 beau et fort volume in-18 jésus, orné de deux grandes vignettes sur bois.......................... 3 fr.
L'Amérique telle qu'elle est. Voyage anecdotique de Marcel Bonneau aux États-Unis et au Canada. 1 beau volume in-18 jésus, avec deux jolies vignettes sur bois................ 3 fr.
Le Danemark tel qu'il est, ses mœurs, ses coutumes, ses institutions, ses musées, souvenirs de la guerre, etc. 1 vol. 4 fr.
Un petit rien tout neuf. 1 vol. in-18 jésus.......... 3 fr.

CONTY (de).

Paris en poche. Guide pratique dans Paris, illustré de nombreuses gravures. Un volume élégamment cartonné........ 4 fr.
Londres en poche. Guide pratique du voyageur à Londres. 1 volume élégamment cartonné...................... 4 fr.
Plan de Londres. Guide indicateur instantané...... 1 fr. 25
Les bords du Rhin en poche. Guide pratique et illustré. 1 volume élégamment cartonné...................... 5 fr.
Guides pratiques des voyages circulaires, rédigés sous les auspices des Compagnies.

Belgique et Hollande..................	2 fr. 50
Belgique...........................	2 fr. 50
Bords du Rhin.......................	2 fr. 50
L'Oberland Bernois...................	2 fr. 50
La Suisse et le duché de Bade..........	2 fr. 50
Bruxelles..........................	2 fr.

CORTAMBERT (RICHARD).

Impressions d'un Japonais en France. 1 vol. in-18 jés. 1 fr.
Aventures d'un Artiste dans le Liban. 1 vol.... 3 fr.

DASH (COMTESSE).

Le Petit Chien qui sème des perles. 1 vol........ 3 fr.

DAURIAC.

La Télégraphie électrique, son histoire, ses applications en France et à l'étranger, suivie d'un tableau des tarifs internationaux et d'un manuel pratique de l'expéditeur de dépêches. 1 vol. in-18 jésus................................... 1 fr.

DELVAU.

Françoise. 1 joli volume in-32 jésus, avec une eau-forte de Thérond.............................. 1 fr. 50
Il a été tiré de ce livre 22 exemplaires numérotés, sur papiers de Chine et de Hollande.
Le grand et le petit trottoir. 1 vol............... 3 fr.
Du pont des Arts au pont de Kehl. 1 vol......... 3 fr.
Le Fumier d'Ennius. 1 v. in-18 jés., av. une eau-forte. 3 fr.
Il a été tiré de ce livre deux exemplaires sur papier de Hollande à 8 fr.

DESCODECA DE BOISSE.

Louis de France (Louis XVII), poème épisodique suivi de documents historiques et justificatifs. 1 beau volume in-8º, imprimé à l'Imprimerie Impériale.................... 7 fr. 50

DESLYS (CHARLES).

Les Bottes vernies de Cendrillon. 1 vol........ 3 fr.

DUSOLIER (ALCIDE).

Nos Gens de lettres, *critiques et portraits littéraires.* 1 vol. in-18 jésus...................................... 1 fr.

EMMANUEL.

De la Madeleine à la Bastille, vaudeville en un acte.
1 fr.

ÉNAULT (ÉTIENNE).

Scènes dramatiques du mariage. 1 vol. in-18 jésus. 3 fr.

ÉNAULT (ÉTIENNE) ET LOUIS JUDICIS.

L'Homme de minuit. 1 vol........................ 3 fr.

EYMA (XAVIER).

La Mansarde de Rose. 1 vol..................... 3 fr.

FEUTRÉ (Angély).

Une Voix inconnue. 1 volume.................... **2 fr. 50**

FÉVAL (Paul).

Les Mystères de Londres, édition revue avec le plus grand soin par l'auteur. 2 vol. .... 6 fr.

L'Homme de fer. 1 vol........................... 3 fr.

GAGNEUR.

La Croisade noire. 1 fort volume in-18 jésus........ 3 fr. 50

GONZALÈS (Emmanuel).

Les Sabotiers de la forêt Noire. 1 vol. in-18 jésus, orné de deux vignettes.............................. 3 fr.

Les Sept baisers de Buckingham. 1 vol. in-18 jésus. 3 fr.

Le Vengeur du mari. (*Sous presse.*)

GOUDAL (Louis).

L'Hermine de village.......................... 3 fr.

GOURDON DE GENOUILLAC.

Comment on tue les femmes. 1 vol. in-18 jésus.... 2 fr.

GRANDET.

Donaniel, poésies. 1 vol. imprimé avec luxe........ 3 fr. 50

GRANGER (Ed.).

Fables nouvelles. 1 vol. in-18 jésus................ 1 fr.

GRAUX.

Le Roman d'un zouave. 1 vol.................... 1 fr.

GRAVILLON (Arthur de).

A propos de bottes. 1 vol. in-8, avec 85 vignettes et une eau-forte.. 3 fr.

J'aime les morts. 1 vol. imprimé par Perrin, de Lyon. 6 fr.

De l'Oisiveté incomprise. Une brochure.......... 1 fr.

GUIGNOL (Théâtre de).

Un beau vol. in-8°, imprimé avec luxe par Perrin, de Lyon. 10 fr.

Exemplaires papier de Hollande...................... 25 fr.

HALT (Robert).

Une cure du docteur Pontalais. 1 vol............ 3 fr.

HILLEMACHER.

La Troupe de Voltaire. 1 vol. in-8°, avec 41 portraits, imprimé par Perrin, de Lyon................................ 40 fr.

La Troupe de Talma. 1 vol. in-8°, imprimé par Perrin, de Lyon... 40 fr.

HOCQUART.

Le Vétérinaire pratique, traitant des soins à donner aux chevaux, aux bœufs, aux moutons, aux chiens, et en général à tous les animaux de basse-cour; 6e édit., revue et augmentée. 3 fr.

La Tenue des livres pratique. 1 fort volume in-12. 3 fr.

JOLIET (Ch.).

Le Médecin des dames. 1 vol.................... 3 fr.

Le Roman de deux jeunes mariés. 1 vol.......... 3 fr.

KOCK (Henry de).

Les Mémoires d'un cabotin. 1 vol, avec 3 grav.... 3 fr.

La Voleuse d'amour. 1 vol., avec 5 grav........... 3 fr.

Les Accapareuses. 1 vol., avec 2 grav.,............ 3 fr.

Le Roman d'une femme pâle. 1 vol., avec une eau-forte de F. Hillemacher.................................. 3 fr.

Les Petites Chattes de ces Messieurs. 1 vol. in-18 jésus, avec une gravure. Nouvelle édition............... 1 fr.

L'Amour bossu. Nouvelle édition...................... 1 fr.

La Nouvelle Manon. 1 vol.......................... 1 fr.

Guide de l'amoureux à Paris. 1 vol. avec une vign. 1 fr.

LACRETELLE (Henri de).

Le Colonel Jean. 1 vol.......................... 1 fr.

LAMARTINE.

Recueillements poétiques. 1 vol. in-8.......... 1 fr. 50

— — 1 vol. in-18 jésus....... 1 fr.

LARCHER.

Un dernier mot sur les femmes. 1 vol. in-32 jésus. 0 fr. 75

LECOMTE.

Mademoiselle Déjazet. 1 vol..................... 1 fr.

Frédérick Lemaitre. 1 vol........................ 1 fr.

LEFEUVE.

Les anciennes Maisons de Paris sous Napoléon III, 60 livraisons réunies en quatre beaux vol. suivis d'une table de concordance...................................... 20 fr.

Tome V^e, formant le complément et la fin de l'ouvrage.... 5 fr.

LÉO (ANDRÉ).

Un Mariage scandaleux. 1 volume................. 3 fr.

Une vieille Fille. 1 vol. in-18 jésus, avec une vignette. 2 fr.

Les deux Filles de M. Plichon. 1 vol............. 3 fr.

Jacques Galéron. 1 vol...................... 1 fr. 50.

Observations d'une mère de famille à M. Duruy. Brochure in-8................................. 1 fr.

LÉO LESPÈS (TIMOTHÉE TRIMM).

Avant de souffler sa bougie. 1 vol. in-18 jésus...... 3 fr.

Spectacle vu de mon fauteuil. 1 vol.............. 3 fr.

LESCURE (M. DE).

Les Amours de Henri IV. 1 beau et fort vol. in-18 jésus, orné de quatre beaux portraits historiques, dessinés par Boullay et Eug. Forest, d'après des originaux du temps.......... 4 fr.

Il a été tiré de ce livre cent exemplaires de luxe numérotés. Il reste à vendre seulement quelques exemplaires sur vélin, à 8 fr.

Les Amours de François Ier. 1 vol. avec une eau-forte. 3 fr.

Il a été tiré de ce livre dix exemplaires numérotés (1 à 10) sur chine, à 20 fr.; dix (11 à 20) sur papier de Hollande, à 18 fr.; quarante (21 à 60) sur beau jésus vélin, à 6 fr.

Lord Byron. 1 vol............................. 3 fr.

LOTHIAN (MARQUIS DE).

La Question américaine. 1 vol. in-8 .... 6 fr.

MALO (CH.).

Femmes et Fleurs, rose à douze feuilles, *petites photographies badines.* 1 très-joli volume in-32 jésus............... 1 fr. 50

MARANCOURT (DE).

Rien ne va plus. — La Rouge et la Noire. 1 vol. in-18 jésus.. 1 fr.

Confessions d'un commis-voyageur............. 3 fr.

Confidences d'un garçon du Café Anglais. 1 vol.. 3 fr.

MARCHEF GIRARD (Mlle).

Des Facultés humaines et de leur développement par l'éducation. 1 vol. in-8............................ 7 fr. 50

MARESCHAL.

Le Coffret de Bibliane. 1 volume de Nouvelles..... 1 fr. 50

MARGRY.

Belin d'Esnambuc et les Normands aux Antilles. 1 vol. in-8.................................... 2 fr. 50

MARX (ADRIEN).

Romans du wagon. 1 vol...................... 3 fr.

MIE D'AGHONNE.

Le Mariage d'Annette. 1 vol.................. 3 fr.

MINORET (EUGÈNE).

L'Oraison dominicale. 1 vol. in-32 jésus, imprimé avec luxe par Perrin, de Lyon.............................. 4 fr.

MOLÉRI.

La Terre promise. 1 vol. (*Sous presse*)............. 3 fr.

MORNAND (FÉLIX).

L'Italie. 1 vol................................ 3 fr.

MOLIÈRE.

Nouvelle édition imprimée par Perrin, de Lyon, avec une eau forte en tête de chaque acte. 6 vol. à 20 fr. chaque.
Les deux premiers volumes sont en vente.

MONSELET (CH.).

De Montmartre à Séville. 1 vol.................. 3 fr.
Portraits après décès. 1 vol................... 3 fr.

MONTEMERLI (Comtesse MARIE).

Entre deux Femmes. 1 vol. in-18 jésus............ 3 fr.

NADAUD.

Chansons; nouvelle édition contenant toutes les nouvelles chansons. 1 vol. in-18 jésus.......................... 4 fr.

NOIR (Louis).

Souvenirs d'un zouave, *campagne d'Italie.* 1 vol..... 1 fr.

NOIRIT (Jules).

Haydée. 1 vol.. 3 fr.

OLLIVIER (Raoul).

Séduction. 1 vol. in-18 jésus........................... 1 fr.

PAUL (Adrien).

Les Finesses de d'Argenson. 1 vol. in-18 jésus, orné de
    deux vignettes sur bois............................. 1 fr.
Nicette. 1 vol....................................... 1 fr.
Thérésa. 1 vol...................................... 1 fr.
L'Anglais amoureux. 1 vol......................... 1 fr.
Amour partout. 1 vol.............................. 1 fr.

PAYA (Ch.).

Les Cachots du Pape. 2e édition. 1 vol. in-18 jésus.. 1 fr.

PIC (Ulysse).

Lettres gauloises. 1 vol. in-18 jésus................. 1 fr.

PONSON DU TERRAIL (Vicomte).

Le Trompette de la Bérésina. 1 vol.................. 3 fr.

POUCEL (Benjamin).

Les Otages de Durazno, souvenirs du Rio de la Plata. 1 vol.
    in-8... 6 fr.
Mes Itinéraires au Rio de la Plata. Une brochure in-8. 1 fr.

POUPILLIER.

Une Ode de Sapho. Comédie en deux actes et en vers. 1 vol.
    in-8o. .... 2 fr.

POUPIN (Victor).

Un Chevalier d'amour. 1 vol. in-18 jésus.......... 3 fr.
Un Mariage entre mille........................... 1 fr.
Un Bal de l'Opéra. 1 vol.......................... 1 fr.

POURRAT.

Vercingétorix. Étude dramatique en prose et en vers. 1 vol. 3 fr.

PRUDHOMME SULLY.

Stances et poëmes. 1 volume de poésies............. 3 fr.

RAMBAUD et COULON.

Les Théâtres en robe de chambre. 1 vol............. 3 fr.

RATAZZI (Mme, née DE SOLMS).

Les Soirées d'Aix-les-Bains. 1 vol................ 1 fr.

RÉAL (ANTONY).

Les Francs-Routiers. 1 vol..................... 1 fr.
Les Tablettes d'un forçat. 1 vol................. 1 fr.

RÉNÉ ET LIERSEL.

Traité de la chasse et de la pêche. 1 vol. in-12... 2 fr.

REYNOLDS.

Les Mystères de la cour de Londres. 1 vol....... 3 fr.
Fernanda. Deuxième série des *Mystères de la cour de Londres.*
1 vol.. 3 fr.

Les autres séries sont sous presse et paraîtront successivement.

RIGAUDIÈRE (DE LA).

Histoire des persécutions religieuses en Espagne.
1 vol... 1 fr.

ROBERT (ADRIEN) ET JULES CAUVAIN.

Les Proscrits de 93. 1 vol..................... 3 fr.

ROSSIGNOL (LÉON).

Lettres d'un mauvais jeune homme à sa Nini. 1 vol.
3 fr.

ROSTAND (EUGÈNE).

Ébauches. 1 vol. de poésies imprimé par Perrin, de Lyon. 4 fr.

ROUSSELON.

Le Jardinier pratique. 1 fort vol. in-18 jésus de 536 pages,
avec 200 vignettes................................ 3 fr.

SAINT-FÉLIX (JULES DE).

Les Chevalières du tour de France. 1 vol. (*Sous
presse*)... 3 fr.

SÉGALAS (Mme ANAÏS).

Les Mystères de la maison. 1 vol. in-18 jésus...... 3 fr.

STAPLEAUX.

Le Roman d'un fils. 1 vol.......................... 3 fr.
Le Château de la rage. 1 vol...................... 3 fr.

VALLÈS (Jules).

Les Réfractaires............................ 3 fr.
La Rue. 1 vol................................. 3 fr.

VERNIER (Valery).

Les Filles de minuit. 1 vol. in-8°, imprimé par Perrin, de
Lyon... 5 fr.

VIGNEAU.

Une Fortune parisienne. 1 vol................. 3 fr.

WAILLY (Jules de).

La Vierge folle. 1 vol. in-18 jésus............ 3 fr.
La Voisine, comédie en un acte et en vers, représentée au
Gymnase-Dramatique............................ 1 fr.

M. Faure expédiera ses publications en compte à MM. les libraires qui lui
en feront la demande, et prendra note, s'ils le désirent, de leur adresser ses
nouveautés d'office, avec faculté de retour et d'échange.

Pour recevoir *franco* par la poste l'un des ouvrages indiqués sur le présent Catalogue, il suffit d'en envoyer le montant en une valeur sur Paris ou en timbres-poste, en ajoutant 20 centimes au prix des volumes à 1 fr.

à M. ACHILLE FAURE, Libraire, boulevard Saint-Martin, 23, à Paris.

Remises exceptionnelles et très-avantageuses pour tous les libraires.

Paris. — Imp. Poupart-Davyl et Comp., rue du Bac, 30.

D

EN VENTE A LA MÊME LIBRAIRIE

COLLECTION DES GUIDES PRATIQUES ET ILLUSTRÉS

PAR

H.-A. DE CONTY

Jolis volumes in-18, richement cartonnés, ornés de gravures

PARIS EN POCHE . . . . 4 »
LONDRES EN POCHE . . . . 4 »
LES BORDS DU RHIN EN POCHE . . . . 5 »
LA BELGIQUE EN POCHE 2 50
BRUXELLES EN POCHE . . . . 2 »
GUIDE DU VOYAGE CIRCULAIRE DANS LA SUISSE CENTRALE. 2 50
        —   DANS LA SUISSE DU NORD
               ET LE DUCHÉ DE BADE. . . 2 50
        —   EN BELGIQUE ET HOLLANDE. 2 50
        —   SUR LES BORDS DU RHIN. . 2 50
        —   DANS LES VOSGES. 2 50

OUVRAGES DIVERS

L. de Marancour . .	CONFESSIONS D'UN COMMIS VOYAGEUR. 1 v. in-18	3 »
L.-M. Gagneur . . .	LA CROISADE NOIRE. 1 vol. in-18.	3 50
H. de Kock	LE ROMAN D'UNE FEMME PALE.	3 »
—	LA NOUVELLE MANON. 1 vol. in-18.	1 »
—	LE GUIDE DE L'AMOUREUX A PARIS. 1 vol. in-18.	1 »
J. Claretie	VOYAGES D'UN PARISIEN. 1 vol. in-18	3 »
—	UN ASSASSIN	3 »
Léopold Stapleaux . .	LE CHATEAU DE LA RAGE	3 »
—	LE ROMAN D'UN FILS	3 »
V. Poupin	UN CHEVALIER D'AMOUR. 1 vol. in-18	3 »
Ch. Monselet	PORTRAITS APRÈS DÉCÈS.	3 »
Alfred Delvau . . .	LE FUMIER D'ENNIUS. 1 vol. in-18.	3 »
—	MÉMOIRES D'UNE HONNÊTE FILLE.	3 »
M. de Lescure	LES AMOURS DE HENRI IV. 1 vol. in-18. . . .	4 »
—	LES AMOURS DE FRANÇOIS Ier. 1 vol. in-18. . .	3 »

Sous presse pour paraître très-prochainement :

Une Fortune littéraire, par HENRY VIGNEAU. 1 beau vol. in-18. . . . 3 »

737. — PARIS. — IMPRIMERIE POUPART-DAVYL ET COMP., RUE DU BAC, 30.

www.ingramcontent.com/pod-product-compliance
Lightning Source LLC
Chambersburg PA
CBHW050313030726
47505CB00003B/682